# 星辰之间

没有人能拒绝爱情，叶斯年也一样，爱情带来的狂喜和美妙，是他过去的日子从来没有经历过的。这几天叶斯年对生命的渴求，越来越强烈，他强烈地希望上天能让他继续活下去，希望手术可以成功，让他活到一百岁。

赵剑云 著

中国文史出版社

25 岁之前，叶斯年从未想过自己会生病。他平常连感冒都不会有的人，怎么可能会生病。

这年七月，叶斯年大学毕业，为了从家里搬出来，他随便找了一份工作。那个工作名义上叫经理助理，实际上就是给人当跟班，除了吃饭和去卫生间不能替代外，其他的事，那个所谓的经理基本都让他干，什么提包、打印材料、买饭、开车、替他喝酒……叶斯年领了两个月的工资，就辞职了。他不想委屈自己。

叶斯年的房间像个垃圾屋：衣服胡乱堆在一起，被子从来不叠，柜子里放满了被他喝空的啤酒瓶，当然还有许多没有打开的酒瓶，窗台上堆满了书和杂志还有香烟盒，花盆都被他拿来做了烟灰缸。有时候，下雨了，叶斯年会站在阳台上看外面的滂沱大雨，闪电会忽闪而来，让他想起古希腊神话中的宙斯。他小时候最喜欢听外婆念宙斯的故事，宙斯司掌天气和雷电，他能聚集或驱散乌云，只要抖动盾牌，便会电闪雷鸣、暴雨如注。那时，一想到这个故事，他就兴奋得睡不着觉。叶斯年的几个哥们，很喜欢这里，一到周末，他们就聚集在这 50 平方米的房间，喝酒、打牌，或者一起玩三国杀游戏，玩累了，每人泡两桶方便面，或者下楼去吃大排档。这个房间，被叶斯年的朋友称作天堂。叶斯年觉得在这个房子里过得相当惬意、舒服，只是，没有了工作的那几天，恰逢房

东过来检查煤气，一看曾经整洁的房间被搞成这样，女房东当场发飙，限他24小时搬家。没有办法，他又得搬回家里。

离开"天堂"后的第三个星期，叶斯年身上就发生了一件让他做梦也想不到的倒霉事。一天下午，他穿着短裤，光着膀子，围绕着那个活蹦乱跳的足球在绿茵场上奔跑，好不容易有个头球破门的机会，他跳起来，头还没有碰到足球，突然眼前一片漆黑，栽倒在地，就什么也不知道了。

从此，叶斯年再没有踢过足球，甚至连球赛也不能再看。

他想不到自己会变得这么惨！昏迷了很久，醒来后，他还以为自己睡了一觉，瞪大眼睛——眼前晃来晃去的是穿着白大褂的医生或护士。直到护士把冰凉的液体注入他的身体，他才有了疼痛的感觉，原来一切都是真的，他的的确确躺在医院的病床上。

这是怎么了？过去他也因为头被打破了，或鼻子被打歪、胳膊被弄折，来医院包扎过，可躺在医院白色的病床上，这对他还是第一次。他不知道发生了什么事儿，记忆中似乎刚才还在球场上疯狂踢球呀，怎么突然会躺在医院这种鬼地方？

我这是怎么了？怎么了？叶斯年问自己。

中年女医生说，小伙子，你的心脏出了点问题，必须住院观察一段时间。她微笑着又问，在这之前，你是否晕倒过？

叶斯年本来想一口否认，可是仔细一想，这一段时间他确实出现过几次胸闷、头晕的情况。最严重的一次是上个周末。那晚，他和棋子正在一家餐厅里收拾棋子他爸的情妇。棋子是叶斯年的大学同学，也是他最好的朋友。刚上大一的时候，叶斯年喜欢独自坐在篮球场，目光迷离地抽一根烟。棋子则喜欢坐在他身旁，默默地掏出两瓶啤酒或者饮料，陪着他喝。有时候，叶斯年望着远方会说，真不知道大学毕业了会干什么。当时，他们学的是广告设计专业，叶斯年的老妈给儿子选这个专业，就想着让儿子以后接班。这个专业因为是老妈选的，叶斯年故意不好好学。他在叛逆中长大，他不可以让自己学会顺从。棋子说，反正你干什么，我就干什么，我就想跟着你混。

叶斯年说，我妈说了，一毕业，她就不养我了。我们快活的日子不多了。

棋子低下头说，没事儿，有我呢，我妈会偷偷给我钱，她最疼我了。

他们常常一放学就会喊几个朋友去吃大排档，边喝啤酒边吃海鲜，他们常常感叹，能够顺利毕业，是因为运气好，或者是考试前几天临阵磨刀的功夫。

他说他爸有外遇，请叶斯年帮忙。叶斯年毫不犹豫地答应了，他们是那种永远可以为对方两肋插刀的朋友。那天晚上，他们到达约好的法国餐厅，餐厅旁边曾经有个大型的游戏厅，如今早已关闭，现在成了一个商场，真是物是人非。棋子打开钱包，让叶斯年随便点。他说，哥们有钱，今天我们放开肚皮吃。叶斯年要了煎蜗牛、法式烩土豆、柳橙法国鹅肝酱、烤卡芒贝尔奶酪、两杯桑塞尔白葡萄酒。这些都是叶斯年喜欢吃的。有段时间，他家门口有一家法国餐厅，那时候他妈没有现在这么忙，他们每周都带着外婆去吃一顿法国菜。

棋子说，随便吃，不过我们得抓紧吃，一会儿，看到狐狸精就得动手。

叶斯年一口喝完白葡萄酒，又要了一杯。棋子也要了第二杯酒。他们边吃边商量，忽然，棋子用眼神指了指门外。他们坐在玻璃窗边，外面的一切看得清清楚楚。狐狸精已经下了车，正向餐厅走来。事先，棋子让叶斯年看过狐狸精的照片。

棋子说，这女人就是化成灰我也认得，走，我们出门。

他们放下筷子，冲到了门外面。叶斯年直接挡住了狐狸精的去路。

狐狸精很警觉地看着他们，她好像也觉察出了空气里危险的气味，不过，她在餐厅门口，街上人来人往，她的目光里没有多少恐惧。

棋子也走了过来，他点了一支烟，有意无意地叼着，他的手里多了一个酒瓶。

"真是不巧啊，在这里碰见了！"棋子说。

本来叶斯年想劝棋子按他们刚定的计划，过两天再报仇，没想到棋子迫不及待地想展开行动。他愤怒地瞪着狐狸精，他们谁也不说话，狐

狸精惊恐地看着他们。当然，她和叶斯年想象中的狐狸精的形象完全不同。她是个漂亮的女人，气质优雅、穿着得体、有着顺溜贤淑的长发；而且很年轻，比他们大不了几岁。

在夜晚幽暗的灯光下，她含泪的样子真的很动人，可是谁让她是第三者呢。

棋子低吼："臭女人，我今天让你尝尝抢别人老公的滋味……"

"你们，你们要干什么……"狐狸精好像已经在发抖了。

棋子的酒瓶砸下去了，就在叶斯年也要把手里的东西砸下去时，棋子突然喊快跑。他们撒腿就跑，跑到一条巷子的无人角落，叶斯年突然眼冒金星，倒下了。棋子吓坏了，他掐着叶斯年的人中，喊着："老大，说话呀，你怎么了？怎么了？别吓兄弟！"

好在叶斯年很快醒了过来，他弄明白了逃跑的原因，就在他举酒瓶的瞬间，棋子那个有钱的老爸突然出现了。叶斯年没有在意自己为什么会晕倒，关心的是棋子那个酒瓶砸下去了没有。

棋子说：当然！

叶斯年说：那就好，他妈的，下次遇见再教训那个狐狸精！

叶斯年从小对第三者充满了憎恨，这事只有棋子知道。

叶斯年老老实实地对医生说了那次晕倒的经过，也说了之前好多次胸口隐隐发疼的事。医生离开时严肃地告诫他，从今往后不能剧烈运动、不能情绪紧张、不能哭、不能大笑、不能喝酒、更不能看能引起情绪波动的电视和电影。医生说，如果你不注意，后果不堪设想。

叶斯年总觉得医生的话像是开玩笑，像是在调侃他。他对医生的话可以说是左耳朵进，右耳朵出。住院三天，他就让医生和护士感到头疼。他开始以各种借口拒绝吃药，打针输液的时间他常常会偷偷溜出医院，去街上闲逛。

叶斯年认为，在医院里，一个好人都可能被折磨得面目全非，何况病人，事实上，医生往往会对病人的病情说得过于夸张。他可不想上当。他认为自己的心脏可能真是有点问题，但如果住在医院，他想后果会更

严重。所以他不能让医生们的"诡计"得逞。

护士微笑着，叶斯年，打针了！

好好地打什么针，就晕倒了一次至于打针吗？你们这针肯定有问题！叶斯年跷着二郎腿，没有配合的意思，小护士气得差点哭了。

当然这些他老妈是不知道的。叶斯年住院后老妈比以前更忙了，她说要出差去北京。叶斯年暗自庆幸，以为可以出院了，没想到他还是被关在医院里。

护士拿他没有任何办法，就连专门赶来看护的外婆，也被他哄得不知道东西南北。这天下午，叶斯年终于偷偷跑出了医院，先买了一盒香烟，狠狠地抽了两根，这几天可把他憋坏了。随后，又呼了棋子和经常一起喝酒的几个哥们儿去一家酒吧玩。

别的哥们儿对这次聚会表现出极大的兴趣，棋子却像个唠叨的女人，反复地劝他回医院养病。

叶斯年骂他，你他妈的烦不烦？要去你去好了，神经病！

棋子终于不说话了。

他们到了附近的酒吧。

过去，叶斯年总是带着一帮哥们儿，在黑色的夜里出没于不同的酒吧，和男的女的、相识的不相识的各类酒友或长饮或狂酌。这帮天天在酒吧里打发时间的家伙，他们的脸，在昏暗的灯光下，苍白而呆滞，如同一个个幽灵，躲过刺眼的太阳，在一个个充满了罪恶的夜晚出现，用他们的钞票换几瓶酒精麻醉自己的灵魂。

走进酒吧，棋子占了一个最好的位置，叶斯年点燃一支烟，还没来得及抽一口，就见几个"红毛"很霸道地坐在了棋子占的那个桌子上，棋子吓得站了起来，不知如何是好。叶斯年晃晃悠悠地走了过去。

"怎么着，哥几个，这桌子你们也敢坐……"

其中一个红毛，似乎是他们的头儿，扭头一看见叶斯年，刚才的张狂一下子猥琐了，其他几个红毛看见叶斯年，甚至都开始哆嗦了……

不知道是叶哥您的，我们下次不敢了……

还不快滚！叶斯年大吼一声，红毛们全没了踪影。

这几个红毛，曾经都是叶斯年的手下败将，其中一个的肋骨被他打断了两次，每次看见他，就像老鼠见了猫一样。

大伙喝了不少酒，有人提议去迪厅，叶斯年也觉得还没有尽兴，去迪厅的路上，他就觉得胸闷，大概是酒精发作的缘故吧。

一进迪厅，听见轰鸣的音乐，叶斯年就钻进了舞池，跳了没两下，他就软软地倒下了，棋子一把扶住他，歇斯底里地大声吼叫："操！快叫救护车！"

之后，他什么也不知道了。

叶斯年又住进了医院，在迪厅晕倒，让他确信自己真的病了。医生警告他，如果再发生类似的事情，就会导致心脏停止有效收缩，全身供血严重不足，因为发病很突然，如果得不到及时的抢救，后果不堪设想。叶斯年仍无法接受这个事实，这太不公平了，居然把他这么热爱自由的人关进了医院。叶斯年整天在医院大闹，他老妈没有像以前那样教训儿子，她表现得非常心平气和，小心翼翼地劝儿子要听话。老妈说话的声音柔和得让叶斯年无法接受。

一天下午，棋子跑来看叶斯年，那一整天，叶斯年一直拒绝吃药，把来打针的护士也一个个骂了出去，还把药扔在地上踩碎。正在那时，棋子进来了，看见叶斯年发疯，一把抱住他吼道：叶斯年，你不要命了？有病不治，你傻啊你！

叶斯年愤怒地指着他的鼻子说，出去！你给我滚出去！我就是傻逼，傻逼不需要同情，你们都给我滚出去，我现在就是不要命了，怎么样？

棋子也生气了，操！别以为你生了点儿破病，就能为所欲为，哥们儿不吃你这套，你爱吃不吃！说完很响地关上门。

那天一直到天黑，叶斯年没有吃一粒药，中午的饭倒是吃了一大碗，他是在跟上天赌气。老妈一天也没吃饭，她苦口婆心地劝儿子，外婆也低三下四地求孙子。叶斯年不理她们，他说，你们烦不烦啊？大不了，一死了之，我不怕。

由于情绪一直激动，叶斯年的胸口开始隐隐地疼痛，脸色苍白发青，老妈叫来了医生。

医生后面跟着两个有点怯场的护士。

医生严肃警告说，叶斯年，你现在必须吃药！

叶斯年说，我不吃，他妈的我不怕死！

医生说，没有死那么严重，有病应该配合我们治疗，先把病治好。

叶斯年面不改色地说，我要试一试，不吃药会不会死人，会不会变成傻逼。

这时他老妈"哇"的一声哭了，她有点绝望地哭着说，医生，你去忙你的吧，不要再理他了，今天，我就看着他死，让他死……

老妈号啕大哭，叶斯年怔住了。

在他的印象里，老妈从来没有哭过，更何况当着这么多人的面。

老妈哭着，捂着脸跑了出去。

这孩子，怎么还不听话，看把你妈气的！外婆唠叨着追出去。

叶斯年愣了片刻，指着护士说，你，把药拿来，还有那什么针也尽管打吧！

医生护士们面面相觑，似乎在怀疑她们的耳朵和眼睛是不是出了问题。

叶斯年想，老妈都能当着众人痛哭，我吃下这些不是很苦的鸟药，应该没有问题。

在叶斯年的印象里，老妈从来没有当着这么多人的面哭过，甚至在家里她也从来不哭。他开始配合医生治疗，只是老妈的哭声让他变得更加沉默寡言了。过去，他一直认为自己是个头脑简单四肢发达的家伙，虽然什么都不懂可是很健康。他可以自由地喝酒吃肉、玩几个通宵的游戏，现在，他才意识到自己连"四肢发达"的资本也没有了。

有时候，叶斯年意识到自己真的要完蛋了，他仔细地听着心跳，心脏怦、怦、怦地有规律地跳动着，听心跳时，他会变得异常安静。原来听心跳时，人会变得如此真实。为什么过去，他从不知道，也从没有关

心过自己的这颗心呢？

叶斯年承认，住院之前他没有认真地干过一件事情，哪怕仔细地系衣服的扣子。为了把自己装扮成一个派头十足的小混混，衣服上的扣子一直都是形同虚设。他二十五年的人生，在别人眼里几乎没有一件光彩夺目或者纯洁可爱的事情，翻开他的这本书，上面写满了浪子、无赖、寄生虫、小混混，几乎页页充满了乌烟瘴气。

现在，躺在病床上，叶斯年才发现他这二十五年的时光，一半用在了浪费生命、游戏生活，一半用在了吃饭、睡觉、打牌、喝酒、泡吧上。坦率地讲，别人眼里的他不是败类就是酒鬼或者赌徒，他也对这些称呼表示认同。他一直觉得人如果能堕落得像他一样，那也是件很不容易的事。

世界那么大，他却哪儿也不能去，不知道其他病人是怎么过的，反正，叶斯年受不了这样的清静。他走在医院里，来来往往的人，和他擦肩而过，他却没有一个说话的人。

# 2

住院期间，那帮狐朋狗友没有一个来看叶斯年，他们肯定都知道他住院的事，可是他们一个个像蒸发了一样。只有棋子在一天下午，悄悄地推开了病房门，贼头贼脑地小声说："叶斯年，你千万别大声，不然你老妈就把我轰出去了！"

棋子趁叶斯年老妈回家的空档，才溜进来的。叶斯年这才知道，老妈每天凶巴巴地守在门口，把前来探视的哥们儿一个个都打发走了，棋子是最执着的一个。

"你不知道，你妈瞪人的样子真是可怕。她一看见黄头发，或者戴耳环的哥们儿来找你，就一个一个轰走，说以后谁敢来打扰我儿子，我

就和谁拼命或者报警；你到底得的什么病啊，能把你妈吓成这样？"

这时他发现，棋子的一头红发不见了。棋子摸着短发，嘿嘿地笑着说："没有办法，哥们儿想见你呀！"

叶斯年笑了笑骂道："你真是猪头啊，对了，你那老爸的情人怎么样了？"

"嗨！上次为酒瓶的事情，老爸差点没打死我。我叫着他的名字说，如果狐狸精比你儿子还重要的话，我现在就去派出所自首。没想到这招可真灵，那狐狸精也不知道最近藏到哪去了，我硬是没找见。不过，老爸不敢背着我打我妈了、逼她离婚了。听说狐狸精走了，没有人知道她去哪里。"

"狐狸精真的走了？"

"别说话，你妈来了，她怎么这么快就来了，我怎么办啊！出去来不及了！"棋子从窗户里看见老妈正要上楼，他居然吓得不知所措。

叶斯年也紧张了，忙指了指床下，棋子想也没想就钻了进去。

老妈提着饭进来的时候，叶斯年若无其事地翻着一本漫画书，耳朵却竖得老高，生怕棋子有点响动，惊动了他那精明的老妈。

好在老妈正要嘱咐叶斯年吃饭的时候，电话突然响了，叶斯年心里窃喜，他想棋子也一定在床下喊"天助我也"！果然，老妈接完电话说有急事要出去。

棋子爬出床来，和叶斯年共享了一顿美餐。

棋子临走前从口袋里摸出了一个盒子，说，送给你的，叶斯年打开一看，是个翡翠弥勒佛。

"小子，你哪来的这个？"

"你别忘了，我老爸有的是钱，以后见你的面也困难，这是我专门给你买的，你就戴着它吧，希望它能保佑你早点好，我可不喜欢你整天躺在病床上，真变成傻逼……"

叶斯年大笑，在棋子面前他是从不说谢谢的，随即，戴上了那个乐呵呵的弥勒佛。

棋子走后的第二天，叶斯年就出院了。

现在，叶斯年同所有人一样日落而息，日出而起，他在家里很充实也很悠闲，一点也不无聊。每天，他要按时吃药，定期还要去医院做检查。不过，他一直不知道自己的心脏目前的状况，老妈和医生总是像没事一样，让他放轻松。凭感觉，叶斯年知道他们正联合起来，隐瞒着一个真相。外婆搬来和他们同住。这个小脚老太太都快八十岁了，还是那么精神抖擞，每天一大早起来还要去广场锻炼，做饭时还要哼"好一朵美丽的茉莉花……"

外婆是这个世界唯一爱叶斯年的人，也是他最爱的人。对她，叶斯年是不设防的，小时候他考试成绩不好，老妈总打他，外婆总会用她瘦小的身体保护他。老妈打叶斯年，外婆总是大发雷霆，"要打我乖孙子先来打我好了"，这是外婆说了十几年的话。外婆不是娇惯孙子，如果不是她，真的不敢想，叶斯年现在会堕落到何种程度。正因为有外婆的爱，他才能容忍所有人给他的难堪。叶斯年爱外婆，在她面前，他可以表现出自己还是个孩子，而对那事业有成的老妈，他总是面无表情，爱理不理。

在家养病的这些日子，实在无聊，他会同外婆聊聊天，外婆会把那些陈年旧事不厌其烦地一遍又一遍地讲给孙子听。

外婆曾经是江南大户人家的小姐，身上的贵族气息很浓厚，年轻时也是个水灵灵的大美女，现在脸上虽然长了老年斑，可依稀还是可以看出点当年的影子。叶斯年想象不出昔日的外婆何等漂亮，不过这一点老妈可以证明，或者叶斯年那英俊的舅舅可以证明。当然，叶斯年也可以证明一点儿。

外婆会拿出一张发黄的老照片，戴上老花镜，用手摸了又摸，看了又看，然后叹口气，感叹着："光阴似箭啊，那个时候我还是个黄花闺女，你看这是我大哥，这是二哥，这是我父亲，也就是你的太爷爷……"

叶斯年会顺着外婆的手指看下去，相片是民国时期拍的，背景是有点模糊了，外婆说是在他祖父的堂屋前拍的。相片上的外婆梳着两个小辫，有点拘束地夹在她的大哥和二哥之间，外婆说那时她刚放开缠了的脚，心里很高兴，但是她的脚已经变形了，再也长不大了。外婆说，要不是她那个出国的舅舅回来说服她母亲，说不定她那封建的母亲早就把她嫁出去当了童养媳。

外婆每次说到她缠脚的事，都有点忧伤，她的记忆是从缠脚那天开始的，尽管那是件很遥远的事了，但每次说起她都有种恍若隔世的感觉。看来，缠脚的那天是外婆记忆里最疼痛最悲伤的一天。只要看见那张相片，外婆就会给孙子讲缠脚的事。对缠脚这件事叶斯年是非常陌生的，可他还是对外婆充满了同情，也会耐心地听她讲，他常常会听着外婆的故事沉沉睡去。

叶斯年经常感觉疲乏，感到无力。

他真的病了。

这个病同时也让他告别了红头发和白酒瓶。

出院后，棋子一直没来找过他，他像蒸发了一样。

叶斯年打过几次电话，但都有个陌生的女人说，"对不起，您拨打的电话已停机……"

有时候，他会在心里大骂棋子忘恩负义，他怎么连换手机号码也不和他说？这小子可真是个猪头。叶斯年的生活圈子一下子变得特别特别小。除了外婆每天主动和他聊天，他几乎没有心思张口说话。以前实在无聊时，叶斯年会嚼个口香糖，让嘴角夸张地抽动；现在嘴巴也沾了心脏的光，得到了前所未有的休息。

一个秋雨绵绵的晚上，叶斯年做了一个梦。

那个晚上也许是睡得太早的缘故，半夜醒来，发现外面下雨了，他

起身关了窗户。躺回床上，就做了一个梦。睡梦里，他梦见了老妈，叶斯年一直在别人面前叫她老妈，其实老妈并不老，也不是丑八怪，她是一家公关公司的经理，气质优雅，她对自己所拥有的一切都很满意，除了婚姻和儿子。那晚叶斯年梦见，老妈和他在公园里放风筝，她牵着儿子的手，奔跑着。她穿着席地的长裙，笑得很灿烂，蓝蓝的天空上，风筝逍遥地飞着，叶斯年追随着风筝，大声喊着"妈妈，看，我们的风筝飞得多高……"

叶斯年喊醒了，感到呼吸有一点急促，现在，身体脆弱到禁不起做个美梦。外面还在下雨，他吃了一片药，打开房间，就看见老妈独自一人站在阳台上，她又在抽烟。最近老妈对儿子关怀备至，而且很久没有骂过他了。她不骂，叶斯年倒觉得不自在，她越好，叶斯年越不敢正视她的眼睛，他知道，这个世界上，他最对不起的人就是老妈了。

叶斯年是很少叫妈的，也好多年没有叫过爸了，他对赐予他生命的这两个人充满了恨。他们两个因为爱情而结婚，婚后幸福了六年，父亲背叛了母亲，叶斯年六岁时，他们离婚了。当时老妈想尽各种办法争取到了儿子的抚养权，从此他失去了叫爸爸的权利，老妈不让他见那个人，因为这个，他也很少叫她"老妈"。

其实叶斯年不是完全失去了叫爸爸的权利，是他自动放弃了叫爸爸的权利。七岁那年，叶斯年放学没有回家，而是直接去了爸爸家。不知道为什么，那天特别想见爸爸，可当他兴冲冲地推开门，看到的是爸爸和一个年轻女人亲密地坐在沙发上。

叶斯年顺手拿起门口的一个瓶子朝那女人砸去，那以后他再也没有叫过一次爸爸。那人实在不能忍受亲生儿子对他敌视的目光，半年后出国了，在国外，他每月按时给儿子寄生活费，可叶斯年从没动过他的一分钱。

叶斯年从没有问过老妈和那个人之间到底发生过什么事情，但他觉得爱情是最靠不住的东西。叶斯年一直希望自己是外婆生的孩子，那样就会和老妈没有母子关系，她也不会天天唠唠叨叨地教训自己、打自己了。因为他太不争气，常惹得老妈生气，她脸上的皱纹与岁月无关，与

他却息息相关。

老妈抽烟一般是心情不好的时候，小时候一看见她皱着眉头，吐着烟圈，叶斯年就会吓得紧紧抓住外婆的衣服，腿会不听话地发抖。香烟在老妈的手上燃成灰烬，蓝色的烟雾在她身旁缭绕，她的神情变幻莫测。老妈一动不动地听着窗外的雨声，叶斯年很想上前打个招呼，甚至想告诉她，他刚刚梦见了她。

老妈听见响动转过头来，叶斯年发现她居然在哭，她的眼里全是泪水，他呆住了。他知道自从他生病，老妈哭了很多次了，可是她从来不会当着他的面哭的。

过去他一直认为，抽烟的女人是不哭的，至少是不会当着别人的面哭，尤其老妈更不可能哭。老妈看着儿子，叶斯年也看着她，客厅里没有丝毫的响声，外面的雨比刚才大了，噼里啪啦地敲着玻璃也敲着叶斯年的心。

叶斯年很想喊一声"妈"，哪怕只有他一个人能听见。

"上卫生间吗？"老妈匆忙熄了烟问。

叶斯年低下头"哦"了一声。

晚上他再也睡不着了……

叶斯年开始胡思乱想，过去他的睡眠充足，倒头就睡，也很少做梦，因为他白天的时候会把自己累成狗，其实就是玩虚脱的样子。而如今他无所事事，不能玩，不能剧烈运动，还吃得好喝得好，那么年轻的躯体怎么可能睡得着？他想起去年和棋子等几个哥们开车去云南，他们住在泸沽湖边的一家民俗酒店里，夜里有人点燃堆起的木块，大家围着火堆跳舞、喝酒，和远方而来的姑娘唱歌，如仙境一般，让他舍不得离去。离别的时候，有个上海的姑娘，为他恋恋不舍，导致他一回来就换了手机号。

失眠到凌晨两点的时候，叶斯年起身站在窗前，看窗外的夜色，他从没有这个时间看过深圳的夜景，看着看着，他突然流下泪来。

他对自己说，我必须要重新思考我的人生了。

叶斯年开始看书，过去不是为了考试，他几乎从不看书。如今，他开

始认真看书。他第一次去了书房，老妈有一些藏书，他每天早上给自己泡一杯淡淡的茶，然后会坐在书桌前看书，他还在笔记本上写下自己阅读过的书、看过的电影。他最近在读一本巴掌大的小书，叫《浮生六记》，这是叶斯年第一次主动阅读。小时候他也看《三国演义》《水浒传》，不过都是简体版，这次他想一定要读完这本书，哪怕是艰涩的文言文。有时候，读着读着就睡着了，梦里依稀是他们的生活。这是一本描写乾隆年间一个叫沈三白的平常男子和她妻子芸娘的平常生活的书，浮生若梦、为欢几何，但感情其实都一样。他们生活在沧浪亭畔，叶斯年为他们的夫妇之情感动，真是神仙眷侣，他们一起赏风吟月、游山玩水，他们在自家走廊里相遇，也忍不住要悄悄执手一握，低语相问，真是布衣饭菜，尽可终生。叶斯年只觉得这对夫妻的欢娱如此真实有趣，吃豆腐卤这样的小事写起来亦是生动非凡。他们印刻章，"愿生生世世为夫妇"，夫为朱文，妻为白文。沈复外出，两人通信，在信笺结尾必定要盖上这一个"愿生生世世为夫妇"的章。这是属于三百年前的浪漫。但在字里行间却充溢了沈复的哀愁，他们做了二十三年的夫妻，后期颠沛流离，但却如此伉俪情深……

　　叶斯年第一次读这样的书，他有点怀疑，如今，结婚两年的小夫妻，就已经失去激情，感觉到生活的平淡，更何况几十年。叶斯年一直觉得两个人能白头到老简直是个奇迹，比如他的父母……

4

　　叶斯年的家坐落在深圳市某一个角的高楼里。

　　他不是地道的南方人，父母都是北方人。当年，父母为了永恒的爱情，大学毕业就来到这里工作。当时正是改革开放初期，他们和很多人一样，都加入了建设经济特区的行列，叶斯年也理所当然地就被生在了

这个空气差、污染严重、白天黑夜不得消停的城市。

这个城市太大了，车多、人多、楼房也多，整个城市每时每刻都是闹哄哄的，即使待在窗户紧闭的房间里，也能感觉到杂乱的声音从四面八方钻进来。

叶斯年从来没有喜欢过这个城市，那又挤又闷的人群，宽敞空旷的街道，还有大款的宝马和乞丐假装的可怜，都让他深恶痛绝。如果要说喜欢，就数去"宵夜"了，叶斯年已经习惯了夜间的生活，要不是生病，不知道他还要"宵"到什么时候。

叶斯年小时候曾经幻想自己能有一双翅膀，那样他就可以在喘不过气的时候，离开这个城市。可是他一直不曾长过翅膀，当然他就只能一直待在这个颜色灰暗的城市，独自一个人边走边醉。他的这个样子应归功于他那好强的妈，因为，她不让儿子把家里的事情告诉别人，更不能说自己是个单亲家庭的孩子，那样别人会欺负他。为了不让人发现儿子是个单亲家庭的孩子，老妈给儿子转了六次学校，当然不停地转学也是叶斯年没有朋友的一个原因。

长久以来，不管是撕心裂肺的痛楚，还是偶尔的快乐和欢笑，叶斯年都一个人憋在心里，有些话他也不敢告诉外婆，怕她又告诉老妈。所有的心情、所有的喜怒哀乐，都被一张冷冰冰的脸所覆盖。在别人眼里是酷，而他知道那不是真实的自己，那是一个虚伪的假象。他觉得所有人和自己一样虚伪，比如老妈，当她正蓬头垢面地追着打他，打得歇斯底里的时候，突然有人打电话，找公关经理的她时，她会在一秒钟之内把微笑挂在脸上。

有时候在大街上溜达，看着一张张复杂的面孔，叶斯年会同情他们辛苦的伪装，他们活得可真累啊。过去，他在家里除了吃饭睡觉，一分钟也不想多待。他总是闷闷不乐，家里没有人，空荡荡的，而他总是空虚无聊。最要命的是他很怕一个人待着，外婆家他也懒得去。好在他有一帮酒肉朋友，他们随叫随到，即使陪他喝酒喝到天亮，也不会觉得累。

这个城市说大也大，说小也小，半年玩下来，所有能去的酒吧迪厅都被他们玩遍，再去玩的时候，他们总会站在马路边为去哪里"疯"而争得面红耳赤。当然去哪里都一样，去哪里的目的只有一个，那就是麻醉自己。

和冷清的家相比，他宁愿去酒吧迪厅喝酒狂欢，因为那里无论白天黑夜都充满着笑声和叫声。最让他快乐的是，那里总会闪烁着刺激的灯光，令人激动，各色暧昧的光线，可以让人尽情地发泄，像动物一样吼叫，甚至醉生梦死。

叶斯年认为自己是败类，败类不去迪厅谁去迪厅，他一直这样安慰自己。心脏有问题后，他再也没有去过酒吧，那里疯狂的音乐会让他昏死过去。他试过一次，再不敢试第二次，人都是怕死的，他也一样。有时候他开玩笑、说大话、吹牛说自己天不怕、地不怕、更不怕死。这话在他打架的时候最管用，对方一见是个不怕死的家伙，心一虚，腿一软，他就不战而胜了，现在想想那时候他装得可真像。

叶斯年和老妈一直住在一大套的公寓里。老妈的软件公司实力雄厚，业务遍及世界很多国家。小时候，老妈雇了一个保姆照顾他们的生活。叶斯年的房间被保姆打扫得一尘不染，衣橱的衣服挂得整整齐齐。叶斯年受不了这样的整洁，他把保姆赶回了家。后来老妈没有办法，就给他找了寄宿学校。叶斯年的家，因为常常是空空荡荡的，所以有时候，即使在酷热的南方，也会显得很冷清。

**5**

叶斯年一直很配合医生，每天都按时吃药，定期去医院做检查。

他的主治医师姓欧，是他一个中学好友欧清波的爸爸，欧清波现在在法国留学，欧医生很少在他面前提他的儿子，只说，欧清波曾经很想

念叶斯年。

叶斯年笑了，说，他可能都不记得我了。

欧医生让叶斯年的心情时刻保持一种平静，他给了他许多建议。比如听优美舒缓的音乐，泡温水澡，每天坚持散步，保持充足睡眠，还有吃饭细嚼慢咽；平时没事的时候可以种花养鱼晒太阳，心情紧张时最好马上平躺在地上，想象蓝天白云还有青草地。最要命的是他还建议叶斯年，每天朗诵一篇抒情散文或者两首诗歌。

没有办法，为了活命，叶斯年每天都做上述的事情。

叶斯年知道这是报应，因为上天也懂黑色幽默。过去他从没有做过这些事情，也不屑做这些事情。现在他的生活每天都在重复着这些事，他没有觉得丢人，反而觉得生活很充实。

叶斯年从没有像今天这样宁静平和，他几乎忘记自己曾经是个多余的人了。

也许一切都是命中注定的。

有时候他还是不小心会回到原来的那个他。

比如，过人行横道时，他会像走公园里的林荫小道，两手叉到裤兜里，吹着口哨，慢慢悠悠、若无其事地走过去。直到汽车喇叭乱叫的时候，才意识到自己又犯错了。要是过去，才不管喇叭什么的，他会叼着烟，斜眼看着那些司机说，我走我的你按你的，有本事压过来啊，谁怕谁啊，司机们都会骂他疯子，避开他走。

还有，现在吃饭有时候一着急，他就狼吞虎咽，外婆会笑着提醒，"看看，又急了不是！"

人的有些习惯是可以慢慢改的，如果危及生命，那就更要改。很奇怪，最近每天晚上，他都做同一个梦，总梦见他五岁那年养过的那只小白兔。那只兔子陪他度过了一个夏天一个秋天，它是父亲从乡下爷爷家里抱来的。那时候他每天起床穿好衣服，第一件事情是跑到小白兔的笼子跟前，看它是否起床了。几乎每天，它都会用红红的圆眼睛迎接他，他总会抱着它傻笑。

后来小白兔死了，它的死与叶斯年有很大的关系。叶斯年当时在看动画片，它跑出去吃了刚刚打过农药的叶子，晚上就死了。小白兔死的那天，叶斯年哭得很伤心。那是他第一次感受死亡，这么多年他一直没有忘记那件事，一直在责怪自己，后悔当时没有洗那菜叶子。到现在，他一直都骂自己是个十足的混账，小白兔肯定也恨透他了！

对童年记忆最深刻的是叶斯年抱着小白兔冰凉的躯体，等它醒来的样子。那也是他第一次，感觉生命这个东西。叶斯年从来不吃兔子肉，这是他唯一能做的。

如果说起无忧无虑的日子，那就是父母没有离婚、和小白兔在一起的日子。

叶斯年埋葬小白兔的同时也埋葬了自己的快乐。那时候他除了上幼儿园，别的时间一直和小白兔形影不离，小白兔那双红红的小眼睛一直追随着他，给了他莫大的快乐。叶斯年都不记得，自己有多久没有认真地思念它了。

小时候叶斯年偶尔会梦见小白兔竖着耳朵，叼着一根胡萝卜快乐地在他的身边蹦蹦跳跳，跑来跑去，他蹲在它的旁边，轻声哼着："小白兔，白又白，两只耳朵竖起来，爱吃萝卜爱吃菜，蹦蹦跳跳真可爱……"

每次从梦中醒来，发现自己依然躺在床上，院子里也没有兔子的影子，他就特别地失落。最近他常常半夜醒来，很难再次入睡。其实要不是生病，他年轻的身体，无论是体力还是精力都应该是人生的巅峰期，每天十个小时的睡眠的确是太多了。

叶斯年渐渐感到了煎熬。他虽然平静了下来，但他也变得有点抑郁。他觉得自己根本就是一个无意义的所在。阳光灿烂时，他会去楼下花园里一棵开着粉色花朵的树下小坐片刻，或者去不远处的咖啡店里要一杯果汁，他现在不能喝咖啡。他常常会坐在窗前，看街上来来往往的人，基本上整天也不说一句话，也从没有遇见过什么熟人。世界很热闹，孤独却如影随形，他找不到说话的人。叶斯年不知道其他生病的人是怎样

度过这样的日子的。有时候，叶斯年觉得自己站在悬崖边上，他的面前似乎已经没有路了，退回去更不可能，因为时光不会倒流。每每想到此，他不禁有些悲伤，也许他的人生已经到了尽头。这是他绝望的时候，但是，更多的时候，他筋疲力尽，什么也不想。

疾病是一种煎熬，偶尔想到死，他会默默流泪，他不是怕死，是死亡来得太突然了。第二天醒来的时候，看着阳光洒进屋子，他觉得自己的生命其实一直缺少阳光的照耀。他像一颗即将干瘪的苹果，正在失去水分，随时会腐烂或者被人丢弃。

吃过饭，他独自去楼下花园里小坐片刻，他拿着手机不知道给谁打电话。真正的朋友其实只有那么两三个。而现在他不能见他们，他得静养。有时候，一天，他也不会说一句话。他每天早起早睡，大夫说以后不能抽烟了，他就自动戒烟了，而且烟戒得很彻底。他感觉自己是一只垂老的猫，每天安静慵懒地趴着，不说话，有时候会一动不动。仿佛一动会跌落悬崖。

不知道怎么了，最近常常失眠，可能是内心深处的忧虑在折磨着他，即使睡着了，也不是很踏实，不是做梦就是被轻微的动静惊醒。有时候睡到半夜，就再也睡不着了，他也不会强迫自己。偶尔，他会上上网，一般是看看各种新闻，听听舒缓的音乐，他是极少聊天的。这天晚上，他怎么也睡不着，实在无聊就打开电脑，打开 QQ，翻看自己的个人资料。

昵称：侠客逍遥，血型：B，星座：白羊，个人说明：喝酒吃肉及时行乐才能对得起生活。

记得叶斯年曾经用"侠客逍遥"这个网名，在网上泡过很多个 MM。

刚上大学时，曾有一段时间，他专职在网上泡妞。几乎把老妈寄的所有生活费交给了学校的一家网吧。网络就是精神鸦片，它让很多人乐此不疲，叶斯年也一样。他曾经也是"网吧就是我的家，吃喝拉撒全在那"，记得有半个月，为了打游戏，他没有出过网吧的门。

在他专职泡妞的那些日子，往往晚上寻找猎物，虚情假意地请求见面，然后约到酒吧，酒吧里的灯光让他常常以为泡到了一只美丽的小金

鱼，酒足饭饱带出酒吧，才发现楚楚动人的 MM 原来都个个他妈的惨不忍睹，厚厚的脂粉掩盖了她们的青面獠牙。每次，都被吓得酒精全无，他会借口"方便一下"，然后逃之夭夭。

如此反复多次后，他便彻底放弃了在网上寻找美女的嗜好，"网上无美女"这是公认的事实，渐渐地，他也不去网上泡妞了，其实泡妞本身是很无聊的。

缓缓敲着键盘，删去了过去所有的痕迹。叶斯年把昵称变成了"一棵树"，除此之外别的全是空白。可能是过了一段良民的日子，觉得每天只要不吃那一把一把的药片，变成一棵能制造氧气的树也不错，起码树比他活得精彩。

QQ 头像闪烁不停，他却无动于衷，好几个自称美女试探着与他打招呼。

"小帅哥！"

"你好啊，愿意和我分享迷人的夜晚吗？"

"今晚有人陪吗？"

……

叶斯年瞪着眼睛不理不睬，突然发觉自己真的变化了好多。过去即使懒得理她们，也会骂几句这些假冒的美女是"狐狸精"。

现在轮到别人骂他了。

"神气什么！死家伙！去死吧！"

看到这句话，心里莫明其妙地有点伤感，真的不知道自己会在哪一天死去，他这颗心，说不跳它就会真不跳了。

正想关掉电脑，他的 QQ 里闪出了一个叫"兔子"的家伙，看来这个人也是个向往自然的家伙。

一动不动地盯着她的头像，叶斯年在期待什么呢？

这么晚了，正常人都睡觉了，像他这样的"闲人"是绝对不会有的。该不会是个变态狂吧？不过也很难说，林子大了什么鸟都有，何况在网上呢。

兔子上线半天也没有说话，它好像并不打算理叶斯年，还玩个性？哼，她不先说话，叶斯年才懒得理呢，这年头，网上的虫子比牛毛还多N倍。

不知道过了多久，那个兔子的头像突然动了，她说话了。这时，叶斯年正在翻看火箭队进球的图片。

顺手按下收信息。

兔子：一棵树，你真是很奇怪啊！

一上来就说奇怪，叶斯年觉得挺纳闷。

叶斯年喝了口水，决定灭一灭她的威风：

死兔子，有什么奇怪的？我可没惹你，你干吗一上来就说我奇怪！

哎，你这人怎么骂人啊，我说你奇怪，是觉得你的网名起得特别，没有恶意啊！

那你怎么不说特别，偏偏说奇怪，真是不说人话！

哎，你还来劲了你，我就说了个奇怪，又没有说你是同性恋，或者艾滋病患者，你干吗那么激动！

什么什么，你居然想骂我是同性恋和艾滋病患者，闭上你的臭嘴吧！

兔子：这句话应该我说才对，这么晚了，你像吃了炸药似的，真受不了你！

互相对骂了几句，叶斯年觉得有点意思，突然有了兴致，他端起杯子喝了一口水，等了一会儿，不见兔子说话。

得了，丫头，我们讲和吧！

兔子：你怎么知道我是丫头的？真是！

傻瓜都看得出来！哪个男人会给自己起名叫兔子！

谁规定兔子只能是姑娘起，兔子又没有性别……

那你最好在兔子前面加上个母字，变成"母兔子"，你觉得怎么样？哈哈……

你……气死我了，那你的一棵树最好也变成"一棵雄树"吧，不然万一别人把你当成女人就麻烦了……哈哈哈哈。

说够了吗？母兔子……我的牙都被你气痒痒了。

是吗？树怎么可能有牙齿呢？对了，你肯定是怪物。

死丫头，再说，我就……

兔子：你就怎么样？我可不怕你，你要是再敢骂人，我就把你拉进黑名单，让你永不得翻身。

算你厉害，算你厉害……

这下你可以好好说话了吧，一棵树先生。

丫头，我从来不知道什么叫"好好说话"，你知道，树是不说话的。

原来，我是在和空气聊天啊，天呐，我好可怜。

死丫头，你……

呵呵，嘴巴还没有歪吧。

大笑过后，叶斯年的心开始跳得厉害，平静了一下自己，真的从来没有这么开心过，真是只可爱的兔子。

你是一只妖精兔，是吧？

你才是妖精树呢，告诉你吧，我现在已经握紧拳头了，你真欠揍。

丫头，别太得意……我……

你怎么样？哼，请你搞清楚，你如果动手，遭殃的可是你面前的电脑啊……呵呵。

好了，算你赢了。遇见你，我的头都大了。

我猜你是个彻头彻尾的悲观主义者？

是，我是个悲观主义者，我是一棵悲观的树。

你的生活一定是一团糟吧？不会是"从一个酒杯到另一个酒杯吧"！呵呵。

死丫头，你真厉害，我曾经是一个酒鬼。

天呐，你真是酒鬼啊！

叶斯年被兔子问得哑口无言，现在就是他热爱生活，生活也会抛弃他的。半天没有说话，兔子真的是一个可爱的 MM，叶斯年的眉头舒展开来，对着电脑乐了，就因为她说他是酒鬼那句话。

怎么了？你生气了啊，对不起，我是个说话不把门的人。我相信你和我一样热爱生活，因为你是一棵树啊！

或许吧，你这个小丫头片子，还真能说啊，生活在我眼里已经糟透了。

好了，不要说糟了，如果你再说糟就真会糟的。

谢谢你，谢谢你带给我这么一个美好的夜晚！

一棵树先生，闭上眼睛感受一下这首诗：难得，夜这般的静/难得，炉火这般的温/更是难得，无言的相对/一双寂寞的灵魂……

哎！死丫头，有没有搞错，现在是秋天，谁家可能有炉火啊！

叶斯年想故意逗逗她。

兔子：我晕，我晕，我晕啊，和没有一点点浪漫细胞的人聊天原来如此痛苦啊！哎！一棵树，你好苍白啊！我是想告诉你，他们寂寞的灵魂在今晚是不孤单的。

实话告诉你吧，长这么大，我从来不读这种酸得掉渣子的歪诗，这种诗就是专门给你们这些爱做梦的小姑娘写的。

叶斯年猜电脑那边的丫头一定哭笑不得了吧。

时间不知不觉间已经过了三个小时，叶斯年和兔子谁也没有下线的意思，天快亮的时候，

兔子突然说：糟糕，怎么办？光知道和你聊天，我的教案还没有写呢，明天园长还要检查呢！昨天晚上，我就是因为不知道怎么写教案才想上网放松一下，你以为我闲得无聊才半夜上网吗？我可是第一次在半夜上网，好奇怪，居然不困。

什么？什么吗？什么园长，教案，叶斯年听得越来越糊涂了。

坦白告诉你吧，和你聊了这么多，我感觉你是个好人。所以，告诉你吧，我叫水静玉，没有爸爸和妈妈，只有爷爷一个亲人，今年二十一岁，是幼儿园的老师。还有啊，我是绝对的好人，所以你也要相信我，那你能告诉我你叫什么名字吗？

兔子居然告诉了叶斯年她真实的身份。

丫头，你知不知道好人是不说自己是好人的，还有啊，你以后可别

这么随便相信啥人都是好人，人是很复杂的！

你到底说不说你的名字，我又不是查户口的！

和查户口的差不多了，我叫叶斯年，男二十五岁，在家里休假，而且我并不是好人啊！

呵呵，好人往往都说自己不是好人。

……

叶斯年和兔子就这样认识了，她有个很可爱的名字，水静玉。

聊了一夜，叶斯年没有感到丝毫的困意。后来水静玉告诉他，那天晚上是她第一次在夜里上网，当她看到有个叫一棵树的家伙时，同样很惊讶，同样不知道怎么打招呼。

记得外婆曾经说过，缘分就是发生在某一年里的某一天，一个期待已久的偶然，是冥冥中和一个人一种无法言语的联系，缘分就是命中注定的。

当时外婆摇头晃脑地说，叶斯年听得云里雾里的一片茫然。

现在他明白了，缘分其实就是他们期待已久的快乐。世间的很多事，其实是不能解释的，那些表面的风和日丽实际上充满了暗流涌动，你不知道明天会遇见什么，告别什么。

过去叶斯年有很多"女朋友"，但从没有认真地爱过一个女孩。他没有经历过爱情，以前一年可以换十几个女朋友，只要愿意，可以天天换身边的女孩。

寂寞的时候带上一个漂亮的小妞，去酒吧喝酒打发时光，对外称是自己的女朋友，显得很有面子，而奇怪的是那些姑娘也乐意跟着，可能是在觉得他很酷或者很有钱吧。

这二十五年来，喜欢过叶斯年的女孩其实很多，可是真正爱过他的姑娘只有一个，她叫辛月儿，她和棋子一样都是叶斯年大学时的同班同学。辛月儿身材高挑，单薄，像细长的刚刚发芽的豆芽，刚入校，就吸引了很多男生的目光。他们相识在新生报到会上，叶斯年当时正在排队等着分配宿舍，一个女孩突然走过来对他说，你告诉我名字，我给你去取出来。

叶斯年就告诉了她自己的名字。两分钟后，辛月儿取回了那张表。她说，走吧，这么热的天，我带你去宿舍。辛月儿说，你知道吗？你是我在这一批新生里见到的最英俊的男生。

叶斯年以为她是学姐或者学生会的，就跟着她去了宿舍。一路上，辛月儿问什么，他就乖乖地回答。后来，他才知道，辛月儿和他一样也是大一新生，她是跟着她学生会的表姐做志愿者呢。辛月儿的父母也是早年南下的那批精英，她父亲已经拥有一家实力雄厚的外贸公司。辛月儿整天阳光灿烂的，一看就是幸福家庭里成长的孩子。叶斯年一直把她当朋友，他和她还有几个铁杆玩伴们常常一起逃课，去街边吃小吃，看电影，打游戏。那时候，尽管看起来已经成为大人，但心里依然单纯文静。他们有时候彼此揽着对方的肩，当时，某种程度上，叶斯年没有把辛月儿当女孩。他们圈子里就她一个女孩，有一个夜晚，他们从外面看电影回来，辛月儿突然趁叶斯年不注意，踮起脚，伸出手，看着叶斯年闪闪发亮的眼睛，摸了摸他的额头、眉毛、鼻子。后来，她的手触到了他的嘴巴，她停顿了一下，闪电般地亲了一下叶斯年的脸颊。

她说，叶斯年，我喜欢你，你可知道？

叶斯年愣在那里，可是，他没有想到一直以兄弟相称的辛月儿居然喜欢自己。他其实从来都没有把她当女孩。

辛月儿疯狂地追求了叶斯年两年，为了让他能喜欢她，她变得无比叛逆任性，她学会了抽烟喝酒还有泡吧，甚至穿低胸的裙子。可叶斯年却从没有关心过她一次，甚至从那之后没有认真地看过一次她为了能取悦于他而精心修饰过的那张脸。

在一次喝酒的时候，辛月儿劝叶斯年少喝点，叶斯年当时很愤怒，又觉得她的唠叨简直让人烦透了，就顺手用酒瓶在她额头上留了个永久的痕迹。辛月儿却对别人说，是她自己不小心在台阶上磕破的。

叶斯年和几个朋友，常常约不同的女孩去酒吧，去餐厅，他们从来不和女孩谈感情，他们只和她们调情，并且乐此不疲。辛月儿照顾了他两年的生活，因为叶斯年老换女朋友却从没有喜欢过她，甚至连临时的女友也

没让她当过一次，她伤透了心，大学读了两年就自费去了法国留学。

临行前的周末，辛月儿找到了叶斯年的家里，辛月儿说，我来看看你，毕竟你是我喜欢过的第一个男孩子。

那天叶斯年一个人在家。其实他们家里基本上是空的，偶尔有人，也只有叶斯年，老妈满世界的飞，她以为供儿子上了学，她就可以松口气了。

那天叶斯年对辛月儿很客气，他那么聪明，从知道辛月儿对自己动了真感情起，他就开始疏远她了。因为他不能伤害她。现在辛月儿要出国了，他自己也放下了戒心。任何一件事情，如果不是发自肺腑的接受，总归是别扭的，感情更是如此，一开始就不喜欢，别指望有一天会突然喜欢。

辛月儿说，你们家太难找了，我好累啊，我想睡一会儿。

辛月儿就在沙发上躺着睡觉。她真的睡着了。

等她醒来时，看到叶斯年在看无声电视。她目光忧伤地说，斯年，我从大学新生报到的那天，在人群中看到你，我就喜欢上了你，我觉得你的世界是寂静无声的，尽管你表现是无所谓的样子。我看到你不屑一顾的目光里有忧伤，可是你从来没有对我敞开过心扉。

辛月儿突然流泪了，抽泣着说，叶斯年，你知道从上小学开始，有多少男孩喜欢我吗？为什么？为什么你就是不喜欢我？我一直对自己说，有一天，你会看到我，会喜欢我，会对我伸出手，而且你的手是热的。可是，你始终是冷冰冰的。

叶斯年一动不动，他没有说话，他不知道说什么，好像说什么都是错。

突然，辛月儿紧紧地从后面抱住了叶斯年，她把脸贴在他的背上，叶斯年感觉到了她温暖的泪水在他的后背悲伤地流淌，但是他一动都没有动。他在心里骂自己是个混蛋，为什么不能接受这么美好女孩的爱？他觉得自己的心就是铁石心肠，他想他也许不配得到爱。

辛月儿从沙发上起来，穿好衣服和鞋，她轻轻地走过来，紧紧地抱了一下叶斯年。

叶斯年说，后天我去机场送你，我们永远是好朋友。

辛月儿说，今天这次见面，对于你来说是和一个普通的朋友告别，

对于我，却是和自己心爱的人诀别。

叶斯年说，一切都会过去的，我们的痛苦，我们的悲伤，但在我心里，你是我永远的朋友！

听到叶斯年的话，辛月儿越发伤心，她哭着离开了叶斯年的家。

最让叶斯年觉得自己该死的事情是，辛月儿走的那天早上，他因为起来晚了没有赶上送她。

叶斯年后来觉得对不起她。这么多年叶斯年没有遇见过一个可以用心去爱的女孩。因为没有爱情这个东西，所以叶斯年好像从来都对女孩子不"感冒"，唯一感兴趣的只有喝酒。没想到在生病的日子里，叶斯年居然会遇见水静玉这个丫头，她的每一句话都能让他开怀大笑。叶斯年真想和她一起尝尝爱情的滋味，可是他还有可以恋爱的明天吗？

第二次在网上遇见兔子，是在三天以后。叶斯年真有点后悔那天下线的时候，没有问水静玉的电话，没有和她约下次一起上网的时间。网络让你得到在现实世界里得不到的东西，能让你尽情地挥洒自己的情感。可是，网络这个虚拟的世界里，还有真实吗？

可是叶斯年却相信兔子真的叫水静玉，当兔子说出自己名字的那一刻，他的心就已经为她敞开了。她的名字已经在他心里留下了烙印。

这两天叶斯年像着了魔一样，盯着电脑发呆，他不知道水静玉长什么样，也不知道她是"仙女""天使"还是抽象的"恐龙"。这些他都不知道，唯一知道的是，那个晚上一棵树和兔子聊了一夜，很开心！

这些日子叶斯年已经习惯了待在家里，习惯了在安静的房间里，听外婆的呼噜声。老妈最近不知道在忙什么，东奔西跑的，有时候一天也

见不上她的影子。

偌大的房间里常常就他一个人，他会在镜子里看到自己，他穿着白色的衬衣，目光清澈平静，他一米八的身高配上七十公斤的体重，再加上遗传了母亲的浓眉大眼和父亲高挺的鼻子，在普通女子的眼里，他很和善，很容易让人产生好感。可是又谁知道，他正在走向人生的尽头。

有时候，他会带一本书，独自去附近的公园待上一下午，直到外婆打电话叫他回家吃饭。

他常常独自走在公园芳菲满园的林荫道上，手里拿着一本书，像一个忧郁的少年。

秋天的午后，风微微地吹着，两旁长青的树枝因为吸收了太多的雨水，低垂下来，快要拂到脸颊。用手撩起枝叶时，树枝轻轻摇摆，悠闲的姿态让人羡慕无比。

灰蒙蒙的天空分不清哪是云朵哪是废气，他坐在草坪上，想了很多，却理不出一个头绪。

花园里一只只花蝴蝶飞来飞去，他的目光一直追随着，它们的生命虽然很短暂，可是它们好像是永远无忧无虑。

已经三天了，兔子为什么还不上网，是不是她把自己忘了，还是她出了什么事，还是她太忙没有时间？整天患得患失地盯着电脑，叶斯年想自己可能是陷入了一种叫作"网恋"的游戏里。

在网上再次遇见兔子的那天中午，棋子打电话来，说他就在叶斯年家附近。

叶斯年说了句，小子，你终于出现了。然后就出了门。

外婆在睡午觉，叶斯年没有叫醒她。

叶斯年走下楼，穿过两条马路，便看见棋子站在马路对面的树荫里，一副歪歪扭扭的样子，那也是陪伴过他多年的动作。

叶斯年笑着喊了一声，这时，他才发觉天气非常热。棋子看见他并不是特别兴奋，僵硬地拍了拍他的肩，靠，怎么搞的，得了点儿病，走得比蚂蚁还慢！

叶斯年说，不就是你多等了几分钟吗，怎么连这点耐心也没有。

棋子掏出两根烟，递叶斯年一根，叶斯年接过烟，但没有点火。这时棋子才笑了，哥们儿忘记你连抽烟的娱乐也取消了。

棋子说着，又把叶斯年手里的烟装回口袋。

你爸最近没什么事吧？叶斯年问。

棋子神情冷漠地抽了一口烟，别和我提这个人。

他粗鲁地说，你说我和你怎么都这么倒霉，遇见了这样没有人性的爸？你的爸爸多年没有出现过，我的爸爸天天让我不得安生。

深圳的热是人无法忍受的，虽然进入了秋季，可整条大街还是就像刚烧开水的锅炉一样。天实在很热，棋子敞着短 T 恤，叶斯年说，还是去喝点冷饮吧。

棋子说，好吧，附近就有几家。

也许是天热，大街上嘈杂一片。川流不息的人，无所事事的人，还有光大腿女人和露肚皮男人让叶斯年窒息，要不是棋子召唤，叶斯年是不会在这种鸟天气出门的。

叶斯年知道棋子今天有事，可他不知道是什么事。棋子虽然有时跟着他打架酗酒，其实有时候他很懦弱也很胆小。

他们走进街道旁的一家冷饮店，一个神情恍惚的小姑娘强装着微笑，问他们喝点什么，显然她是受不了这样的天气，也可能累了。棋子要了瓶啤酒，而叶斯年只能喝冰镇的矿泉水。

冷饮店聚集了很多人，他们必须提高一点声音。

叶斯年说，小子，这些日子怎么过的，找到工作了？

棋子说，这些日子真他妈的惨不忍睹，我被我老爸给赶出家门了。

怎么，他知道我们打那女人的事？

棋子看着叶斯年，半天才说，我现在被赶出家是小事，我就是担心我妈受不了。

叶斯年皱了皱眉头，是那女人说的吗？

不是，我也不知道他是怎么知道的，反正自从那女人离开他后，他

就知道了。他简直就是个暴君，他说我没有权力干涉他的私生活，我说，除非你不是我爹。

叶斯年问，那你现在住在哪？

一听问他在哪住，棋子笑了起来，他说他最近找了女朋友。

原来棋子老爸一气之下把儿子赶出了家门，当时棋子身上只有六百元，本来打算投奔叶斯年，可又怕他老妈。

在街上溜达的时候，棋子发现出租房屋启事，看了房子就住了进去，遇见了他现在的女朋友罗兰，棋子叫她紫罗兰。当时紫罗兰就住在他的隔壁，两个人一见如故，认识第二天就一起合租了一套两室一厅，一周后住在一起，过起了小日子。

紫罗兰是一个乐队的吉他手，当时棋子没钱付房租，钱都是她掏的。棋子说他现在在紫罗兰上班的酒吧里当服务生。

叶斯年说，小子，你可真有福气啊，刚被赶出家门，居然找了个"老婆"。

棋子笑着说，我今天找你有事。

叶斯年说，你他妈的是不是缺钱了？怎么不早说，我出门时给你多带点。

棋子说，不是，我……我最近有件大事要做，想和你商量商量。

叶斯年说，小子，别吞吞吐吐了，说吧，只要哥们儿能帮你，就一定帮。

棋子举起杯子说，不过这事情你要替我保密。

他们碰了一下杯子，棋子说，我想教训教训老爸，不过我现在根本进不了他的公司，他现在见不得我，我也见不得他……

棋子说了前半句，叶斯年就知道他后面的内容，多少年的哥们儿了。

叶斯年说，你是想让我想办法把他约出来，或者弄清他的行踪。

棋子点头。

叶斯年有点发愣，棋子的眼神有点恍惚，他一定是想起什么了，很小的时候叶斯年心里也有过教训父亲的想法，尤其老妈发脾气的时候，

叶斯年就恨他父亲，所以他现在完全理解棋子。

叶斯年说，小子，既然现在有了紫罗兰，也有了工作，你就好好过日子。如果可能结婚的话，就把你妈接出来，说不定你老爸哪天良心发现会对你们重新好的。

棋子咬咬牙：事情不是你说得那么简单，我他妈的被赶出门的那天，老爸打断了我妈的两根肋骨，我当时就想杀了他，可是他身边有人。

棋子的眼睛有点红，他说他老爸自从那狐狸精走后基本上不回家，他好几次去找他，都碰见他喝得醉醺醺地抱着别的女人，每次回家也要大骂他老妈。他彻底变了，变得让他害怕。

叶斯年说，我可以帮你，可是你必须答应我不冲动，冷静点，你们好好谈谈，毕竟你们是父子。

棋子说，什么鸟父子，我现在恨不得和他断绝父子关系，我恨透他了，那就拜托你了。

叶斯年说你放心吧，会搞定的。

这时紫罗兰打电话了，棋子接完电话匆匆走了，他说老板找他有事。走了两步，叶斯年才想起还不知道他的电话号码，棋子以最快的速度告诉了他号码，然后飞快地消失在茫茫人海中。

叶斯年一个人坐在那里，感觉身体渗着冰冷的寒意。

棋子这次是铁了心要和他老爸干一场。

回到家，叶斯年依然坐在电脑前等待兔子上线。

终于，兔子头像闪了一下。

一棵树先生，真巧啊，你居然在，我还担心今天见不到你呢。

水静玉在消失后的第三天的晚上八点三十六分，终于出现了。

叶斯年盯着她那个可爱的头像，嘴角已经咧开了。

兔子丫头，你终于出现了，我等你等得花儿都谢了！从你下线的那一刻开始，我就开始等你了，仿佛过了一万年！

真的吗？我好感动，谢谢你，知道吗？这两天我的心情糟透了，我的工作出了点麻烦，一直在医院。你居然还记得我，我都要哭了！

我怎么可能忘记兔子呢？你还好吧，出什么事情了，快告诉我！这两天我总觉得你像有什么事，到底怎么了，可以告诉我吗？

不是我，是我的两个学生生病了。

呵呵，丫头没有想到你当老师之余还做保姆啊。

不是的，是那两个小孩做游戏的时候从跷跷板上摔了下来，是在我的课上，我当时正好去了卫生间。这件事我有很大的责任，我为这事哭了很多次了，我天天去医院看那两个孩子，我真的好自责啊……

不要难过了，好吗？其实也不全是你的错，许多事情发生得太突然，根本无法预料，何况他们还不懂事。

谢谢你，真的谢谢你！

丫头，你是不是还在哭啊？不许哭鼻子，知道吗？你已经是大人了，这两天上天把最难的一件事交给你处理，如果你能乐观面对，事情过后，你会发现你无形中长大了。你要知道，挫折只会把他们锻炼得更坚强，我相信静玉你可以的……

打完这些话，叶斯年有点惊讶，自己怎么可能说出这样的话，一个曾经的酒鬼，一个败家子，原来也懂得这么多的大道理。

知道了，我不哭了，我好幸福，能遇见你。

我也好幸福遇见了你！丫头，你要勇敢一点，知道吗？生活中有许多突发事件，就像我们谁也不知道自己会在哪一天突然死去一样。

过去我很不懂事，可是最近发生了一件事让我脱胎换骨，我变得很坚强，许多事我们可以换一种想法。兔子小姐，你是个非常善良的姑娘，你一定要变得勇敢一点。

兔子：你是搞哲学的吗？怎么像个专家啊。

那当然，不过专家只对你。

叶斯年对自己也开始另眼相看，真没想到，他在键盘上敲来敲去，能把自己混沌的想法变成端正的句子，变成一条顺畅的河流。闪动的屏幕上，静玉的每一句话也变成了一朵朵梅花，他不由自主地哼起了歌。

外婆听见动静，推开门，看叶斯年开心地摇头晃脑，她的脸也变成了一朵梅花：乖孙子，该吃药了。

是，叶斯年立正敬礼，乖乖地接过了外婆手里的药。

外婆端着空杯子走了，她提醒叶斯年不要玩太晚。

叶斯年继续和水静玉耍嘴皮子。

你在网上骗过人吗？你在网上有没有撒过一次谎？

你怎么突然问这个？

叶斯年有点莫明其妙，如果她问他过去在网上说过真话吗，他会很肯定地告诉她，没有。

这时水静玉又说话了：我是想告诉你，我在网上从来没有骗过人，在平常生活里更不会骗人，我相信人与人之间只要敞开心扉，这个世界会变得很温暖。

你相信吗？这个世界上最美丽的是夜晚的星空和内心深处的真实。我喜欢白色，因为白色纯净；我喜欢大海，因为大海博大。现在每天面对着许多无瑕的孩子，虽然有时候他们会让我很累，可是，只要看见他们那明亮的眼睛，我的心就会柔软无比，我就会更加热爱阳光，热爱生活，热爱工作，还有我的朋友——你。

静玉，我可以用我的生命发誓，我不会骗你，永远不会！因为你是兔子啊，明白吗？

知道吗？那天深夜我上网的时候，我早料到我会遇见你。因为那天我正为那首歌谣"小白兔，白又白，两只耳朵竖起来，爱吃萝卜爱吃菜，蹦蹦跳跳真可爱"如何配上舞蹈动作而发愁，真希望能遇见一个可以聊得来的人，让我放松心情。知道吗？看见一棵树，我当时真的好激动啊！

可是我没有帮上你什么啊，很惭愧。

那不重要，重要的是我遇见了你，好高兴遇见你！

水静玉，我也很荣幸认识你，你带给我的是无价的快乐！

我每天起床都要感谢上天，感谢他给了我这么多的幸福。

感谢我的爷爷那么爱我！

感谢我的朋友带给我那么多的快乐！

感谢我的同事给我莫大的帮助！

感谢晴天让我看见太阳！

感谢雨天让我可以淋雨浪漫！

感谢月亮让我平和安详……

看完这些话，叶斯年的头一下子大了：求你了，丫头，不要再说了，你的善良让我自卑，我觉得自己很像个浪子。

怎么，你受不了啊？

你是天使吗？为什么你说的所有话，句句都像来自圣洁的天堂？

不，我不是天使，我叫水静玉，我能感觉到幸福每天从四面八方赶来，手拉着手围绕着我，给我唱歌跳舞，就像小朋友缠着我，让我给他们讲故事一样。

丫头，你到底是怎样一个女孩？你很特别！遇见你难道真的是前世的安排吗？

当然了，谁让你叫一棵树的，一棵树和兔子原本都属于大自然，所以他们算是一家人了，我这个家里人你是甩不掉的！

知道吗？这么多年我最怀念的朋友就是我小时候养过的一只兔子，可是它在我六岁的时候就死了。那晚遇见你，我好像重新找回了失去的快乐，那些兔子曾经给我的快乐。

我愿意做你永远的朋友，请相信我，今后你的喜怒哀乐就是我的喜怒哀乐，让我们一起面对未来，好吗？

谢谢你，知道吗？我都感动得掉眼泪了。

那我也只好陪你一起哭了，谁让我说过，要和你一起哭一起笑呢！

你一定是人间的天使，因为我真的忍不住要哭了！

得了，怎么说得越来越酸了啊！你再说下去，我就受不了啦，呵呵！

我听见了你快乐的笑声，它穿透了时空飘到我的耳边里，也感染了我。

我也听见了你"嘿嘿"的笑声，我希望永远能听见你这样的笑声。

我有好多好多话要对你讲。

我也有好多好多的话要对你说。

还好，我们相遇了不是吗？

是，所以我们可以把那些积攒了多年的话都说出来。

有一天你会不会烦我，会忘了我吗？

怎么可能？知道吗？在某年某月某日的一个美好的晚上，在我们未曾想过的一个地方，我们相遇了，多么奇怪，一个一棵树，一个一只兔子，我们好有缘分啊！

叶斯年似乎看到了一个飞扬激荡的美丽青春，正把手中大把大把的快乐，和纯洁的清香抛给他，让他和她一起快乐。

叶斯年的眼睛潮湿了。

在某年某月某日的一个美好的晚上，在我们未曾想过的一个地方，我们相遇了，多么奇怪，一个叫一棵树，一个叫兔子，我们真是有缘！

叶斯年喃喃地念着水静玉的话，也许我们是有缘分的。

叶斯年和水静玉居然会认识，她在北国，叶斯年在南国，两人相距两千多公里，可是现在他们的心灵间的距离不到一米。

叶斯年现在终于明白，在每个人心里都有一扇门，无论天使、酒鬼还是乞丐，他们紧紧躲在这扇门后面，而且手里死命拽着门闩，直到有一天，他们遇见一个可以使他笑得像孩子一样的人，他们才把钥匙交给这个人，让他走进门来，看真实的自己。

叶斯年的这扇门，被一个素未谋面的、叫水静玉的女孩打开了，他终于可以真实地面对这个世界了。

叶斯年变得快乐起来了，忘记了自己的病，忘记了心脏不吃药就不老实地跳，他什么都忘记了……

　　他每天轻飘飘地走在地上，冲着路边的花呀草呀嘿嘿傻笑，他看老妈的目光充满了柔和，对外婆也会笑眯眯地说话。甚至对那些帮他检查心脏的医生护士们也会微笑，他的微笑刚开始让人有点接受不了，他们都张大嘴巴瞪大眼睛像看怪物一样看叶斯年，但很快他们也会回报他微笑。

　　如果你爱上了一个人，你的心里会装满她的名字，无论在何时何地，总是不由自主地想起，如果你爱上一个人，你的心就像在春天，会有千万朵的花儿开放。如果你爱上一个人，你常常会为了她，而忘了自己，心里会荡起幸福的涟漪。叶斯年在报纸上看到这样的话，他吃了一惊，难道他爱上了水静玉？不，他一定是爱上了她。水静玉如一道神秘的光，照亮了他的生命。因为有了水静玉，如今他的心满满的，他分分秒秒牵挂着她。最近，他像变了一个人，他如果不是吃药，他都忘记自己是个病人。

　　第一次和水静玉通电话的那天是个雨天，而且下的是小雨，空气很湿润。

　　深圳是一个亚热带季风气候很明显的城市，离海很近，夏天很湿热，冬季很干燥，但是不会非常冷，夏天，有时候空气闷热得快让人发疯的时候，一场雨就会改变大家的心情。今天不知道为什么，叶斯年特别想真切地听听水静玉的声音，他想知道她的声音是不是也像这雨一样柔和而动人。

　　看了看时间，水静玉应该醒了，尽管是周末，叶斯年知道她也不是那种睡到大中午的懒人。拿起电话，他在客厅里徘徊着，说真的他有点紧张，他不知道该怎么说，先问"丫头，是你吗"？还是说"水静玉，

你起床了吗"？或者说"我是一棵树，没想到我打电话吧"！

天呐！我到底该怎么说第一句话，叶斯年问自己，他觉得第一句话如果说不好，肯定会影响他们今后的关系，第一印象是最重要的。

叶斯年和水静玉其实已经很熟了。更令叶斯年奇怪的是，自从认识了她，他好像很少说脏话了，可能说脏话也是需要环境的，和文明的人在一起，有时候想说一句"他妈的"，也只是在心里说说。

除了自己的病，还有过去打架混日子的事，叶斯年没有告诉水静玉以外，别的事都告诉了她。包括父母离婚，包括他的小脚外婆多么爱他，包括以前喝酒打游戏的日子，叶斯年都告诉了她。而静玉对他更坦白，在叶斯年眼里，她纯洁得就像一朵刚刚绽放的、带着露珠的百合花。

水静玉在一个叫天水的小城工作。她没有父母，但她不算是孤儿，因为她不缺爱，从小和收养她的爷爷相依为命，如今她和远房表姐住在一起。

水静玉是个孤儿，叶斯年没有想到，因为她根本不像，她对世界没有恨，尽管她一出生就被人遗弃。

每天吃饭的时候叶斯年都会发短信给她，提醒她该吃饭了，睡觉前会对她说声"晚安"。水静玉也会把每天在幼儿园里遇到的有趣的事用短信告诉他，比如，中秋节那天，有小朋友问她，"静玉老师，今天为什么叫中秋节？"

水静玉说："因为今天是秋季中月亮最圆的日子。"

"那明天月亮还圆吗？"

"明天晚上的月亮也是圆的，而且比今天更圆？"

"那为什么明天不叫中秋节呢？"

水静玉常常被小朋友问得哑口无言，有一次她实在受不了啦，发短信问叶斯年，"一棵树，你能告诉我，小朋友们为什么有那么多的为什么？"

叶斯年当时还问了外婆，外婆说："孩子要是不问为什么，他怎么能长大呢？"叶斯年把外婆的话告诉了静玉，她说："原来我们是问着为什么长大的呀！"

　　发信息有些日子了，每次都有打电话的冲动，可是叶斯年一直怕她不高兴。虽然他们彼此敞开，可是他们毕竟是那么缥缈，那么不真实。直到昨天晚上，他发短信问静玉，"如果有一天我打电话给你，你会不会生气？"

　　水静玉很惊讶，她发短信说："我们这样不是很好吗？谁也不知道谁长得什么样，可是却是最熟悉对方喜怒哀乐的人，我们是最熟悉的陌生人，多好玩啊！"

　　叶斯年发信息说，"静玉，你原来不想和我做真实的朋友，你要的是虚幻中的倾诉是吗？"

　　水静玉回信说："不是那样的，我也很想和你做现实的朋友。可是我们相距两千多公里，我们连相见都根本不可能，还有可能做真实的朋友吗？遇见你我已经很幸福了，因为你是第一个能和我的心对话的人！"

　　叶斯年又发信说，"如果我打电话，请你不要生气，我没有丝毫的恶意，只是很想听听你的声音，希望你不要不理我！"

　　昨天晚上为了通不通电话的问题，叶斯年和水静玉讨论了三十多条短信，当然叶斯年最终说服了她。叶斯年承认在拨她电话之前很紧张也很担心，他怕水静玉的声音没有她的心一样美，他怕他们声音的交流没有心灵的交流的那种如故的感觉。

　　叶斯年还是拨通了水静玉的电话，喂！听见她清脆的招呼声，他呆住了，他不敢肯定，这一声"喂……"真的是水静玉的声音，他真的听到了她的声音了吗？

　　"一棵树先生，我猜你会打来电话，我已经等了好久了，看来我的感觉没错啊。"静玉兴奋地说着，她好像很得意似的。

　　叶斯年的心也放了下来。

　　"难道，我打电话也是你预料中的事？得了，别吹牛了，我也是刚刚拨错了电话，索性打给你的！"

　　"你也不要装了吧？我知道你是想确认一下我的声音是不是沙哑得像老太婆的声音！呵呵，让你失望了啊！一棵树先生……"

"没想到，你居然这样刁钻，真是奇怪了，你到底是不是水静玉？你拿什么来证明你自己。"

"你是不是以为我是那种说话很温柔的姑娘，我可是活得最真实的那种女孩！我……"水静玉还没有说完就已经呵呵笑了起来。

叶斯年也忍不住笑了，"知道吗？丫头，为了给你打电话，我都好几个晚上没睡踏实觉了！"

"一棵树，你的声音好有磁性啊，真的好高兴你能打电话，我还以为你不敢打呢！谢谢你终于给我打电话，你好吗？"

"只要水静玉好我就好！"叶斯年乐了。

叶斯年和水静玉就这样更真实了一步,不知道他这个没有未来的人，还有没有资格和静玉这样纯洁的姑娘做朋友。

中午雨停了，叶斯年正打算出门透透气，棋子打来电话，说在那天喝冷饮的地方等他。从棋子的语气里听不出任何异常，感觉他正常多了。

叶斯年吃了药，给厨房里的外婆打了声招呼，就匆匆下楼，照旧穿过两条马路，雨后的阳光让人松了口气，人们穿着很少的衣服，脸上却没有烦躁和郁闷。

推开冷饮店，今天小店里空荡荡的，叶斯年有种预感他的朋友棋子正在发生着微妙的变化。自从他生病，叶斯年的那帮狐朋狗友不知道去哪里鬼混了，只有棋子还和他保持着联系。

叶斯年坐在很显眼的位置等待棋子，十分钟左右他推开门进来，阳光的影子似乎还留在他的身上。

实在对不起，中午本来想让你休息的，可是事情有点急。棋子匆匆坐在叶斯年的对面，他的额头还渗着小汗滴，他肯定是跑着过来的。

得了，废话少说，讲正事吧，叶斯年说。其实叶斯年还没有来得及吃饭就接到他的电话。

是这样，我听说老爸明天有个招标会，你想办法把这个交给他。说着，棋子从口袋里掏出一个信封。

服务员站在他们身后，叶斯年说小子，喝点什么？咱们可不能白坐人家的凳子。

棋子要了杯啤酒，叶斯年要杯橙汁。

服务员端上饮料，叶斯年才小声问棋子，这是什么？

一封信！

谁写的？

那女人的！

那女人不是走了吗？

是以她的名义写的，其实是紫罗兰写的，棋子说着得意地嘿嘿笑了起来，叶斯年也笑了，真是久违的笑容。

叶斯年说，小子，你想干什么？

你别管，你只要把他给我叫出来！你知不知道，我妈到现在还住在医院！

棋子的话让叶斯年非常不安继而是担心，他的眼睛告诉叶斯年，他迫切地想要给他妈出口气。

叶斯年说，这几天你就一直在打听这个，紫罗兰也支持你？

棋子说，对，这是目前我唯一想做的，紫罗兰她是很有侠义心肠的人，这消息还是她帮我打听的。

叶斯年说，难道没有其他的办法吗？一定要和你老爸反目？

没有别的办法，何况我们早就反目了，你知道吗？紫罗兰她爸妈离婚付出了什么代价吗？

叶斯年不由地问：什么代价？他明白紫罗兰和他们是同一类人，不然她怎么可能做棋子的女友。

　　紫罗兰已经离家出走四年了，她父母在她出走后全部的心思放在了找女儿上，她老妈差点疯了，结果是到现在他们都没有离婚。棋子说。

　　叶斯年问：那现在呢，她回去了吗？

　　找是找到了，可是紫罗兰却不想回家，高考前夕她出走了，该错过的都错过了，她没有回去，她以前学习特别好。

　　叶斯年说，我们先不说她，那你想怎么办？

　　叶斯年急于想知道棋子会把他老爸怎么样，他可不想把朋友帮进监狱，甚至让他后悔终身。

　　棋子却是闭口不答，只说就求他这一件事，别的事情让他就别问了。

　　这时外婆打电话喊叶斯年吃午饭，他们出了冷饮店，阳光投在棋子的身上，他是那样的固执和无畏。叶斯年知道这个忙他必须得帮，因为他不帮，棋子也会去找别人帮的。

　　第二天早上，叶斯年很顺利地把那封信让会场的工作人员交给了棋子老爸。本来想在角落里观察他看完信的表情，可是他却把信装在了公文包里，他有点失望地打电话告诉棋子。

　　棋子说信送到就可以了，叶斯年很纳闷，正打算回家，水静玉打来电话，她喊了一声，小朋友，你猜我是谁啊？

　　听见她的声音，叶斯年就幸福无比，他们一直聊天聊到楼下。

　　这天的午饭是叶斯年和外婆一起吃的，老妈又出差了。吃午饭的时候，叶斯年掩饰不住自己的喜悦，觉得筷子在手里飞舞着，还摇头晃脑地冲着外婆笑。

　　外婆说他像刚娶了媳妇的小傻瓜。

　　叶斯年说，但愿我有机会娶个媳妇，好让外婆抱重孙子。

　　外婆听了一个劲地说，好！好！好！　本来这天是叶斯年去医院检查的日子，早上欧医生打电话来让他明天再去医院，他说他今天有个手术要做。

　　吃过饭外婆被邻居老太太叫去聊天了，家里就叶斯年一个人。

　　本想睡一会儿，可是耳边尽是水静玉爽朗的笑声，她真的是个可以

让人去爱的天使，简简单单，一尘不染，和她开玩笑、斗嘴都是一种享受，很快乐。

叶斯年一直无法形容水静玉给他的感觉有多么美好。中午太阳出来了，一道阳光穿透岁月的痕迹，照在了床头，他才知道，水静玉给他的是一种温暖，原来这么多年他一直期待渴望的，就是有人来温暖自己。

# 10

一天中午，叶斯年盯着这道金色的阳光正恍惚的时候，门铃响了。

来的人是他的中学同学欧清波，也就是叶斯年的主治医师欧医生的儿子。叶斯年和他好久不见了，大概十年了吧。

那时候，欧清波是他的同桌，他的性格开朗，为人直率，学习也好；而叶斯年性格内向，学习很差，老师安排他做叶斯年的同桌时，听说他开始还有些不同意。其实开始叶斯年也懒得和老师的得意门生坐同桌，而且叶斯年还担心他是老师派来的"奸细"呢。

不过他们还是成了同桌，他们有个共同的爱好就是足球。聊到足球叶斯年通常都很自豪，因为那时，他是他们学校足球队的队长。他和欧清波同桌的第一天下午，叶斯年拉他去踢了一场很过瘾的球赛。欧清波从此和他三年形影不离，后来他的成绩提高了不少，这都得归功于他。

后来欧清波考上了重点高中，而叶斯年则上的普通高中。离得远了，他们就很少见面，再后来叶斯年又听说他留学去了法国。

虽然很多年没见，叶斯年还是在开门的瞬间认出欧清波，他穿一套休闲装，干干净净简简单单，唯一不同的是眼睛上多了一副金边眼镜。

"小子，终于找到你了！"欧清波紧紧地拥抱了叶斯年。

"小子，你还是那样！你能来看我，够哥们儿！"叶斯年狠狠地捶了

他几下。

欧清波说他刚从国外回来，是他爸爸告诉他地址的。他说他在国外学的也是医学，而且也是研究心脏方面的专业，他安慰叶斯年，你的病没什么大不了，希望不要有什么压力，好好配合医生治疗。

叶斯年一直都在微笑，他说，欧清波如果你一年前回来，那时的我会让你大吃一惊。我每天无所事事，喝酒泡吧而且打架。有一天我晕倒了，醒来后，医生说我再也不能做以前做过的任何事情，于是我乖乖地过起了日子。现在我只能像讲故事一样讲起过去我的种种恶行，而现在我却变成了一个很守规矩的良民，所以生活真的很会开玩笑。

欧清波说，叶斯年，你的那些事情我都知道，而且在国外的时候就知道。我一直想给你写信劝劝你，可是最终没有写，因为，我不敢确定你是否还记得我这个昔日的同桌，所以一直等到回国。在我还没有来得及找你的时候，我爸提起了你，于是就来看你了，我很抱歉这么多年没有和你联系，我真的不配做你的朋友……欧清波说着，紧紧地握住了叶斯年的手。

欧清波的话让叶斯年很感动，也很莫明其妙，这么说他一直都知道他的情况？

叶斯年说："你别这么说，是我觉得不配做你的朋友，才主动疏远你的。因为你太优秀了，我每次踢足球时都不敢去叫你，怕影响你的学习，后来慢慢地狐朋狗友多了，也就光知道喝酒连足球也很少踢了。你是怎么知道我的消息的？"

"哦，是辛月儿告诉我的？"

"辛月儿？"叶斯年有点惊讶。

"怎么，你不会连辛月儿也不知道吧！"欧清波笑了起来。叶斯年感觉他和辛月儿的关系不一般，应该是很熟很亲密的那种关系，没错，辛月儿那年也是去法国留学的。

"你和辛月儿认识？"叶斯年很小心地问。

"认识，认识，而且和她很熟的。"叶斯年看到欧清波提到辛月儿的

时候，脸上洋溢着幸福的笑容。

"小子，就不要卖关子了。"叶斯年冲欧清波的身上打了一拳。

欧清波终于说出了辛月儿是他的女朋友的话，叶斯年惊呆了，他的眼前浮现出辛月儿每次瞪他时，那充满怨恨的目光。

不知道辛月儿有没有告诉欧清波她以前的事，不过叶斯年也不想知道。他关心的是，那个叫辛月儿的人现在过得怎么样，她毕竟是第一个真正爱过他的人。

"她还好吗？"

"她学的是设计，这次也和我一起回来了，我们回国是准备结婚的。"

听了欧清波的话，叶斯年半天没有说话，可以看得出，欧清波是很爱辛月儿的，辛月儿终于找到了自己的幸福。

叶斯年说："你们都是我的好朋友，那今天，我先祝福你们！免得以后还要一个一个地祝福，怪麻烦的。"

晚上叶斯年照例去公园散步，脑海里突然闪出昨天偶尔看到的一首诗，诗的题目他没有记住，只记得诗里有这样几句话：

"从小到大，他们一直在被分类，被别人也被自己……他们终于要走到一条比一条更幽暗的路上去……被迫与所有喜欢过的或者还来不及喜欢的人和物分离……"

叶斯年知道，在属于他的这条路上他失去了太多，错过了太多，上天给了他后悔的机会，却没有给他报答的机会。

## 11

第二天叶斯年去医院，欧医生给他的心脏做完检查，脸上依然平静如故，每一次检查完，叶斯年都会问一句："它，怎么样了？"每次欧医

生会用微笑回答，几乎每次叶斯年都无法得知自己真实的病情。

欧医生说叶斯年的血压现在很不稳定，要他一定保持平静。

这天叶斯年在接受检查时认识了一个和他一样年轻的心脏病人，他叫展飞，是从陕西来的。其实叶斯年在医院好几次遇见过他，只是他们从没有说过话，今天是他主动和叶斯年打的招呼。展飞比叶斯年大五岁，今年三十岁。他的病情看起来比叶斯年严重，高大的身材像被什么压着似的，脸色蜡黄，浑身浮肿，几乎没有力气说话，但是他的眼中闪烁着对生的渴望。

他们在同一间病房输液，他问叶斯年得的是哪种心脏病，叶斯年说还不清楚，家里人也有意瞒着他，听说是比较罕见。

展飞说，我的心脏很早被查出有心肌炎，但由于症状不明显，一直拖着没有治疗。

展飞说，这几年我的心脏病，已经成为我和家人生命中不能承受的负担，现在，能够活下去是我唯一的愿望。

叶斯年安慰他说，一定会有办法的。

正说着展飞的父亲进来了，展飞要坐起来，展父让他好好躺着，因为不熟悉，叶斯年也没再说话。

他们父子用方言交谈，叶斯年当然是听不懂的，不过展父的叹息他还是清楚地听到了。能看出来，展飞家里的情况并不好，展父手里的皮革包已经很破旧，有明显的缝补痕迹。

展父待了一会儿就匆匆出去了，展飞说他父亲要把家里的院子卖了，他没让卖。展飞的表情有点木然，他说他不能让家里人连住的地方都没有。

这天午饭，叶斯年是和展飞在病房里一起吃的。

他问叶斯年是做什么工作的，叶斯年有点不好意思，如果告诉展飞他刚刚丢了一份稳定的工作，展飞肯定不会相信的，他说因为生病最近没有工作。

叶斯年继续听展飞讲，吃过饭，他的精神不错。

展飞是在高考体检时发现有心脏病的，当时没有在意，一年后，他的心脏病发展成为扩张性心肌病。

那一年，展飞考上大学，学的是土木工程专业，由于经济原因，他一直断断续续治疗，从没有系统检查过，他上学期间带病打工，挣来的钱几乎全部用在了吃药上。

去年展飞大学毕业，当时身体很虚弱，他在深圳一家外资设计公司找到工作。因为生活压力大，工作比较劳累，今年三月，他的病情恶化，不得不辞职住院治疗。

展飞说医生已经正式确诊他为扩张性心肌病，而且病情已经恶化。

展飞说他现在根本不能工作，今年五月他做手术安放了心脏起搏器，但是这些没有使他的病情有所缓解，反而越来越重。展飞说换心脏是最后的希望，可是家里已经山穷水尽了。

展飞从小就没有了母亲，是父亲、爷爷、奶奶、大伯、叔叔们把他拉扯大的，他从小就得到了许多人的关爱。

展飞的爷爷奶奶听说孙子得了心脏病要换心，都病倒在床。家里的妹妹今年十九岁，刚刚也找了婆家，还没过门，为了给哥哥治病，妹妹就硬着头皮去婆家借了六千元，现在也来深圳打工了。

展飞说换心需要很多钱，他父亲正在四处借钱。

叶斯年说，我不知道治疗心脏病要这么多的钱。

展飞苦笑着说，那是你家里的条件好，一般家庭这种病是无法承受的；我不止一次地想过死，可都没死成，我是我们家的希望，我死了就等于家也垮了。

展飞说这些话的时候，他的目光沉静地看不出任何的酸楚，叶斯年看着他，感觉到了一种巨大的苍凉和悲伤。

他不知道在这个阳光明媚的午后，能对他的病友说点什么，这么多年他都挺过来了，他想，他应该还能挺下去。

这时，进来一个文静的小姑娘，展飞急忙坐了起来，他介绍说这是她妹妹展香香，因为她的名字特别，叶斯年就多观察了几眼。展香香看

起来十六七岁的样子，非常消瘦，脸上有几点雀斑，她很害羞地和叶斯年打了个招呼，便和他哥哥用方言聊起来。聊了几句，就匆匆出去，出去时没有和叶斯年打招呼。

展飞说他妹妹找了份工作，来告诉他。展飞说着叹口气说，我对不起她，对不起她！

老妈来接叶斯年的时候，展飞睡着了，液体静静地流入他的体内，叶斯年茫然地看着他，所有的思维都停止了，他已经管不了别人了，他现在连自己都拯救不了，又怎么可能去帮助人呢？

这个世界不公平，上天也不公平，叶斯年想自己的病如果是报应，那展飞又得罪过谁，对不起谁呢？

叶斯年很想知道，他到底得的是什么心脏病，老妈边开车边说，你什么也不用担心。

叶斯年说，妈，我的病一定需要很多钱吧？这是他生病以来第一次担心钱的问题。

钱的事你别管，你尽管配合医生好好治疗。

那我到底得的是什么心脏病啊？

我也不知道，还没有确诊，老妈说着深深地看了儿子一眼。叶斯年再没敢说话，他也没有提到认识展飞的事，那对老妈和他都是一种无形的刺激。

现在他能做的就是听医生的安排，按时吃药，做检查。

没有人喜欢去医院，叶斯年也一样，他越来越害怕进医院，每次到医院，他的内心就有些恐惧，害怕见到那些面色枯槁的人，他们病歪歪地走在医院的过道里透气，他会躲着他们。他还害怕听见医院里那些患了绝症的病人痛苦的呻吟，那叫声对他而言是一种致命的刺激。

叶斯年真怕自己有一天也像那些得了绝症的人一样哭喊着要止痛药，无望地等待死亡。

有时候他也想，如果一辈子，吃药能让他的心脏正常跳动，他也会很感激上天。

最近叶斯年发觉自己经常呼吸不平稳，心口也隐隐地痛，头也出现缺氧的感觉。他把这些都告诉了欧医生，欧医生让他不要担心，这些是药物的副作用。

叶斯年发现他吃的药也比过去多了两种。他不知道，这是病情恢复还是加重了，现在他什么都不知道。

老妈出差回来就生病了，一进家就躺在床上不吃也不喝，外婆说她有点感冒，叶斯年要进去看她，老妈没让他进房间，她说感冒会传染的。叶斯年站在门口分明听见了老妈压抑的啜泣声。

叶斯年说，妈，我知道您最近为我的病一直在忙，我让您受累了。这两天您就好好养病，我的身体好多了，您也别为我担心，您想吃什么，我去买，回来让外婆做给你吃……"

老妈说，年年，你懂事了，我躺一会儿就好了，你们都别担心，我没事的。

老妈叫了一声叶斯年的小名，每次听见她喊年年，叶斯年就知道老妈原谅他了，老妈原谅了他，可他却不能原谅自己，想着想着他泪流满面。

叶斯年恨自己，恨自己不争气，恨自己得病。

晚上他打电话给欧清波，他让他帮着问问他爸，他的病还有没有希望治好。

欧清波说，叶斯年，你别胡思乱想，没有你想得那么严重，会好起来的，你要相信自己。

叶斯年说，我相信自己，可是我无法相信一天天虚弱的身体。

叶斯年知道欧清波是不会告诉他真相的。不过欧清波说辛月儿要走了他的电话号码，问她打电话给他了没有，叶斯年说没有。

其实叶斯年还想告诉欧清波，要让他好好待辛月儿，可是他没有说出口。如果辛月儿的过去他不知道，那叶斯年就不必再说了，那都是过去的事情了。

*13*

周末，棋子打电话来，问叶斯年下午有没有时间，说想让他陪他去一个地方。好几天他都没有给叶斯年打电话了，叶斯年一直为他悬着的心，今天听见他安然无恙，总算是放了下来。

棋子也是辛月儿的朋友，叶斯年正想告诉他辛月儿回国的事，结果棋子却先说辛月儿回国了，还说辛月儿给他打过电话。

下午，叶斯年找了个借口出门，棋子还是在老地方等他。不同的是今天他没有喋喋不休地给他说他最近的生活，他显得很沉默，只是让叶斯年跟着他。他们的步子都很快，棋子由于走得太快，叶斯年和他之间相差好几米。

棋子的步子坚决，他几乎没有回头看跟在他身后的朋友，他们穿过了一条街道，拐了个弯，又穿过了两个街道，在一处叫"安详的港湾"的咖啡店门口停下来，棋子说，到了。

棋子说，叶斯年，你在后面给了我不少勇气和力量，其实你知道，我是很胆小的。

说完这句话，棋子低下头说，如果，哥们儿我万一出了什么事情，你抽空去看看我妈，她快出院了。

说完这些，他让叶斯年走，本来叶斯年是不想走的，棋子说你放心吧！

叶斯年看着棋子走进去，总觉得心里不踏实，又跟了进去。酒吧里的确非常安静，没有几个人，午后的阳光在迎街的玻璃窗上漫溢进来，酒吧老板模样的人没事，正翻着一张报纸，他脚边趴着一只胖胖的斑点狗正在睡觉，只是耳朵偶尔动一下。叶斯年用目光仔细寻找棋子，却只看到角落里有个年轻女孩正坐着埋头读书，像是本旧版的《张爱玲作品集》。

在酒吧墙角的地方，有一对男女不断制造着响声，像是在争吵什么。

叶斯年以为自己搞错了地方，明明看见棋子从这里进来的，现在却没有他的影子。正打算问酒吧老板的时候，棋子出现了，他走到叶斯年跟前，有点不耐烦地说，你怎么进来了？你先走吧，我等个人，晚上我给你打电话。

棋子没有任何表情，叶斯年没有辩解，拍了拍他的肩，平静地退了出来，带上了酒吧的门。

叶斯年心里暗自为棋子祈祷，因为凭直觉，他闻到了危险的气息。回来的路上，叶斯年看见了那辆棋子过去一直为之自豪的奔驰车，那是他老爸的车。

棋子终于约出了他老爸，叶斯年在原地傻站了一会儿，不知道该不该重新回去。一阵风吹散了街上乱糟糟的汽车鸣笛声和男人女人的尖叫吵闹声，歪歪扭扭的树也端正起来。他转身回头，又朝那个"安详的港湾"走去。

没有推门进去，就看见棋子老爸正指手画脚地教训儿子。棋子安静地站着，他的脸色苍白，突然棋子一把揪住了他老爸，叶斯年站在门口傻了，不过棋子的手很快自动松开，他被摔到在旁边的座位上，也可能是他自己瘫坐在身边的位子上。看样子他是在矛盾，不过敢肯定的是他根本没有用力揪他老爸，他老爸好像在颤抖。

以叶斯年对棋子的了解，他预感事情可能有点严重，正犹豫是进去还是不进去，这时棋子老爸也坐了下来，叶斯年松了口气。不管棋子是手足无措还是胸有成竹，叶斯年想他进去总还是个多余的人，只要他们

坐下来，任何事都可以解决，他们终归还是父子。

叶斯年离开的时候，大街上和刚才一样，声音和路人的表情几乎都没有变，没有人知道这里有一对父子正在紧张地谈判。

晚上他一直在等棋子的电话，可是一直没有等到，他打棋子的手机，电话也关机，叶斯年想棋子可能忘了要给他打电话的事了。

三天后的一个傍晚，叶斯年正打算出去散步，辛月儿打来电话约他一起喝茶。叶斯年和她是在附近一家茶楼里见的面，他一直以为欧清波也会来，因为，他来之前打电话告诉了欧清波辛月儿约他喝茶的事。

没想到只有辛月儿，她比叶斯年先到，叶斯年很容易地认出了穿着白色风衣的辛月儿。第一眼就看出了她的变化，她长发披肩，气质高雅，没有走近她，就感觉到她眼里的深度，她真的变了，学习也许可以让任何人都高贵起来。

叶斯年有点不相信面前的辛月儿就是那个和他曾经一起染着黄头发、天天喝酒抽烟泡酒吧的不学无术的疯丫头。

"叶斯年，在这边！"辛月儿见他站着不动，她站起来招手。

听见她说话，她的声音没有变，叶斯年确定面前的这个人就是辛月儿，就是那个深深爱过自己的女孩。

辛月儿给叶斯年沏了一杯铁观音，她还记得他爱喝的茶。

良久，他们都没有说一句话，茶楼里弥漫着轻扬的古筝曲调。正是暖暖的又有些冷意的秋天，窗外诗情画意般的夕阳，让叶斯年不知道怎么张口问候面前这个熟悉而又陌生的姑娘。

叶斯年看着窗外，辛月儿看着他，叶斯年能感到她的惊讶。叶斯年

告别了过去的醉生梦死，现在看起来精神又气派，全然没有了当年小混混的影子，估计她也很不习惯吧！

"这么多年不见，真的有种物是人非的感觉；叶斯年，这么多年你还好吗？"辛月儿的眼里是满满的微笑。

"真的抱歉，那一年你走的时候我没有赶上去送你，我到机场时飞机已经起飞了。"叶斯年说出了最想说的话。

"如果知道你还跑到机场去送过我，说不定我会后悔出国。"辛月儿有点自嘲地叹了口气。

叶斯年愣了一下，心想幸亏她不知道。

"我们有六年没有见了吧？叶斯年，你真的变了？"辛月儿抬头看叶斯年。

叶斯年看见了她额头上被他用酒瓶留下的那个永久疤痕，如果不是那个疤，辛月儿会更漂亮，她本来就长得不赖。

叶斯年喝了口茶说："你是不是以为我还在混社会当酒鬼？要不是我的身体出问题，估计我还在混日子呢。现在我也说不上自己哪一天会突然晕倒再也醒不来，我的心脏现在很不老实。所以，我改做良民了，过去因为我，你也跟着混了几天日子。今天看见你过得挺好，欧清波也那么喜欢你，真的为你高兴！"

"叶斯年，你不要对自己失去信心，我相信你一定会好起来的！"辛月儿眼里含着泪。

叶斯年感到自己的头有点晕，可能是看见辛月儿激动了，闭着眼睛平静了片刻。

"怎么了？你是不是哪里不舒服？"

叶斯年摇摇头："辛月儿，你，你恨我吗？"

辛月儿苦笑了一下："如果说不恨那怎么可能，你毕竟是我的初恋，虽然你过去从来没有认真地对我说过一句话，可是我却对你付出了少女时代所有的感情；为了让你注意我，我把自己的辫子剪得乱七八糟，还染成了红色；为了和你每天见面，我学会了喝酒抽烟差点被学校开

除，我想我是永远也不会忘记那些日子的。出国的那天，我本来发誓这辈子再也不见你这个冷血的家伙，可是在国外听朋友说你病了，我和欧清波都很担心你。也许爱了才会无怨无悔，如果没有你，也不会有我的今天。"

"辛月儿，谢谢你的过去，谢谢你的现在，过去你叫我浑球，我的确是个不折不扣的浑球，我向你道歉，希望你能原谅。"叶斯年说完这些话，心里舒服多了。

你还记得那个棋子吗？叶斯年笑着问。

辛月儿点点头说回国后，她给棋子打过电话，接下来她说的话让叶斯年万分震惊。

她说：棋子他出事了，三天前他在一家酒吧里差点杀死了他父亲，现在被抓起来了，我是在电视上看到的，报纸上也报道了这件事，难道你还不知道？

窗外的灯光颤抖了几下，叶斯年的眼前恍惚了起来，辛月儿见他呼吸急促，连忙从他口袋里掏出药，放到他嘴里。她让叶斯年冷静点，说事情已经发生，着急没有用的。

叶斯年说，能不能具体点说？辛月儿说，报纸上说棋子是用尖刀刺的他父亲，不过没有刺到心脏。据说当时在场的人都呆了，是棋子自己打电话报的案，然后等警察来，他当时很平静。他父亲被人抬出酒吧时，棋子也没有看一眼，看样子他恨透了他父亲。

他老爸怎么样了？叶斯年最关心的是他如果死了，那棋子这辈子就完了。

听说并不是很严重，不过流了很多血，幸好没有刺到心脏，现在还在医院。

半晌，叶斯年没有说话，茶楼里极其安静，他必须去看看棋子，给他勇气。那天真不该离开，如果他进去，他想事情可能和现在的完全不同，他后悔万分，可是事情已经发生了。

叶斯年没有喝茶的心思，就把棋子老爸有第三者的事说了，辛月儿说她完全可以理解棋子，只是棋子的做法太极端了，他们约定过几天一起去看棋子。

离开的时候天已经黑了，辛月儿像大姐一样要送叶斯年回家，口口声声说不放心他，他一直在笑，也没有拒绝。在车上，辛月儿告诉叶斯年，她当年喜欢叶斯年的事欧清波知道一点，但她额头的疤欧清波可不知道。

在车上他们还讨论关于棋子可能触犯的法律，叶斯年想棋子这次也许要坐牢了。

回忆和辛月儿当年一起疯的日子，他们是做梦也想不到还会有今天这样的谈话。

刚到家，水静玉就打来电话："叶斯年同学，你听到秋天的声音了吗？我看见有一片树叶落了，所以打电话给你。"

"丫头，天都要黑了，你在哪里啊？"叶斯年感到自己的嘴角不由自主向上翘，是的，此刻只有她能安慰叶斯年。水静玉的世界似乎天天阳光灿烂，每天清晨醒来，只要一听见她的声音，叶斯年会哼一天歌，开心一整天，他太想她了，他的心里无时无刻都念着她的名字。他想起了辛月儿说的"爱了就无怨无悔"，叶斯年才发现自己这么多年居然没有爱过，这么多年他一直活在自己的世界里，没有爱过任何人，也没有爱过自己，如果他还有爱的机会，那他一定要无怨无悔地爱一个人，这个人就是水静玉。

15

告别了过去垃圾一样的生活，叶斯年才感到世界其实并不像他摔碎的瓶子一样，世界很丰富也很精彩。如今，他体内的那些灭绝的希望仿

佛又重新燃烧了起来。

点燃叶斯年生命之火的人就是水静玉。每当夜深人静，叶斯年从梦里醒来，他会翻看水静玉给他发来的短信，一条一条、一遍又一遍地看。

水：一转身就遇见了，相隔万水千山的你。

叶：我一直活得没有方向。因为你的出现，我的生命变得有了一些意义。

水：无论何时相见，我们都要珍惜此时此刻。因为此时此刻全世界只有你和我。

叶：我一定会去看你，哪怕隔着万水千山。

水：可是我又怕见了你，便再也不能忘记你。

叶：你想忘记我？

水：不是说相见不如怀念吗？

叶：知道我昨晚梦见了什么吗？我梦见我们走在一条开满樱花的小路上，我甚至梦见了你的样子。我真不想从梦里醒来，所以等我安排好这边的生活，我就去看你。哪怕是只看你一眼。我也心甘情愿。

水：好，那我等着你，如今你是我生命里很重要的人。

……

这样的短信会没完没了……

水静玉说她喜欢短信，短信可以让她随时随地把她的心情告诉叶斯年。叶斯年说他过去觉得发短信很麻烦，现在要是一天收不到她的短信他会急得发疯。

过去，他是个没有一点耐心的人，他的那帮狐朋狗友都知道他喜欢简单，所以说话都很简短，比如吃饭，叶斯年觉得去哪里合适，他会对他们说：走，吃饭去，他们也不问叶斯年去哪里吃，只跟着他走。叶斯年几乎从来不用手机发短信，写字太麻烦，有什么事，他会直接打电话的。

水静玉的短信每天都换着花样，她从来不在短信上问叶斯年吃饭睡觉之类的事情，她的信息里充满了阳光、空气、星光、白云、落叶，还有孩子和童年。

水静玉说她是特别怀旧的人，叶斯年说他不敢怀旧，他要是怀旧就又变成酒鬼了。水静玉说她怀旧的意思就是，小时候用过的东西总是舍不得扔掉，分别了多年的朋友她总是不肯忘掉。

叶斯年说，我不喜欢过去的岁月沾染很多痕迹，因为过去我是个从来不思考的家伙；现在，我没有时间思考，我要把我的每一天用在生活上。

水静玉说她最怀念过去的那个孩子时的她，她不喜欢长大，她希望自己永远是孩子。

叶斯年说如果做一辈子的小孩，那她成精了不说，最重要的是她错过了享受人生的机会。他说孩子们只知道人生的一种味道，甜味，人生是百味的。

有时候，水静玉半夜里做了个噩梦也会打电话告诉叶斯年。有一天晚上，半夜三点她打来电话，把叶斯年吓了一跳，睡眠对叶斯年很重要，丝毫的惊吓都会影响他的心脏。水静玉从不半夜打电话，叶斯年也没有告诉她半夜他不能接电话的事情。

水静玉是为叶斯年二十四小时开机的。

叶斯年为她也是。

叶斯年听见电话响就从床上跳起来，铃声一直在响，翻了好多地方，才在枕头下面发现了手机。

"叶斯年，你在吗？我想我爷爷了，刚刚我梦见他不要我了，呜呜……"水静玉居然会为梦而伤心地哭。

"丫头，别哭了，眼睛哭肿了，明天怎么上课呀。呵呵，如果很想爷爷，明天抽空去看他嘛，真是个傻丫头！"叶斯年一边笑着，一边吃了一片药。

刚才起得突然了，这会心跳又不正常了。

"我表姐她今晚没回来，我好害怕，我好想爷爷……对不起！吵醒你了。"水静玉还在啜泣。

叶斯年听见她哭，就忍不住一直笑，她真是太可爱了："丫头，别哭了，不是有我陪你吗？给你讲两个笑话吧？"

叶斯年打开电脑在网上找了几个并不可笑的笑话，他念给她听，他知道这些笑话并不可笑，可是水静玉很给面子，她笑得很开心，她一直在电话里叫："呵呵……叶斯年你好可笑，你太可笑了，你怎么这么可笑，哈哈……"

原来她是在笑我啊，我有什么可笑的？叶斯年想。

"我……我从没有听过像你这样一个字一个字地念笑话，太滑稽了，我都要笑死了……"

这个晚上又是个难眠之夜。

不过早上叶斯年眯了一会儿，朦胧中他听见外婆和老妈在争吵，许久没有听见她们娘俩争吵了。

"……你一天是怎么看他的，你明明知道他是不能上网打游戏的，他玩了这么多天电脑，你也不告诉我，万一他出了什么事怎么办？"

"他干什么我怎么知道？他半夜打电话半夜和人聊天，我睡了怎么能听见？再说他整天也无聊，聊聊天也可以放松嘛。"

"散心？他的身体是经不起任何折腾的，你知道吗？"

"你是他妈，你整天不着家，你还倒有理了！万一我的乖孙子出了什么事，我饶不了你！"

她们的吵声开始低低的，压抑着，后来越来越大，叶斯年本来想假装听不见，继续睡他的觉，可他还是听见了她们全部的对话。现在连他上网打电话，她们都要担心，他真的有这么脆弱吗？

叶斯年翻身下床，冲出门，她们住了口，都转头看着他，叶斯年感觉他的头晕晕的，看不清外婆和老妈的眼睛。

他摇晃着走过去，"妈，你们不要再吵了，我没有那么脆弱，我……"

没有说完后面的话他就晕倒了，他隐约间听见外婆哭叫着："乖孙子，你可千万别吓外婆啊……斯年啊……"

醒来的时候，已经是第二天的早晨了，叶斯年又闻见了医院里特有的味道。

看见他醒过来，老妈赶紧打电话给外婆，然后她哭着跑了出去，欧医生说你妈一天一夜没有合眼一直守着你。欧清波和辛月儿也来了，欧清波微笑着，让叶斯年看不出自己是他眼里的病人。

"叶斯年，以后可千万慢一点；天要塌下来，有我顶着，你可别和我争着顶天啊，我的个子可比你高！"

"坏小子，你怎么也来了？"叶斯年其实一直在微笑，现在对死亡的恐惧没有先前那么强烈。当他轻飘飘地晕倒什么也不知道的时候，就会安静地在黑暗里，等待着天堂或者地狱的使者来接他。他是不可能进天堂的，可也不至于去地狱，他应该没有犯下过能进地狱的错，所以他只能再次苏醒来到人间。

辛月儿一直没有说话，她手里捧着一束康乃馨，安静地听着他们的对话。

叶斯年躺在病床上，问欧医生他到底得的什么心脏病，他还能活多久？

欧医生这次没有微笑而是惊讶地看着他，他说，叶斯年，一次晕倒就让你怀疑自己的生命，你真的多虑了！没有你想得那么严重！

欧清波和辛月儿也安慰他，让他不要胡思乱想。

叶斯年在医院住了三天，他的治疗由保守的药物治疗转为定期去医院输液打针，他的心脏似乎没有好转的迹象，反而，比过去严重了。欧医生再三嘱咐他不要激动，不然后果很难想象。

叶斯年也无意间听到了，他的心脏里有积液，当然对这个病的严重性他是一无所知的。

在他住院的日子还遇见过展飞一次，他看起来很虚弱，像是比上次看见他的时候更严重了，彼此匆匆打了个招呼，展飞还是微微一笑，展父很小心地扶着他，跟在儿子的后面。他几乎没有看清过展父的脸，当时因为要去做一项重要的检查就没有多说什么，不过他给展飞留了他的电话，让他有事找自己。

出院的这天下午，欧清波和辛月儿都来接叶斯年，老妈说她和外婆在家等他。他们打算一出院直接去派出所看棋子，没想到倒是棋子先来找他们了，大家都很震惊，他是和紫罗兰一起来的。见到他，叶斯年是顾不得和紫罗兰打招呼的，在医院的大门口，他一把抓住了棋子，是的，真的是他。

棋子不说话，只是用他的小眼睛盯着叶斯年，紫罗兰倒是先哭了起来。叶斯年的眼睛里有泪花，棋子的眼泪越来越多，这时辛月儿醒悟过来，她拉他们进了旁边一家餐馆。

还没有到吃饭的时间，餐馆就他们几个客人，欧清波随便点了几个菜，而叶斯年和辛月儿几乎异口同声地问棋子，你是怎么出来的？

是老爸接我出来的，他把我从派出所带了出来，棋子低着头说。

老爸对警察说那是他儿子的恶作剧，儿子只想吓唬他，是他自己不想活了，才用刀自己捅了自己，他觉得对不住儿子。他还对警察说，你们不想想，我唯一的儿子可能害他亲爸爸吗？

老爸当时哭着把我带了出来，他说他那么爱我，没有想到有一天我会要他的命。老爸还说他错了，我没有想到他会向我道歉。

棋子不说话捂着脸哭了起来，其实这些日子我真的不想活了，我怎么能对自己的亲爸爸动手呢？

他们都没有说话，等他平静。紫罗兰说，棋子到现在还没有吃饭呢，他是在自我惩罚。

那顿饭，他们都吃得不多，尤其棋子勉强夹了几口菜。

老妈听说叶斯年在外面吃饭，不放心亲自来接他了，叶斯年还有很

多话想问棋子，只是还没来得及问，就被老妈接走了。

老妈见到棋子也很吃惊，显然她是知道他出事的，可她没有告诉叶斯年。不过老妈对棋子说了一句话，让叶斯年很感动，"棋子，以后千万不能太冲动，你还年轻，孩子！"

回到家，一看手机才想起水静玉，这三天她几乎天天打电话，发短信，而当叶斯年看到这些短信时已经是三天以后了。

叶斯年，为什么你不接电话？很忙啊？那有时间给我回信啊！

你在哪里呀？你看到我发的短信了吗？为什么不理我啊？

叶斯年，都两天了，你怎么了？是不是出了什么事？我好担心你！

我好伤心啊，有什么事，为什么不告诉我？我好想你，你是不是把兔子给忘了？

……

看到这些短信，叶斯年有点害怕，难道水静玉真的爱上了他？这是叶斯年最担心的事情，上天，他该不该给她打个电话报个平安？躺在病床上，曾无数次想起静玉，是她让自己如此乐观地对待他的病，可是能告诉她自己生病了吗？能告诉她自己可能活不长了吗？她现在肯定都担心死了。

叶斯年在想，如果他永远不再和她联系，她会慢慢忘记他吗？

真的很想让这个人间天使的笑声陪着他，陪他自由地呼吸，快乐地欢笑，他不能失去她的陪伴，哪怕是声音，绝对不能，因为他们的心灵是相通的。

这时电话响了，是水静玉的电话。

叶斯年，你去哪了？我以为你再也不理我了，这几天晚上我都睡不着，我真的好想你啊！可是你居然不理我！

水静玉说着说着哭了起来，她哭过很多回了，每次他都笑着安慰她，这一次，叶斯年没笑，他陪着她一起掉眼泪。

对不起，丫头，我不知道你打了这么多电话，这两天我在医院里，没有拿手机。

你生病了吗？为什么去医院？你怎么了？快告诉我。水静玉担心地问。

叶斯年说，不要问了好吗？都过去了，我现在又和以前一样了，你怎么样？说说你的事情吧。

你真是只狡猾的狐狸，为什么不告诉我到底发生了什么事情？我能帮你什么吗？水静玉笑了。

听见她笑，叶斯年拼命地装笑，却掩饰不住流泪的心。叶斯年说："丫头，我要关怀你到天荒地老，我要你永远快乐，我不会让你为我流泪了；我保证，以后有什么事我一定告诉你！"

是的，叶斯年保证除了自己生病的事，所有的一切他都愿和水静玉分享。不管是他曾经的梦想还是现在平静的心态。

最近，他觉得自己有点不对劲，不是身体而是那颗沉默多年的心。

他单调的生活在外婆和老妈眼里和过去没有什么两样，可心里却多了千万种音符。他体内那些单调的音符，在全无防备的情况下接受了可以弹奏优美乐章的快乐音符，现在他的细胞整天都在唱歌，它们快乐得让叶斯年措手不及。

他那被长久压抑在心底的渴望，全部被轻轻地唤醒。

他可能恋爱了。

他想不明白自己怎么可能爱上一个未曾谋面的网友。

叶斯年不知道，自己是什么时候开始爱上水静玉的，也许是她纯真善良的心，打动了他。他不知道她是不是也和自己一样，水静玉的哭声告诉他，她可能也不知不觉间和自己一样陷进了"爱情海"里。

晚上，叶斯年静下心来看了会儿书，在家里他现在也是极少说话，外婆一如既往地爱他疼他，但她会小心翼翼地观察叶斯年，外婆是被他的晕倒吓着了。

快十点的时候，他无意间从书房的纱窗望出去，看到了老妈又站在阳台上，他一直看着她，看她一两个小时地沉浸在他无法捉摸的深思之中，看她指间的烟灰一点一点地剥落。

不知道老妈在想什么，叶斯年很想沏一杯清茶端给她，又怕他不能给她安慰；为了他，老妈一直没有再结婚，而他除了给她惹麻烦，还是惹麻烦。

一种酸楚慢慢渗上心头，鲠在喉咙里。

老妈定定地站到凌晨，叶斯年一直看着她，他欠老妈的太多了，他真是个不折不扣的混蛋。

这个晚上叶斯年失眠了，耳边是水静玉爽朗的笑声，眼前是老妈抽烟的表情，翻来覆去睡不着，他听到来自内心深处的呼唤，叶斯年，你为了她们，你也不能放弃！

*17*

一个阴天的清晨，展飞给叶斯年打电话说，让他帮着找一找她妹妹展香香，她好久都没有来医院看他了。展飞说妹妹的电话也打不通，他爸也不熟悉这里，他怕妹妹出事，所以想请叶斯年帮忙。叶斯年一口答应下来。

叶斯年说，你妹妹在什么地方，做什么工作？

展飞说他妹妹是一家酒吧的服务员，他不知道地址，只知道那个地方叫奔腾 KTV。

叶斯年说你放心吧，我马上帮你去找。

挂了电话，叶斯年连忙打电话问棋子知不知道奔腾 KTV，棋子说当然知道，他说那里他们以前还去过几次，那的消费特别高你忘了啊？

叶斯年说，可能去的地方太多，一时间想不起来在哪。

棋子说，好端端的不在家待着去那里干吗？

叶斯年说，小子，去找个人。

棋子说，老大，那里是迪厅，我怕你受不了啊。

叶斯年说，我已经答应帮人找了，必须去。

两小时后，他们来到那个叫奔腾 KTV 的地方，在商业楼的地下层，老远就能听到轰鸣的音乐，一看，这地方他真来过。

叶斯年和棋子没有直接进去。

棋子有点犹豫地说，要不你告诉我名字，我自己去找，你在外面等。

叶斯年说，我还是进去吧。说着拿卫生纸塞了两个耳朵。

好久没来过这种地方了，突然有种不适应。刚一进酒吧，老板就认出了叶斯年，喊着他的名字，问他最近怎么没过来，叶斯年随便应付了几句，就在靠门边一张空桌子坐下。

即使是白天，这里人也不少，震耳欲聋的音乐让人无法承受，一对对男女搂在一起狂扭着，叶斯年用手捂住了耳朵。

进了这里是必须要消费的，而且有最低消费标准，他们要了两瓶啤酒，棋子让叶斯年乖乖坐下，他说去服务台问问。

叶斯年大声告诉他，那姑娘的名字叫展香香，是从陕西来的。

几分钟后棋子回来，他用手指着一个穿着吊带背心和超短裙，正陪两个男人猜拳、喝酒的黄发女孩。

棋子说，就是她，我还是掏小费人家才告诉我的，这里的小姐都用艺名。

艺名？叶斯年看着那个猜拳的动作有点丑陋的女子，怎么也联系不到展飞还有展父。不过仔细一看还是能看出展香香的影子的，比如那瘦小的身材。

显然是小姐，要不要我过去叫她？棋子说。

叶斯年当时心情复杂，他很矛盾自己要不要上前告诉展香香，她哥和她爸正在四处找她，最后他们还是决定请服务生帮忙去叫。

展香香走向他们桌子之前，脸上还带着虚伪的虚情假意，直到坐到他们对面，她才有点紧张，显然她还认得叶斯年。

她低头不说话。

叶斯年说，你哥哥让我来找找你，如果你有空，给他打个电话。

说完他就拉着棋子冲出酒吧，展香香追了出来，不知从哪里掏出个钱包说，请你把这个交给我哥，也请你不要告诉他今天你所看到的，拜托了！

展香香说着哽咽了，把钱塞到叶斯年手里转身就跑。

棋子叹道，哎，又是个悲剧！

叶斯年说，这都是为了给她哥哥做手术。

可能是展香香的事刺激了叶斯年，这几天他一直闷闷不乐，提不起精神。

# 18

三天后的傍晚，叶斯年从公园散步回来，发现客厅里来了个陌生的中年男人，没有看到那人的脸，只看到宽厚的背影，叶斯年像平常一样径直朝他的房间走去，他是从来不和老妈的朋友打招呼的。

这时老妈从厨房突然跑出来，喊住了他："斯年，你先别回房间，家里来人了。"

叶斯年应了一声，无意间扫了一眼坐在沙发上的那个人，那个人也正抬头看他，四目相对，他愣在了那里。

中年男人微笑着站起来，斯年，你回来了，本来要去找你，怕在路上错过；你，你长大了……

叶斯年站在那里，看着这个人，看着他在自己面前拘束的表情和动作，他老了；十几年没有见，他还是没有忘记他，他的样子从没有在他脑子里消失过。

那个人喊着叶斯年的名字说，孩子，来，这边坐，你真的长大了。

叶斯年没有动，心开始抽搐，泪不争气地流了下来。

叶斯年瞪大眼睛想去自己的房间，此刻他的呼吸突然急促，心跳加快，老妈歇斯底里地大吼道："快扶住他，他要晕倒了！"

"斯年……斯年……"迷迷糊糊中老妈给叶斯年喂了药，药是躺在那个人的怀里吃的。几分钟后他恢复正常，清醒后，他久久不愿睁开眼睛，他感觉到了他们的气息，也听到了老妈低低的啜泣声。

这两个赐予他生命的人，终于在十几年后又重新站在了一起，站在他们儿子身边，就像他小时候有一次发烧，他们一直守在他的床边一夜没睡等他退烧一样。

十几年了，他们又这样站在他身边等他醒来……

过了半晌，叶斯年睁开眼睛，看见了那个中年男人含泪的目光和他微微颤抖的双手，老妈和他并肩站在床边，她又是泪流满面。

"斯年，你吓死妈妈了，求你不要再这样吓妈妈……都是妈妈不好，妈妈没有照顾好你，妈妈对不起你，请你原谅妈妈，求你了，儿子……"老妈哭泣的声音让叶斯年撕心裂肺，他始终没有和那个他思念了十几年的所谓父亲说一句话，只是看着他。叶斯年想自己的目光里应该是有怨恨，还有永远不可原谅的委屈。

"孩子，你感觉怎么样？要不我们去医院。"那个人俯身低头有点讨好似地问。

叶斯年又深深地看了一眼那个人，从他的目光里他仿佛看到了愧疚和疼爱，他闭上眼睛说，你们都出去吧，我想独自待一会儿，我没事。

老妈发现那个人背叛自己的那一天开始，她就没有和他再说过一句话，叶斯年一直以为他们再不可能说话的。

外婆说老妈的个性太要强，男人偶尔犯一次错，只要他悔改就可以原谅。老妈却没有原谅那个人，离婚时她也是找的律师协商的，后来关于叶斯年的抚养问题，他们也是书信讨论。

外婆说，那个人给老妈写了几十封忏悔信，但，老妈还是没能原谅他！

今天老妈居然和那个人说话了。

听说，那个人在国外一直没有再结婚，当然如果没有私生子的话应该只有叶斯年这么一个当混混的儿子，这么多年他每个月都给儿子寄生活费，十五年月月如此，从未间断。

可他从没有回国来看过叶斯年，连电话也没有打过，这么多年，叶斯年常常怀疑自己是否真的有过爸爸。给过他生命可是从没有关心过他的成长，这样的人还可以称呼为父亲吗？

叶斯年在床上问自己到底该不该和他说话的时候，水静玉打来了电话，叶斯年，不知道为什么今天我的心特别着急，我感觉肯定是你出什么事情了，快告诉我你怎么了。

水静玉难道真的和自己有心灵感应吗？叶斯年想。

他笑着说：傻瓜，你是不是太闲了，胡思乱想？你给那些小不点们编惯了故事，好好的你就瞎想，我能有什么事？

不理你了，人家那么担心，你不感激不说，还说这样的风凉话。好了好了不和你说了，听见你笑我就放心了。水静玉假装生气。

谢谢你，刚才我这里是发生了一件很大的事情，我的那个所谓的爸爸回国了，现在就在客厅里，我不知道该不该和他说话？叶斯年在水静玉面前说出了那两个陌生的字。

水静玉善良得像天使一样，她说，不管怎样，你都不能和自己的生身父亲不说话，父母离婚是大人的事，你怎么能拿父母的恩怨来当自己的恩怨呢？那样对你父亲太残忍了。

水静玉说，我长这么大从来没有叫过一声"爸爸"，因为我根本不知道他是谁？他为什么不要我？可我一点也不恨他。所以比起我这样没有爸爸的人，你应该庆幸自己有爸爸，何况他那么爱你。

叶斯年说，丫头，你不知道，十几年了，我没有喊过爸爸，现在真的喊不出口；这么多年我对他的怨恨太深了，恐怕我这辈子是不能原谅他的，即使我想原谅，我的心也不乐意。

水静玉说，原谅应该是一件幸福的事情，何况你原谅的是自己的父亲。

　　水静玉让叶斯年努力忘记过去的一切，她说有时候遗忘过去会让人更加幸福。

　　叶斯年说，丫头，我真的很想你，虽然不知道你长得什么样，可是还是很想你，我想去看你，可以吗？

　　水静玉说，见面是迟早的事情，因为我们这么熟了，甚至比最亲的亲人还了解对方，我们怎么可能一辈子不见面呢。

　　叶斯年说，你到底是怎样的女孩？

　　她说，我是个平凡普通的姑娘。

　　通完电话，外婆给叶斯年端来了晚饭，她非要看着叶斯年吃，她若有所思地说："斯年啊，你爸他昨天才知道你生病的事情，连夜就坐飞机从国外赶过来，这么多年他也很不容易，你就原谅他吧，其实是你老妈她个性太要强了。"

　　叶斯年没有说话，心里还是在问自己要不要原谅他，想着想着就睡着了，他太累了，再加上身体有点虚弱。

　　凌晨时分他醒来怎么也睡不着了，这会儿大家一定都睡了，那个人肯定睡在客房里，他起身想去偷偷地看看他，十五年没有见面他还是第一眼就认出了他是自己的父亲。

　　轻手轻脚打算开门，就听见客厅里有人私语，仔细一听，原来他们也没有睡，本想重新躺回床上，又忍不住好奇，屏住呼吸，叶斯年听见了他们的全部对话。

　　"孩子生了这么重的病，你到现在才通知我，好歹我也是他的父亲！过去你说怕给孩子心理造成阴影，不让我见他，剥夺了我做父亲应有的所有权利，现在孩子恨我到这种地步，你让我怎么给他解释？这么多年，你知道我是怎么过来的？我想儿子的时候就拿出他六岁时的照片看。因为当年的错误，你恨了我这么多年，可是孩子是无辜的；如果你让我离婚后偶尔能见见斯年，我也不会去美国，我是实在无法忍

受思念儿子的痛苦，才下决心去的国外；现在孩子病成了这样，才想起他还有个父亲，才来通知我，你太自私了，孩子是无辜的，他却成了我们婚姻的牺牲品；现在儿子走在街上，我真的认不出他是我的儿子，这么多年，我只记得他小时候的样子。"

"……现在你还提这些事情干什么？因为我们离婚你知道给儿子造成了多大的伤害？他的心里一直很自卑；这么多年他整天在社会上鬼混，其实是在自我折磨，对我也充满了敌意；有时候看着他不争气的样子，我就狠狠地揍他，揍他的时候你知道我心里有多难受？我问过自己无数次，儿子怎么变成了这个样子？他小时候是那么乖，那么聪明懂事，他怎么会变成这样！这么多年我们娘俩是怎么过来的，你知道吗？以前的事你就不要再提了，现在我只关心我儿子的生命。这些日子我都快疯了，儿子的心脏已经危及生命了，医生说现在只有做个心脏手术才能救儿子。"老妈说着又哭了。

"好了，好了，你别难过了，总会有办法的……"

叶斯年再没听下去，老妈又在哭，那个人好像在安慰老妈。听到自己的日子成了倒计时，他软软地靠在门上，怪不得他们一天都是那样的表情，怪不得老妈天天跟"林妹妹"似的，原来全世界都知道他快死了，就他自己不知道。

软软地坐在地上，叶斯年一遍遍问上天，难道他犯的错真的只有用生命才能偿还吗？难道他真的没有机会悔过自新了吗？

耳边又传来老妈压抑的哭声，他打开门，面无表情地说："家里又没有死人，你天天哭什么，我听着烦都烦死了！没什么大不了的，人迟早是要死的，你们去休息吧！"

"斯年，你是不是听见什么了？你……"没等老妈说完，叶斯年就关上了门，他这样对老妈说话还是第一次，虽然这样的话可以止住她的眼泪，可是老妈听了会更痛苦。老妈和那个人一直守在门外，直到叶斯年打开门，吃了药才离开。

叶斯年其实不想吃药，药此刻只能增加他的痛苦。

第二天，叶斯年起得特别早，准确地说他其实一直没有睡，他的心情变得很坏，烦躁和痛苦占据了他的大脑。夜里，他将被子掀掉又盖上，掀掉又盖上，他既担心自己感冒，又希望自己感冒，这样可能会快一点结束自己，家里人也不会再这么痛苦。

他不想让家里人发现自己的变化，一早就离开了家，在清晨灿烂的阳光里，漫无目的地走着。其实很想给水静玉打个电话，告诉她自己真的快要死了，但又怕吓着她，算了，何必把这么残酷的事情告诉她呢，她是见了死蚂蚁都会落泪的人。

继续走着，眼前一家酒吧刚开门，叶斯年就走了进去。

"对不起，酒吧还没有开始营业呢。"

"没营业你开什么门啊！给我一瓶白酒！"叶斯年的话里带着明显的火药味。

"怎么是你？小子，你怎么知道我在这啊！"酒吧里刚才开门的家伙过来一把拉住了他的手。叶斯年才发现他是棋子，能在这里遇见他，他笑了。他说，我以为再也见不到你了，棋子以为他开玩笑，他说这就是他和紫罗兰一起打工的那家酒吧。

棋子用奇怪地眼光打量叶斯年。

叶斯年说，今天我想喝白酒，你也陪我喝点。

你疯了啊兄弟，你不要命了！棋子大叫起来。

叶斯年青着脸说，我现在比任何时候都想要命，可是命不要我了。

棋子没有倒酒，给叶斯年煮了一杯咖啡，让他先坐下，棋子说正要这两天去找他。

叶斯年说，今天遇见你正好和你告别一下，我没有多少日子了，好久没有喝酒了，给我一瓶能让我醉的酒！

棋子给叶斯年点了支烟，很猛地吸了两口，剧烈地咳嗽起来，我也好久没有抽这东西了，棋子把烟掐了。他边洗酒杯边说，今天你这是怎么了？别这样，现在再大的病都能治疗，连得艾滋病的人都能活十几年，何况你这小病。

叶斯年故作深沉地望了一眼棋子，把玩着手里熄灭的烟头。

棋子说他妈最近在和他老爸闹离婚，他说不想劝他妈，他也想通了，就是觉得对不起他老爸也对不起他妈，这些年白活了。

如果平时，叶斯年一定会问问他最近的情况，还有他和他老爸现在怎么样了，可现在他的大脑是空白的。

他没有听进一句棋子的话，一口一口地喝着冒着热气的咖啡。

酒吧里因为没有开灯，黑漆漆的，仿佛藏着一种深邃的叫人感伤得摸不着头脑的东西，这种黑暗的气氛让他感觉自己变成了一座石雕，上天又让他回到了酒吧，也许他只能属于这里。

喝完咖啡，叶斯年说，棋子，我来帮你洗酒杯吧，让我干点什么，可能会舒服一点；我整日游手好闲无所事事惯了，感觉自己太对不起生活，我就像个废物，你要是不让我洗，吧台上的酒可就全下了我的肚子了。

棋子欣然答应，说只要他不喝酒干什么他都乐意。

丁零当啷的酒杯撞击声，让叶斯年恍惚间觉得自己正在和人干杯畅饮，头晕乎乎的，他认真地清洗酒杯，棋子一直用一种着急而又不安的眼光打量着他，而他专注于自己的世界，杯子撞击的清脆响声，就像和他在对话。叶斯年几乎有点陶醉了。

去卫生间倒水，在镜子里叶斯年撞见了那个正在凋零的自己，深陷的眼眶、蓬乱的头发、苍白的脸色，还有他的双手像犯了癫痫似地抖动。一只酒杯掉在地上，发出了清脆的响声，他的身体在不停地抖动，他大吼了起来……

　　这时欧清波意外地出现，他像个有经验的大夫，从叶斯年衣服兜里拿出药喂到他的嘴里，然后扶他平躺在沙发上，辛月儿这时正好拿着水杯进来。他们怎么会来这里？难道是叶斯年产生了幻觉，这里不是酒吧吗？

　　"叶斯年，你不能这样，你知道这样大吼对心脏的影响有多大吗？"欧清波责怪中又带着担心。

　　"你们早就知道我活不长了，还装模作样鼓励我，真虚伪啊你们！"叶斯年的口气带着明显的嘲弄。

　　"你太让我失望了，上次见你还以为你真的能乐观对待你的病，积极配合医生呢；现在我终于明白，你也不过是个胆小鬼，你真是个不折不扣的浑球！"辛月儿发火了。

　　"辛月儿，别以为我不知道你是想激我，想让我说，我叶斯年不怕死；可是实话告诉你，我真的怕死，过去我没有好好过过日子，所以我一直觉得自己是没用的多余人；现在我做了良民，发现生活的意义了，可我还是得死，现在，为了不拖累大家，我得早点结束自己……"

　　叶斯年说这些话的时候非常平静，刚才吼了几声，轻松了许多。

　　欧清波、辛月儿他们都盯着叶斯年，不说话，这种动作持续了半个小时，他才恢复了平静。

　　离开棋子工作的酒吧时，太阳已经照在了头顶，刚才在酒吧里的情景叶斯年几乎已经忘了。

　　走出酒吧的瞬间，叶斯年想起一个人，那是过去经常在酒吧里遇见的女人，不知道她叫什么，有好长一段时间她出没酒吧迪厅，总之认识她的时候，是她最堕落的日子。她的初恋男友去了国外，像很多去了国外的男人一样，他去了还没有学到任何国外的东西，先把深爱自己的女人甩了。那女人本来是从不喝酒的人，因为那个男人的背叛变成了酒鬼，她常常一边喝酒一边讲她和那个男人之间的罗曼史，她喜欢重复一句话，"你们知道我有多么爱他吗？不，你们不知道，因为连我也不知道我到底有多么爱他！"

当时叶斯年觉得这个女人就是他老妈的过去，当时真担心那个女人也会生个像他这样不受大家欢迎的儿子，好在她当时单身。前几天，叶斯年在公园散步又一次遇见了她，她挽着一个中年男人的胳膊，幸福地微笑着，走远了他才发现她快要做老妈了，当时他目送她走了好远。

想起这个不知道姓名的女人，因为她也是死过一回又活过来的人，她当时的绝望和现在的幸福，让叶斯年释然，他是死了很多回的人了，每次都活了过来，他怎么可以在死了这么多回之后还想去死呢？

所以当他再次走出酒吧时，脚步轻快，他贪婪地看着大街上来来往往的行人，还有他们生动的不一样的动作和表情，活着就是好。

棋子他们要送他回家，叶斯年微笑着说，放心吧。

他们对叶斯年不到一小时就判若两人的表现有点无法接受，都面面相觑。

欧清波说他和辛月儿正在定做结婚礼服，棋子就打来电话，说叶斯年有点不对劲，他们就急忙打的赶过来，幸亏离得近。看见叶斯年刚刚那样，现在又是这样，他们真不明白了。

欧清波本来要请叶斯年一起吃午饭的，叶斯年说出门的时间长了，又忘了带手机，怕外婆到处去找他，得先回家。

叶斯年是步行回家的，在一条街道的拐角处，有个乞讨者使他极为吃惊，没错，他是展飞的父亲。

展父站在街口乞求，神情极为壮烈，他没有跪在地上，而是站在那里，脸上没有任何表情，他面前的碗里似乎没有一点钱的影子。

也许是无数的骗子乞讨者假装的可怜和脆弱，践踏了人们原本的善良，过路的人很少有人停下来看展父身旁那张白纸上密密麻麻的字，看那原本可以让所有人心生同情怜悯的故事。

叶斯年很想上前告诉那些匆匆忙忙赶路的下班族，请他们停下来，帮帮这个父亲，可又没有勇气走过去，他站在远处，望着展父，他的头在那么多陌生人面前始终没有低下。

叶斯年问旁边卖冷饮的小姑娘，展父在这儿站了几天了？

那小姑娘叹口气说，有些日子了，他一般下午来，一直待到晚上，前天有几个好心人给了他不少钱，结果被一帮流氓给抢了，他在那里蹲着大声哭，她是亲眼看见的；听说他儿子得了心脏病，要做手术，家里为了治病已经倾家荡产。

叶斯年让小姑娘把他身上所有的钱，放在了展父面前的小瓷碗里，展父的眼里含着泪，似乎要给她鞠躬，叶斯年看到后悄悄走开。

展飞是肯定不知道这件事的，他现在也许什么也不知道，包括他妹妹展香香在做什么工作他也不知道。

穷人是不能生病的，叶斯年一直在想展父的样子，是该同情他的遭遇，还是该庆幸自己的父母有钱。

## 20

回到家，进门就看见老妈正在客厅来回走动，很着急的样子，叶斯年若无其事地说："妈，你回来了，这么早啊。"

老妈松了口气，她坐在沙发上，满头大汗。

这时叶斯年那来自国外的父亲急匆匆地敲门，他也是满头大汗，一进门就问："斯年回来了吗？"

叶斯年应了一声，他愣住了。叶斯年扫了他一眼，他才发觉刚刚是他在说话。叶斯年想起了静玉说过的话："原谅应该是一件幸福的事情，何况你原谅的是自己的父亲。"

叶斯年走过去接过他手里的包，第一次这么近地看他，才发现他也老了，额头和眼角的皱纹刻着岁月的痕迹。这么多年过去了，没想到，当他再次和父亲说话时，他已经走到了生命的尽头。

这么多年，如果说没有想过他，那是不可能的，小时候他们一家三

口的合影叶斯年一直夹在钱包里。

"斯年，你……你还没有吃东西吧？我也还没有吃呢，待会儿咱们一起去外面吃点东西。"叶斯年感觉他说这些话的时候差点都要唱歌了。

张了无数次口，始终没有叫出"爸爸"那两个字，叶斯年只说了一声，好。

和父亲的这顿饭吃得非常难忘。

当他们父子并肩走在街上，才发现叶斯年长得居然和他一样高了，小时候觉得父亲很高大，让叶斯年望尘莫及。

现在他们一样高了。

在路上，他在前面走，叶斯年跟在后面，他把路记得非常清楚，十五年深圳的变化和中国的变化一样都是巨大的，父亲还是记得那条街的名字，他们一前一后，与其说是去吃饭还不如说是去寻根。

他们去的是叶斯年出生的那个小院，当时父亲就在小院背后不远的外贸公司上班，记得当时小院的前面是一处很大的菜市场，小时候外婆会拉着他去那里买菜。

如今小院早已不在，它的旧址上盖了一栋三层的小楼，小楼显然已经人去楼空，它外面的墙上写了两个很大的"拆"字，那个菜市场所在的地方已经被一栋三十层的高楼覆盖。

父亲显然也很兴奋，他指了指小院旁边的一家洗浴中心，问他还记得那里曾经是什么吗？

叶斯年说，那里有个空场地，你还在那里教过我学骑小车子，父亲听了，深深地看了叶斯年一眼，叶斯年知道他以为自己不记得了。

小院的门锁着，只能从门缝里隐约看到他们曾经住过的那间房子。

父亲解释说，当时结婚的时候单位没分房子，我就和老妈在附近租了两间，你出生后把外婆也接来了，那时家里整天欢声笑语。

叶斯年说，记得那时我们的屋子前面从春天到冬天都开着花，有红色的月季，金色的菊花，还有各色的喇叭花。那时候每到夏天，我每天都摘院子里的花给外婆戴。

叶斯年对这个小院的记忆是深刻的，住在小院的那几年，他有完整的家，有每个人童年所拥有的一切。

如今小院早已退出历史舞台。

父亲说当年在小院里生活时，日子艰难，我和你老妈的工资都不高，那时候为了攒钱买房，你也没有多少玩具，可是天天都很幸福，现在想起来就像是昨天发生的一样。

叶斯年说所有的人都犯同样的毛病，错过了才知道没有珍惜，才发现错过的是最珍贵的，所以珍惜现在的每时每刻才最重要。

父亲听叶斯年说出这样的话，他显得很惊讶。

离开小院，他们在一家很有特色的海鲜楼，美美地吃了一顿美味的虾和蟹。父亲说他有好些年没有吃过这么好吃的新鲜龙虾了，他说刚来南方时还吃不惯，后来习惯得有点离不开了。他还说在国外一想起外婆做的香辣虾，就馋得口水直流。

叶斯年说，我也是第一次吃这么好吃的龙虾。

到现在为止，叶斯年始终喊不出爸爸，每次称呼父亲为你，不过就他们两个人，说话也知道是在给对方说。

整顿饭里，他们没有提到叶斯年的病，也没有提到任何不愉快的事情，父亲好像完全不知道儿子生病似的，他还让陪他喝了半杯啤酒。

这么多年没见面，叶斯年有很多的问题想问他，他也肯定有很多的问题想问儿子，但他们谁也没问，此时此刻是叶斯年记忆里最盼望的镜头。

也记不得他们两个吃了多少只龙虾，叶斯年唯一记得的是他和父亲坐得很近，近得能听见他吃饭下咽的声音。

吃完海鲜，父亲本来要打车送叶斯年回家的，叶斯年说还是走回去吧，又不远，父亲也欣然答应。

秋天的傍晚像着了火一样，那些四季常青的热带植物在夕阳中也披上了红装，晚霞也像血一样，让人感到体内的血液快速流动。

父亲说他想去城北立交大桥上散散步。

叶斯年说，以前我和外婆常去那里。

父亲听了叹了口气，他说，你不会走路的时候，我就把你架在脖子上，和你母亲吃过晚饭来这座桥上散步。过去城北立交大桥是这个城市最大一座立交桥，没想到，现在它成了最不起眼的小桥了。

叶斯年一直想知道，父亲和母亲之间到底发生了什么惊天动地的事情，可他一直不敢问，他怕自己知道后会更恨父亲。

登上桥后，父亲说当年你妈最喜欢来这个桥上吹风了，那时候她的头发特别长，她总是靠在桥边上，看桥下的车流和桥上的行人感叹，什么时候她和我也能开着汽车从桥下穿过。

叶斯年说，那时候你应该是爱她的，是吗？

父亲望着远方，他说不知道如何回答这个问题，当年他们是大学里的同班同学，也是初恋，虽然不是一见钟情，可也是水滴石穿，爱得很浪漫也很执着。母亲最爱吃冰糖葫芦，为了追母亲，他曾经一天给母亲买过三个冰糖葫芦，那时他家里很困难，他不知道冰糖葫芦吃在口里是什么感觉，但他说看着母亲吃，他的心里就甜甜的。父亲说在国外时，在唐人街看到卖冰糖葫芦的，一串串火红的冰糖葫芦，总会让他想起往事。

"是我对不起你母亲，她没有给我悔过的机会，所有的一切都是我造成的，我对不起她！"

"我妈的一生是你毁掉的，你知道这么多年她是怎么过的吗？这么多年她从来没有来过这里，也从没见过她吃过什么冰糖葫芦，因为她没有吃过，我也很多年没有吃过……"叶斯年还想抱怨几句，可是，抱怨了又能挽回什么呢？

父亲问："斯年，想知道我到底做错了什么让你妈那么伤心、十五年和我不说一句话吗？"

这时叶斯年发现月亮已经升起来了，很圆。

父亲停了片刻说："在我们结婚六周年前后，我们单位来了个新的女同事，她是我顶头上司周局长的女儿，活泼青春，和我一起出过几次差，

她是主动追求的我，而我也昏了头被她的热情诱惑，没有拒绝，于是偶尔悄悄约会。那时候你妈的心思完全放在你的身上，她非常非常疼爱你，她工作很忙，还要每天送你上下幼儿园，我总出差，而她对我的爱也丝毫没有怀疑过。直到结婚纪念日的那天，我没有回家，也没有打电话，她做了一桌的饭菜等我，可我一直也没回家。晚上她找到我单位，推门看见我和那个女人在一起，才发现我背叛了她，你妈万万没有想到我会背叛她，她无法接受，第二天，她就没有再让我进过家门，她换了门上的锁子。

"从那天开始，她就没有和我说过一句话，她不像别的女人，发现丈夫有外遇会大吵大闹，她不听我的任何道歉，甚至我下跪求她给我一次机会，她都没有看我一眼，我知道她是伤心到了极点。那几天，我跟着她，怕她出什么意外，那些日子我恨死自己了，我也想过死，可你怎么办？一夜之间我失去了一切。

"你妈妈当年是我们大学的校花，很多条件好的男青年都追求她，她却只爱从农村来的我，刚结婚那几年她跟我吃了很多苦，而我却那么轻易地背叛了她。这么多年过去了，时光冲刷了许多往事，可这件事情却时刻提醒着我，我对不起你母亲，我也对不起你，我的儿子，我的灵魂从来没有安宁过。"

叶斯年说，天快黑了，我们回去吧。叶斯年对往事已经不再有任何的仇恨，他明白，对历史探究得越明白，历史对现实的影响就越广。他知道了一段并不光彩的历史，这段历史影响他的至亲至爱，他不希望它继续纠缠这些人。

和父亲走在熙熙攘攘的街道，他们都没有说话，但叶斯年能感觉到他，他也能感觉到叶斯年，这就足够了。十五年来这是他们父子第一次逛街。

父亲说了那些话心里也该舒服了些，人都会犯错的，父亲犯了爱情不能饶恕的错。

回去的路上，叶斯年其实很想让父亲的手搭在他肩上，可又担心发

生的一切会是一场梦。

　　和父亲在一起的这一天也算是幸福的一天，唯一的遗憾是叶斯年没有找到合适的机会喊出"爸爸"那两个字。

## 21

　　叶斯年一直在想如果人生是一面黑板那该多好，新的内容写上去的时候，旧的东西早已经被岁月擦去，这样他们每天都活在未来，对过去也不必翻阅，不必悔恨什么也不必追忆什么。

　　叶斯年把他的想法告诉外婆，外婆说那人还不如死了算了，多没有意思，外婆说人生最让人难以琢磨的就是无常，人生无常世事难料。

　　叶斯年又告诉了水静玉，她说那样不好，今天认识的朋友，明天就不记得了怎么可以？还有她得天天给学生做自我介绍，那多麻烦啊！其实叶斯年也不想那样，也许，人就该对自己的历史负责。

　　一天晚上，天空打着闪电，没有雷声，也没有下雨，叶斯年正在想这雨能不能下下来，欧清波打来电话，说他和辛月儿已经到了他家楼下，让他和他们一起去喝茶。

　　叶斯年说快下雨了还喝什么茶？欧清波说正因为要下雨才要喝茶。叶斯年本来还要反驳两句，楼下传来清脆的喇叭声，他们真是先斩后奏啊。

　　因为要下雨，空气很沉闷，仿佛世界压抑着天大的秘密。但是和欧清波的交谈是非常愉快的，就是天上下冰雹他也会说成有冰棍吃了。欧清波一直是个乐天派。

　　他们这时间来找，叶斯年想肯定有事，而且是大事，

　　叶斯年说欧清波有什么事你就直说，千万别绕弯子，我可没有那么

多闲工夫。

欧清波说你急什么呀，不会也是心有所属了吧？

辛月儿问，最近感觉怎样？叶斯年愣了一下，他差点忘了自己的心脏有毛病，他说，还那样，天天都吃像豆豆糖一样的药，我想我已经很好了。

辛月儿笑了。

欧清波问叶斯年喝什么茶，辛月儿说，他呀，就爱喝铁观音，这么多年一直如此。

欧清波脱口问她，你是怎么知道的？

叶斯年愣了一秒钟，急忙说她和我可是大学的同学啊，当年谁不知道我爱喝铁观音啊！

辛月儿并没有附和他，她说，叶斯年，我和欧清波下周就要结婚了，我们想请你当伴郎。

叶斯年瞪大眼睛喊了起来，什么？什么让我当伴郎？你们没搞错吧？

这时叶斯年的手机响了，是水静玉打来的，水静玉这两天似乎有点故意躲着他，可能是他太忙了，可能是她太忙了，总之她打电话说明还是记挂着他的。水静玉问叶斯年在哪呢，她说她刚听天气预报说他们这有雨，所以打电话来，提醒他出门时记得拿伞。

她每次打来电话都会说一大堆打电话的原因，所有的女孩都有矜持的一面，水静玉也不例外。

听见水静玉活泼又有点童稚的声音，叶斯年的心也飞了起来，他说他在外面和两个朋友喝茶，他说这里现在打着闪电还没有下雨。水静玉一听叶斯年在外面，就小声地问，他们在你附近吗？叶斯年大笑起来，不是附近而是面前。

水静玉说那她的有些话是不能说的，叶斯年说我回家了一定给你打电话，水静玉匆忙说了句，不打电话你不是一棵树，就挂了电话。

叶斯年傻呵呵地笑出了声。

欧清波和辛月儿像看怪物一样看着他。

叶斯年，我的第七感官告诉我肯定是个姑娘打来的。

从没有见你这样笑过，你们怎么认识的？

辛月儿当然没有见过叶斯年这样，当然叶斯年自己也不知道自己怎么会这样，可能是上天的安排。

叶斯年不能告诉他们水静玉是他在网上认识的，而且她在和他相距两千多公里的一个小城市里，不能说他们在中国的两端，为了不让他们问很多无聊的问题，叶斯年闭口微笑着。

叶斯年说我想知道的是，打算邀请我当伴郎的这对新人，是怎么认识的，辛月儿可不是那么容易就能追到手的？

欧清波看了一眼辛月儿，那目光让外人觉得自己在场就是个多余的人，目光本来是虚的东西，但此刻的目光估计有百分百的含量。

得，两位可别在我面前眉目传情！欧清波你是男的，说吧，你是不是用了下三烂的手段追的美女？

我敢吗我？辛月儿的眼睛是雪亮的！欧清波伸手作颂扬状。

欧清波和辛月儿在法国上的并不是同一所大学，他是在一家餐厅吃饭时认识辛月儿的。当时她在那里当服务生，欧清波开始以为她是韩国人或者是日本人，辛月儿给他送餐的时候随口就问了一句，你是中国人吗？确定了辛月儿是中国的姑娘，欧清波就天天去那家餐馆吃饭，说着说着发现在同一座城市，后来还发现认识同一个人叶斯年。他们都很惊讶，而欧清波放弃了当君子，死缠烂打天天放学去找辛月儿，辛月儿一下班，欧清波就拿着她的包不放，磨磨蹭蹭地说要送送她。辛月儿开始是目中无人的那种姑娘，她以为所有的人都像叶斯年一样冷血无情，但是很快她发现欧清波和叶斯年是截然不同的人，欧清波每次过马路都走在最危险的一边，辛月儿住的地方有一段又长又暗的路，欧清波总是一直陪她到楼底下，这才放心离开。欧清波到现在一直如此苗条的原因跟陪辛月儿走路有很大的关系，辛月儿也不是木头人，她知道在这碌碌浮世，能遇见真心爱她的人，她该如何珍惜。

外面终于下雨了，欧清波和辛月儿开始交代起当伴郎的具体事宜，好在当伴郎没有当伴娘那么辛苦，叶斯年就硬着头皮把细节全都记了下来。结婚可是大事，这点上，他可不能出差错。

叶斯年看着欧清波和辛月儿为了他们的婚事的某一细节反复地商讨，非常耐心，丝毫不厌烦。看着他们并肩坐在对面，亲密得几乎头碰着头，恍惚间，他突然觉得对面坐的是自己和水静玉，他们也那样亲密地头碰着头，可是到现在他们连对方长得什么样都不知道。

叶斯年还是先离开了茶楼，外面的雨下得很大，真希望来场大暴雨将他淋湿，他就有勇气面对自己的病，面对水静玉。可是雨下得缠绵，这雨是不能淋透他的，所以他没有勇气面对自己的病。

而在他内心深处，他知道自己，可能活不长了

## 22

一天清晨，叶斯年意外地接到了展飞电话，好久没见他了，现在去医院检查，父亲会陪着他，几乎没有时间去看展飞，当时他还住在普通病房，叶斯年只去过一次。听到展飞的声音，叶斯年才真正体会那句"同是天涯沦落人"的意思。

展飞说他要回家了，想给叶斯年告个别，他的声音是低沉的，叶斯年说是不是要转院。展飞说他要放弃治疗，家里已经借了九万元，他的爷爷前段时间也去世了，他决定不治了，听天由命吧！

叶斯年说，你等等，我现在就过去，送送你。

展飞放弃治疗，就是等死，叶斯年想去看看他，试着劝劝他。

叶斯年给欧清波打电话说了情况，欧清波说他尽量想办法。

见到展飞，他已经收拾好行李，躺在病床上发呆，他说趁他爸今天

不在，已经偷偷办了出院手续。

欧清波说让叶斯年先陪着展飞，他去找他爸，大约过了半个小时，欧清波和他父亲还有另外一位医院领导匆匆进来，这时展父也来了。医院知道情况后决定免除一部分费用，欧医生希望展飞继续留下来治疗，他说他要给展飞亲自做检查，展父激动得差点跪在地上。

这时展香香也来了，她是来送生活费的，看见人这么多就站在他爸身后偷偷掉眼泪，只有叶斯年能理解她眼泪的真实含义。

看着展飞蜡黄的没有血色的脸，和他苍白的嘴唇，浮肿的身体，叶斯年感到自己的世界也快成废墟了，展飞应该比他更有生的希望的，可是，可是……

## 23

一连几天，叶斯年没有给水静玉打电话。

他发现自己像得了相思病一样。如果哪天没有听见她的声音，他就茶饭不思，浑身没有力气，坐在床上发呆几个小时。

叶斯年不止一次地把那个字挂在嘴边，想告诉水静玉"我可能爱上了你"又不敢说，他不知道说了会不会给水静玉造成伤害，他是个没有明天的人。如果说了，那他就是个十足的自私狂。

他被自己折磨得透不过气来。

在茶楼里听见水静玉问他是不是忘了她的时候，叶斯年明显地感觉出她语气中的伤感。

这天晚上，叶斯年忍不住给她打了电话。不知道他们通过有多少次电话了，有时候一天他会打五六个，理由是想听她讲故事，叶斯年就会笑着说，水老师给我讲个故事吧，我最爱听你讲的故事了。她会尖叫着

说：怎么又打来了，真拿你没有办法，你怎么那么爱听我讲故事啊，是不是小时候你没有听过故事？

水老师，我忘了告诉你，我没有上过幼儿园，叶斯年可怜兮兮地说。

好吧，可我都讲烦了，你怎么还不烦？那你别说话，听我讲就是了。

接着，电话那边就传来：

小朋友们大家都过来，现在老师给你们讲故事好不好啊？

好……

今天老师要给大家讲的是，卖火柴的小女孩的故事。

老师，卖火柴的小女孩讲过了。

那我们讲灰姑娘……

水静玉可真是个大马虎，叶斯年会笑眯眯地闭着眼睛听她绘声绘色地讲故事，常常他会听着故事，幸福地慢慢睡着。

以前叶斯年是个话不多的人，甚至在别人眼里，因为不说话而变成了一种"酷"。现在他和水静玉一通电话就说个没完，有时会聊到凌晨，每次说到最后往往会忘了打电话之前本来要说什么。他们的谈话没有什么主题，想到哪里就说出来，但一挂电话他才会记起，最重要的还没有说呢，又打过去，不过有时候他怕水静玉第二天上班起不来，就不得不少说几句。

接通电话突然不知道该说什么，他们两个就拿着电话傻笑。

水静玉总会"咯咯"地笑，他说她笑起来像小鸽子，她则说叶斯年像小绵羊。

水静玉最近老问：叶斯年，我们这辈子有没有可能见面？

叶斯年总会说：傻，我们都这么熟了，怎么可能不见面，说不定见了就分不开了！

那我们什么时候见啊？

你真的想见我吗？万一，我长着冬瓜头怎么办？

我最喜欢吃冬瓜了……

叶斯年说，想知道一棵树长什么样吗？

水静玉说，反正都是大自然的孩子，估计，他们长得差不多。

每次说到长相，水静玉就开玩笑，让叶斯年奇怪的是他对水静玉长什么样好像也不是特别关心。刚开始没有先看样子就认识了，他们两个又没有什么目的，现在心里有一点目的了，突然觉得长什么样已经不重要，重要的是他们彼此熟悉对方。

有时候叶斯年也寻思，如果水静玉长得太恐怖，那她会吓着幼儿园的小朋友的。

现在他决定让水静玉看看自己这张不算英俊但还帅气的脸，当他把相片发到水静玉的电子邮箱时，心情爽然，他在想她看到自己的相片肯定会大吃一惊。而且肯定的是，水静玉如果真爱上他那一定不是看到相片以后，就像他根本不关心她寄不寄相片给自己，因为，他已经决定要去找她。

从认识水静玉开始每一天都是快乐的，每天他都能从镜子里看到微笑的自己。虽然他可能随时都会停止心跳，但他还是决定对这个世界微笑，对外婆对老妈，对他至今没有喊过"爸爸"的父亲微笑。

相片发出去不久，水静玉打来电话，第一句话就问：一棵树先生，那个人是你吗？

什么人啊？

你是装糊涂还是逗我玩啊！

叶斯年傻笑，一听见他傻笑，水静玉也傻笑，她细声慢语地说，没想到你长得还是挺有棱角的嘛！我以为……

你以为真的是个南瓜头啊！不好意思让水老师失望了！叶斯年有点得意。

水静玉大笑，不是失望是震惊，原来我在和大帅哥聊天，呵呵，为了证明那个人是你，最近你最好来让本姑娘亲自看一看，不然我情到深处那可就完了！

叶斯年大笑，不会吧，看了一眼就入迷，而且情到深处，不会这么快吧，真是个小色女啊……

再胡说，我就不理你了！哼！水静玉像是真的生气了，叶斯年急忙正经起来。

叶斯年说，外面的雨还没停呢，刚才我伸出手掌一试，雨滴在手上特别冰凉。水静玉见他转移话题，她半天不说话。

叶斯年说，傻瓜，你真的是个神经质的女孩，我这边一说下雨你就发呆了是不是？

叶斯年，我没有告诉你，有一天晚上我梦见了你，你长得和这张相片上一模一样，你信吗？

叶斯年说，傻瓜，我们两个的心早就连在了一起，何况你又是个精灵，梦见我的样子应该并不奇怪？

我天天想你，好久没有想过爷爷想过家了，水静玉有点委屈。

听了这话，叶斯年很想告诉她，他们的感觉一样，正要说，心突然莫明其妙地痛了一下。上天这是在提醒他没有爱的权利，还是在鼓励他勇敢地去爱？

叶斯年说，丫头，你们天水今晚有星星吗？

有啊，我现在是看着满天的星星在给你打电话，只可惜我们不能一起看着这美丽的夜空！

傻瓜，可我看见你了，我就是你的星空，知道吗？叶斯年说这句话时鼻子酸酸的。

叶斯年，你说我们俩真的有缘吗？

应该有吧！叶斯年小声说，他很想大声地告诉全世界，他和水静玉是注定的缘分。可叶斯年猜不出水静玉的心思，也不知道他还有没有明天。

那你不想知道我长什么样吗？好像从来你也不问我的样子！水静玉的语气里有点埋怨还有点哽咽。

怎么了，丫头，不高兴了？叶斯年有点小心翼翼。

没什么，你是不想知道我长什么样，所以你从来不问我，而且你是根本不想……我……你是因为寂寞才要和我聊的……水静玉突然在电话里哭起来。

叶斯年开始怪罪自己了，水静玉完全误会了他。

第一次没有说再见水静玉就挂了电话，叶斯年特别着急，打过去电话她也不接。叶斯年不知道该怎么办，刚才不是好好的吗？这个晚上他有生以来第一次琢磨起女孩子的心思来。

当水静玉说他是因为寂寞才和她聊天时，他真是有口难辩，她的言下之意是他根本不在乎她，不喜欢她。可是叶斯年想说的是他不在乎她的长相，他觉得感觉最重要。

自己真的是个笨蛋，女孩子都是以为所有的男人先喜欢的是她们的脸蛋，他该怎么说她才能明白？

天快亮的时候叶斯年发了信息给水静玉，那是一封很长的信息：

丫头，不知道昨天晚上你什么时候才停止哭泣的，总之请你相信我的心在陪着你一起流泪。你真的误会了我，从认识开始，我一直觉得你是纯洁的天使而不是普通庸俗的姑娘，所以就没有问过你的样子，何况你的心早就深深地打动了我，而且我们的心灵早就见过无数次面了。

我敢肯定，有一天当你出现在我面前，我肯定能第一眼认出你，丫头，千万不要因为这件事怀疑我的真诚，你就在远方等我好吗？在某一天，我会装上翅膀，飞过千山万水去找你，不会太久了，这辈子如果没有见到你是我最大的遗憾，我不会让自己遗憾的，相信我，小天使。相信我的真诚。

信息发完，踏实地睡了一觉，如果这封信可以算作情书的话，这是叶斯年有生以来写的第一封情书。他没有提到那个最想说的字，他怕没有时间和她一起数星星，数到头发花白，他知道，他只能去看看她，等参加完欧清波和辛月儿的婚礼他就去。

醒来的时候，发现水静玉不知道什么时候发来信息：

你肯定还在梦周公吧！一棵树，我原谅你了！现在我去上班，希望你来的时候通知我，我可不喜欢突然袭击，拜托了，一定不要突然袭击！

面对水静玉的纯真和美丽，叶斯年常常心生敬意，他自惭形秽。现

在，他想自私一点，留一些爱的时间给自己，他没有告诉她他的病，他怕她为他担心，更怕吓着她。

不过说真的，他得先去问问欧医生，他到底还能活多久，他需要一个确切的数字，来安排他未来的日子。

24

人一生的支柱是爱，上天只是给相爱的人相遇的机会，可想幸福地过日子，是指望不了上天的。叶斯年决定勇敢面对自己的爱。有人说，这世间事，除了生死，都不是大事。但爱情是"得之我幸，不得我命"这样关乎生死的。叶斯年觉得自己在黑夜里煎熬，他不知道这漫漫长夜会不会过去，他也不知道自己是否有黎明。

如今的他，只能每天推开清晨的窗子，努力去爱他想去爱的一切。

住在深圳，终年有风。这里一年四季都是绿色的，人世间一切绿让人忘记了四季轮回。父亲一直住在家里的客房里，现在他一有空就找儿子聊天，偶尔他们还会听着音乐下盘棋。如果叶斯年赢他一局，父亲会笑得像孩子一样，这时叶斯年常常产生错觉，觉得他们父子从来没有被分开过。

老妈现在也常常跟父亲主动说话，她现在叫他为"老叶"。

只有外婆偶尔会叹口气，不过她高兴的时候也会加入进来，还会拿出那张发黄的老照片给父亲津津有味地讲讲她缠脚的故事，叶斯年想父亲听的次数一定比他多，可他每次都听得很认真。

家里的气氛比起他刚生病时活跃多了，老妈也不哭了，她和父亲都在托关系、找专家，联系全国的甚至国外的大医院，为叶斯年的手术四处奔波，但他们从不在儿子面前提手术的事。

　　叶斯年每天照常吃药，照常出去和外婆散步，和水静玉每天联系，有时候他会幻想水静玉的样子，她是长头发还是短头发，万一他去找她，没有认出她或者认错了该怎么办？

　　一天，在书上看到这样的话，叶斯年把它发给了水静玉，希望她能和叶斯年共享：如果你是石头，便应当做磁石，如果你是植物，便应当做含羞草，如果你是人，便应当做意中人。

　　也许，美妙的人生就该具备这些美好的东西，就像大自然每个季节都有花朵开放，都会让人心旷神怡。

　　这一天又是叶斯年定期检查和输液的日子，早上欧清波还打电话提醒他。

　　叶斯年笑着说，就是忘了你和辛月儿的婚礼，也不能忘记我去医院定期检查的日子。

　　什么？你把我和辛月儿结婚的日子给忘了？欧清波几乎吼了起来。

　　叶斯年大笑，结婚的是你不是我，我干吗记那么清楚？不过日子还是记得的。

　　欧医生像往常一样在办公室等他，他永远给病人以神秘感，他从不说病有多严重，而是说配合治疗一定会好的。虽然他是好朋友的爸爸，对他也一样守口如瓶。

　　每次见面他都会高兴地说，最近气色好多了啊，叶斯年。

　　而叶斯年想听的是，你的心脏好多了。

　　做完检查，欧医生要他留下，说要和他聊聊。

　　叶斯年猜肯定是病情恶化的消息，这时眼前突然晃动着一张很缥缈很遥远很模糊的脸，耳边传来清晰的声音"叶斯年，你要勇敢一点，我会一直陪着你"！水静玉幻觉般的声音将他唤醒。

　　对待任何困难，微笑比沮丧更有征服力。现在叶斯年对外婆、老妈、父亲常常微笑着说话，对任何东西也都微笑，他相信它们能感觉到他的变化。往往他走在路上对着蓝天、阳光、白云微笑，对陌生的路人也会微笑，在微笑中，叶斯年会忘记绝望。

此刻对着欧医生,他也在一直微笑,让他对自己的精神状态感到满意。

欧医生,是不是我的心脏最近不如从前了?这句话叶斯年也是微笑着问的。

欧医生说:"你的心脏里有积液,现在必须手术;今天我想和你商量做手术的事,你父亲已经在国外聘请了一位世界一流的专家和国内的几位专家一起给你做手术。"欧医生表情和语气里听不出半点别的消息,他给病人的只有希望没有结果。

叶斯年说,如果我不做这个手术,还能活多久?

没有如果,孩子,这个手术你必须得做,而且非做不可!欧医生说。

为什么非做不可?是不是不做我就会很快死去?叶斯年又问。

没有那么多为什么,要知道你是很幸运的,你的父母一直在四处奔波,你知道这个手术要花很大的费用,许多人因为钱才放弃手术的,而你不能,你该为你的父母考虑!你还很年轻,应该有信心!

叶斯年说,那您能告诉我,手术的风险有多大?

任何手术都是有风险的!你现在要配合他们的治疗,每天按时吃药,最近千万不能激动,让心情保持愉快,这是你该做的事情。

听了欧医生的话,叶斯年半晌无语,欧医生说他的手术他们最迟定到下个月,这是叶斯年父母的意思。

出了医院,叶斯年又去了另一家医院,找到一位专家,向他咨询心脏手术的有关情况。那个专家给他耐心地讲了有关手术的很多情况,叶斯年只记住了:"心脏手术的风险比别的手术要大,术后可能出现出血、感染等情况,也可导致患者再次发病,很有可能导致病人死亡……"

坐在公共汽车靠车窗的位子上,看着窗外的人流和车流,叶斯年的大脑空空的。窗外的行人个个面无表情,面对这种表情,只能让绝望的人更绝望,伤心的人更伤心。

所有的人都是一种表情,一种模式,这个世界到底怎么了?这么多的人,在人群中怎么都变得如此麻木?也许是生活把他们束缚成了这个样子,人都找不到自己了。

叶斯年没有拒绝思考手术，以及手术后可能面临的死亡等这些问题。

他相信他的父母比他早知道心脏手术的种种后果，但他们还是相信做手术比不做手术更有希望，因为这是拯救叶斯年的唯一办法。

知道了这样的消息，心里反而没有了任何的惧怕，一切上天已经安排好了，所以他要做的就是如何度过未来的三十天。

下个周末就是辛月儿和欧清波结婚的日子，这是必须要参加的，假如他今生没有机会有一场自己的婚礼，起码参加过好朋友的婚礼。叶斯年想自己就能知道婚礼是什么鬼东西，让那么多的人为了那个红地毯快乐痛苦还有幸福。

叶斯年还想和父母一起去看一次大海，不管他们现在是不是夫妻，他想一手牵着父亲，一手牵着母亲，像小时候一样，追着浪花奔跑欢笑。另外他要给外婆洗一次小脚，她现在老了，洗脚很吃力，她那么疼爱他，叶斯年却从没有给她端过一次洗脚水。如今叶斯年要给世界上最爱他的外婆洗一次脚，仔细地看看那双变形的小脚，听外婆再讲一遍她裹脚的故事，哪怕讲一天一夜，也不烦。过去这么多年，外婆踮着小脚不知道带他去过多少地方。

叶斯年相信有了这些温馨的回忆，万一手术失败，亲人们不至于太悲伤吧。边走边想，能陪水静玉多少时间，他必须回去列个计划表，从今天起他的时间得一分一秒地过。

25

回家的路上叶斯年意外地遇见了棋子，前两天他打电话说他很忙，说自己开了一家酒吧，生意不错，他也没说具体的位置，没想到今天遇见了。

棋子硬要拉叶斯年去他的酒吧坐坐，叶斯年说自己现在不能喝酒，而且也不喜欢酒吧那种地方了。

棋子说，不是让你去喝酒，我是想让你去看看属于我开的那间酒吧，想让你提点意见，你看了一定会大吃一惊的。

棋子说完，还冲叶斯年做了个奇怪的表情。

酒吧在一条非常热闹的街道上，两旁是装修得很别致的精品店铺，出出进进的人很多。

叶斯年说，棋子，你真会选地方。

棋子嘿嘿一笑，说这是他和紫罗兰一起选的地段。他看起来一点也不像当老板的样子，可能他小混混的形象在叶斯年心里已经根深蒂固了。

叶斯年说，小子，你可真行，都有一间自己的酒吧了。

棋子说，其实也不算喝酒的地方，应该是咖啡屋，或者休闲斋，因为我这里没有疯狂的音乐和蹦迪的舞池。

叶斯年对棋子描述的"酒吧"有点好奇，果然，拐了两个弯，叶斯年就顺着棋子指的方向看到一家名为"候鸟的童年"玻璃屋。叶斯年有点怀疑地看着除了会笑以外没有别的动作的棋子，心想，以后可不能叫他猪头了。

进了"候鸟的童年"，叶斯年就赞叹起设计者的眼光来，整个屋子以绿色为主要色调，透明的玻璃桌代表着一种简单、时尚，吧台旁的大书架上摆满了各种图书、报纸、时尚杂志，代表着一种品位。

音响里放的是王菲的那首《流年》，那澄净的如天空般的嗓音，穿透了遥远的岁月，也穿透了叶斯年的心，叶斯年呆了片刻，在这里听《流年》真是感触颇深。

紫罗兰正靠在吧台上，天边的夕阳抹下几片嫣红的光晕照在她的身上，她旁边是一杯热热的咖啡，指间燃着一支绿摩尔，那一缕缕淡淡的烟柔柔地缠绕在周围。

紫罗兰站在那里，样子倒像老板娘，看见叶斯年，急忙熄了绿摩尔，走过来。

叶斯年招招手，说你忙你的，我借用你的棋子一会儿。

紫罗兰撇了一下嘴巴说，他又不是我的，说什么借呀，说着她深深地看了一眼棋子，那目光含着无限的深情和爱恋。

叶斯年咳嗽了一下，棋子强板着脸，对紫罗兰说，你先招呼着，我陪叶斯年坐会儿。

你小子很有眼光啊？哥们儿以后不敢叫你猪头了，叶斯年赞叹着。

都是辛月儿策划的，当时我还有点怀疑，现在觉得品位真的很重要，来这里的客人都是有身份的人，这样下去，本钱很快就赚回来了，我就要盈利了！棋子说着眉飞色舞起来。

紫罗兰让服务生给叶斯年煮了一杯牛奶咖啡，亲自端上来。

叶斯年笑着说，以后我会常来这里的，一进门我就喜欢上这儿了，尤其是这个名字，我更喜欢。

紫罗兰说，你来"候鸟的童年"喝任何东西，永远免费。

棋子说，紫罗兰说得对，对你一切免费。

叶斯年说，你小子就是清楚我不能喝酒了，才敢说这样的话，我是希望有无数次来这里的机会，恐怕可能性很小了。说完叶斯年忍不住叹了口气。

这时来了客人，紫罗兰跑着去招呼，看样子店里的服务生不够。

棋子说，不一定非要喝酒嘛！如果想喝别的也来好了，我这里的咖啡味道很醇香。

叶斯年拍着棋子很精神的寸头儿，他其实也很不容易，好在他现在可以让叶斯年放心了，经历了那件事，他成熟得让叶斯年陌生。

叶斯年说，这个酒吧的颜色很特别，怎么想到用绿色？

棋子说，不是绿色代表希望吗？许多人都把来酒吧打发时光的人说成堕落，所以我要让来这里的人一进门就看到一点希望。

棋子的话让叶斯年想起了很多。

叶斯年知道虽然自己完全摆脱了败类一样的生活，可他也知道社会上还存在着很多的败类，他们的身体是健康的，可他们却是不幸的，真

希望他们有一天能意识到做良民比做败类好。

但愿更多的人能看到这里的希望。

棋子说他老爸最近很关心他，有时会叫他一起吃饭，棋子也想尽量找到过去谈笑风生的感觉，可一看老爸的眼睛就觉得愧疚，一说话就觉得尴尬。

叶斯年说，你们得好好谈谈，比如请他来你的酒吧坐坐。

棋子说，那样可以吗？

叶斯年说，你们毕竟是父子，彻底谈一次感情会更好，现在我和我爸相处得就很融洽。

棋子说，我妈前阵子闹着要离婚，老爸死活也不离，最近老爸天天回家，倒是我晚上忙到很晚，回家的次数很少。

叶斯年说，忙总比无所事事要好，我也想忙起来，可是恐怕要到下辈子了。

从酒吧出来，叶斯年直接回家，现在他特别喜欢走那条回家的路，离开一会儿，他就会打电话给外婆，告诉她自己在哪里。

早上欧医生说的事，叶斯年知道父母早就知道，如果再从他嘴里说出来，会增加他们的痛苦，还是不说的好，所以一进家，叶斯年大叫着："好饿啊！"

家里只有老妈在，看见儿子进屋，她就急忙进厨房做饭。老妈是很少亲自下厨的，过去即使周末她也带他们去外面吃，再说她吃饭的时候叶斯年一般在睡觉，也很少和她一起吃的。

叶斯年换完鞋紧跟着也进了厨房。

叶斯年说，真幸福呀，能吃到老妈亲自下厨做的菜。

去外面等着，一会儿就好，老妈洗着菜，穿着围裙，很像家庭主妇。

叶斯年说，外婆呢？

老妈说，她去排节目了，她们老年活动中心最近有演出。

叶斯年又轻声问，那他呢？

老妈知道叶斯年问的是谁，肯定也知道儿子到现在喊不出爸爸的事。

老妈看了儿子一眼，很平静又很复杂的目光，他一早出去了，说是见个什么专家，可能晚上才能回来。

老妈回答的时候一直在低头切菜，再没抬头看叶斯年，叶斯年靠在厨房门口，他清晰地看到老妈的头发最近白了好多，眼角周围布满了小皱纹。

叶斯年喃喃地说，妈，你的头发怎么白了那么多？

老妈甩了一下头发，没有回头，笑着说，我的头发早就白了，只是你没有发现，最近太忙忘了去染。

妈，对不起！

老妈停止切菜，她看见了儿子的泪水，她笑了，怎么了斯年，好好的哭什么？

妈，对不起，这么多年我让你操碎了心。

叶斯年终于说出了埋藏在心底的话，他知道，现在说这些没有任何实际意义，也不能挽回什么，但他知道说和没有说是完全不同的。

老妈一直愣在那里，那双噙着晶莹泪珠的眼睛，蕴含着无可名状的疼爱。

那天晚餐，老妈不停地给叶斯年夹菜，叶斯年不住地赞叹着"好吃好吃"！吃过晚饭，父亲打来电话，说他还有事要处理，让叶斯年不要等他，叶斯年说家里挺好的，你自己注意身体。

# 26

傍晚的夕阳映红了附近的天空和高楼，叶斯年拉着外婆和老妈去公园散步，公园里人不太多，可能是他们来得早的原因吧。

叶斯年搀扶着外婆，外婆拉着老妈，时下是秋天里最美丽的时节，

也是一年这个城市最舒服的日子.绿色公园是以公园的主色绿来命名的，因为这里四季常青。

　　老妈过去是很少来这里的，她下了班以后就不想再出门。老妈肯定怕勾起一些往昔的回忆，这么多年，她再也没有儿女情长过，她的内心到底有多苦，有时候看见老妈躺在沙发上专心看电视，叶斯年常常会陷入一种猜想的境地。叶斯年琢磨着，这么多年她是怎么熬过来的？外婆时常对叶斯年说："你妈是这个世界上最不容易、最苦的女人，她原本可以再次结婚，可她就是宁愿熬着，也不找，她对男人都失望了。"

　　"妈，你看多好玩，你是我老妈，外婆是你老妈，哎，要是我是个女孩子，以后我再拉上个女儿，她又叫我老妈，多么奇怪，只可惜我不是女儿。"

　　"你的脑子怎么一天尽琢磨这些无聊的事？"老妈笑了，夕阳的最后几抹光照在她那张不再年轻但依然美丽的脸上。叶斯年第一次发现老妈其实是那种很迷人的女人，尤其一笑，真的有点"一顾倾人城"的感觉，在过去很长一段时间，老妈一直对她是横眉冷对千夫指的样子，她对叶斯年很少柔声细语，基本都是吼或者喊。

　　"我这乖孙子有时候很聪明，有时候也笨得要命，你怎么不想想，以后你妈和你媳妇出来散步呢，那她不是也把你妈叫妈妈？"

　　"可惜，不知道我还有没有当爸爸的机会。"叶斯年是开着玩笑说这句话的。

　　老妈的脸上突然又添了几缕愁云。

　　"我是说要孩子很麻烦。"叶斯年慌忙改口。

　　"孩子并不是麻烦，要不是有你，你妈这么多年怎么能挺过来？所以，你给我们带了很多的快乐。你是我们的希望啊，乖孙子！"外婆坐在旁边的摇椅上若有所思地说。

　　老妈也陪外婆坐下来，此刻很想和她们一起照张相，好多年他们没有一起照过相了，上次照相的时候还是叶斯年刚考上大学的那年。

　　上了高中，叶斯年一直是学校里的"混世魔王"，整天逃课、喝酒、

打架，老师们都觉得他无药可救，因此，没人管他。直到高三的时候，老妈才知道儿子的种种“业绩”。

告密的人是叶斯年的语文老师，她是个“老处女”，因为太厉害了，所以她三十多岁还没有男人追她。为了灭她的威风，叶斯年曾经在她的包里放过一只死老鼠，她太不可一世，还把叶斯年的作文当反面教材的范例，在班上大声朗读，然后全班的女生都转过头来笑叶斯年，叶斯年实在受不了，就决定威胁威胁那个“老处女”。

结果没想到这事儿招来了老妈，老妈让叶斯年跪在砖头上思过一天，过去几年跪砖头的事几乎是三天两头就有，因为常常跪，大脑也就麻木了，思过也只是常常说的那几句话，“妈，我错了，我真的错了，或者我知道自己错了，以后再也不敢了……”其实，叶斯年心里琢磨的是怎样才能不被发现的问题，“再也不敢”也只是为了逃此一劫。

高三临近高考的半年，叶斯年是在老妈陪读中度过的，她给叶斯年制定了严格的日程安排。

那时老妈每天只去单位上半天班，其他时间她就站在教室外面看儿子听课、上自习。一放学她为了给儿子面子，就让叶斯年在前面走，她则在距十米远的地方紧紧地跟着，回家一吃完饭，叶斯年还要面对两个家教。

叶斯年开始是强烈反抗的，可同时又是怕老妈的，她威胁说如果不好好学习，就送叶斯年去管教所。老妈是说话算数的，这叶斯年知道。当然在学习和失去自由之间选择，任何人都会选择学习的。

那年四月刚过，天气极热，老妈每天站在教室外陪叶斯年，所有的同学都知道了叶斯年被老妈陪读的事，叶斯年的狐朋狗友也不敢来找叶斯年，再加上老妈那些日子一直感冒，老站在教室外面咳嗽，叶斯年总能听见她“哐哐”的咳嗽声，可能是良心发现吧，那些日子就静下心来安心听课。也许叶斯年是个制造奇迹的人，也许是老妈的苦心感动了上天，那一年叶斯年居然考上了大学，虽然是一所普通大学，但那也是所有人都没有想到的。

拿到通知书的那一瞬间，老妈和外婆都高兴地哭了，叶斯年也很高兴，因为他终于可以摆脱这两个唠叨的女人，有四年的自由时光了。

上大学的那天，他们照了很多相，那时觉得照相既多余又麻烦，带了张全家照，好像从没有仔细地看过，大学里叶斯年又过起了混混的生活。

当然这一切老妈是不会知道的，她只看成绩单。

现在想起这些，叶斯年有点忏悔过去，有时候他觉得自己是罪有应得。

如果叶斯年争气，他妈怎么可能会活得那么苦？

夕阳还残留一点余晖，出门忘带相机了，叶斯年找了个照相的人，在公园的人工湖畔。叶斯年半拥着这个世界上最爱他的两个亲人，外婆和老妈，留下了一张合影，在按快门的瞬间，那个摄影的人突然问了一句："肥肉肥不肥？"

那是时下流行的照相语。

他们一起喊道："肥……"

哈哈哈……

那一晚的笑声感染了公园里的很多人。

相片冲出后，叶斯年把相片夹在了钱夹里，他要他最爱的人，永远地陪伴他，陪着他面对未来不可预知的所有可能。

那是个令人难忘的傍晚，每次想起来都历历在目。

天黑以后，叶斯年还请外婆和老妈吃夜宵。他们三个人都很高兴，外婆在一旁唠唠叨叨地说，他们很久没有一起出来吃过消夜了，老妈还向外婆道歉。叶斯年则趁老妈高兴，提了两个请求，一是希望老妈以后不要抽烟了，另外是想在周末的时候，全家人去海边玩一次，当然是要喊上父亲的。

没想到，老妈都欣然答应，这一次是她最爽快地答应儿子的请求。

走出餐厅，叶斯年还担心老妈中途又会变卦，可从老妈一直微笑的眼神里，叶斯年知道这次她是不会失言的。

晚上打电话给水静玉，没想到，她已经睡了，电话响了很久才被接上，从她的语无伦次的话里，可以想象她肯定是闭着眼睛接的电话。

叶斯年说，丫头，一天没有听到你的声音，有点想你，睡吧，小天使。

水静玉糊里糊涂地说，人家也想你嘛……

叶斯年听着那边微微的鼾声，心里居然乐了，原来这丫头睡觉还打鼾啊，听她的鼾声的感觉居然很美妙，这真让人奇怪。

躺在床上，叶斯年觉得自己这几天的生活充满了色彩。

这几天叶斯年很强烈地希望自己可以再拥有无数次这样的日子，他对生活没有失去信心，希望上天对他也不要失去信心。

叶斯年知道必须正视心脏手术的各种后果。

叶斯年甚至想，当他躺在手术台上的时候，他一定要面带微笑，对做手术的专家微笑，对生活微笑。尽管对这个社会，叶斯年怀着深深的负罪感，但他依然想以微笑的姿态向它告别。

这些问题让叶斯年变得非常安静。

第二天早上叶斯年还在梦里，水静玉突然打来电话，"叶斯年同学，昨天晚上你在电话里说了些什么，麻烦你重说一遍，我怎么想都不记得了。"

叶斯年扑哧笑了出来，睡意全无，这就是让人哭笑不得的水静玉，她太可爱了，真拿她没办法，真不知道她是怎么当老师的。不过听见水静玉喊自己的名字，心里变得暖暖的，他的目光充满了全世界的微笑。

27

欧清波在结婚的前一天晚上来找叶斯年。

叶斯年说，新郎官现在怎么有工夫出来？

他说，万事俱备了，现在就等新娘子。

叶斯年说，那你不好好休息，跑到这里来干吗？

没想到欧清波说了句让叶斯年喷饭的话："叶斯年，我好紧张，我是不是真的要和辛月儿结婚了啊？"

"大哥，这种玩笑可开不得，现在后悔已经来不及了，因为全世界的人都知道，他们把你已经许配给辛月儿了！而且是一生不得反悔！"

叶斯年笑呵呵地给欧清波倒了茶，心想晚上这得问问外婆，男人是不是也有结婚综合征。

欧清波认为娶到辛月儿是他的造化，他反复念叨，我追她追得好辛苦。

叶斯年说，要知道，难得之人难失去，男人要是能很容易娶到自己心仪的姑娘，那怎么会珍惜呢？爱情是要付出代价的。

欧清波说现在终于不用那么辛苦了，这几年他的所有快乐和痛苦都是辛月儿施舍的，叶斯年说可别以为未来你的喜怒哀乐就可以自主，辛月儿还是会主宰它们的。

叶斯年听外婆说，男人或者女人只要碰上自己的那个冤家，那这辈子永不能安宁。

叶斯年看到他流露出的目光却是流光溢彩般的幸福和喜悦还有紧张。

这时外婆从外面回来，她笑眯眯地打量着欧清波，你快要结婚了吧，小伙子？

是，奶奶，明天您和叶斯年还有阿姨都要来参加啊。

外婆这会儿已经笑眯眯地坐在了欧清波的旁边。

叶斯年心里大叫不好，外婆肯定要把欧清波的婚礼引申到她的那场婚礼，叶斯年拼命地示意欧清波，好在他看到叶斯年的样子就站了起来，傻乎乎地问，怎么了？你想说什么就说嘛，干吗比画，你知道我这两天大脑晕晕的……

叶斯年没等这个傻瓜说完，就拉他跑出了家，要知道，不是叶斯年

不想听外婆讲那过去的故事，只是她一开讲一般少则两个钟头，多则就说不来了。何况这次是从欧清波婚礼引出的"外婆结婚记"，这个是叶斯年和老妈一直不敢碰的一个开关。每次亲戚朋友结婚，外婆如果是亲临现场，那他和老妈就得牺牲睡眠，通常老妈最多顶一会儿就以明天要上班为由，先行告退，而这时候外婆正讲到"拜天地"，那可是眉飞色舞，手指比画，叶斯年是绝对不能退场的。所以今天一见外婆笑眯眯的目光，叶斯年就急忙逃之夭夭，溜之大吉。

气喘吁吁地跑下楼，欧清波开始不知道出什么事了，也跟着叶斯年跑，跑了几步，他一把拉住了叶斯年，叶斯年，你不要命了，这样跑，你的心脏会受不了的！没办法，现在生活里处处有人管教叶斯年，何况欧清波还是研究心脏这门专业出身的未来的准专家。

叶斯年停下来。

欧清波以为叶斯年又要自残，他忘了明天要当新郎的事，他开始给叶斯年举手术成功的例子，他激动热烈的言辞告诉了叶斯年一个信息，病魔可以摧毁人的健康、人的器官，还有自由，但病魔是征服不了他们坚强的心灵的。

原以为敢于面对死亡就是勇敢的人，今天叶斯年才发现自己是个懦夫，近来做的所有事情，像是在和这个世界告别。

叶斯年已经闭上了眼睛，认定他是个无路可走的人。

在大操场的中央，叶斯年狠狠地捶了一拳欧清波，算是感激吧。现在做的事情不是叶斯年生命的最后一件，而是他实实在在的生活。

和欧清波分别的时候，叶斯年有一句忠告给他，如果他对辛月儿有丝毫的大意，叶斯年是不会饶他的。

叶斯年说，我会一直监督你们的生活，直到老得走不动的时候。

你是辛月儿请的间谍啊，要知道现在家庭暴力也有老婆打老公的，欧清波笑道。

叶斯年说，放心，我对辛月儿说话也是一样的，我也会保护你的。

回到家，家里人都在客厅等叶斯年，有什么重大的事情吗？

他们看见叶斯年进门，居然都站了起来，叶斯年吃了一惊，不过他很快从外婆笑眯眯的眼神里读出了好事的信息。他松了口气。

怎么了这是？我又不是外星人，你们干吗这样啊。

叶斯年笑着凑到外婆耳边问，有什么好事？

斯年，你是不是有什么事情瞒着我们？

没有啊，我有什么事情能瞒得住火眼金睛的母亲大人呀！

叶斯年真是丈二和尚摸不着头脑。

外婆干咳了一下，总算道出了真相，刚才有个叫水静玉的姑娘给你打了六个电话，开始我没有接，后来那边反复打，我以为有急事就接了，没想到水静玉开口就是"亲爱的叶斯年，怎么才接电话，看来你说想我是假的……"

外婆就说，叶斯年他不在，而且还说她是叶斯年外婆，总之水静玉一听是外婆就多聊了几句。外婆是何等厉害之人，她几句话就套出了水静玉的年龄职业，还有与叶斯年认识的时间，总之，外婆接完电话兴高采烈，她马上把这一消息迅速地告诉其他人，一场还没有开始的爱情就这样被"曝光"了。

他们就是要等叶斯年亲口说，我有女朋友了。

看着他们高兴的样子，叶斯年真不忍心告诉他们，水静玉是自己在网上认识的，而且还没有见过面。

叶斯年偷笑着，低着头，承认了自己喜欢上了水静玉。

外婆说，乖孙子，你可要加把劲，人家欧清波明天就要娶媳妇了。

老妈说，有时间带她来家里坐坐，人家是女孩子，你要主动一点。

父亲说，儿子，积极的感情对你的身体是有帮助的，再说我也看出来你最近的反常，我们要好好感谢那位姑娘。

为了避免他们再次追问，叶斯年硬拉着外婆去了卧室，叶斯年想给她修修脚。

外婆的小脚现在不用裹脚布，叶斯年端了一盆温水，把她抱在凳子上，外婆身轻如棉，感觉抱在怀里的全是骨头。

叶斯年仰头问外婆，小时候您是不是也这样抱我？

对啊，你长得太快，三岁大的时候，我就抱不动了，你妈抱都有些吃力。那时候常常是你爸把你架在脖子上，不过你这家伙一上你爸的脖子就撒尿，每次你爸就喊又下雨了，又下雨了。

叶斯年笑道，外婆，那时候我是不是很笨？从幼儿园开始小朋友们就笑我笨，笑我懒，笑我不写作业，是个超级差生！

外婆疼爱地说，我不是说过吗，像你这样的孩子才是最会享受生活，最幸福的人，因为你不操心自会有人为你操心。

叶斯年叹气：外婆，就是太对不起老妈了。

叶斯年专心给外婆修剪脚趾甲，他得把她的脚抬得老高，才能看见那隐藏在脚底肉里的趾甲，外婆反复地重复同一句话："乖孙子长大了，乖孙子长大了……"

盆子里的水溅起水花，落在脸上，叶斯年用手擦一下，他想这么复杂的工序一定要学会，以后绝不能再让外婆戴着老花镜那么艰难地修脚了。

叶斯年尽量找些别的话题，比如让外婆讲她裹小脚的故事，叶斯年怕她又问起关于水静玉的事，叶斯年知道上天此刻就在听他们的对话，他不想骗亲爱的外婆，可她问了，没办法就得撒谎。

所以，以后一定要随身带上手机，千万再也不能让外婆接电话。否则水静玉一想起叶斯年，万一外婆又接上电话，叶斯年真不敢保证她们不胡说八道。

28

欧清波的婚礼热闹非凡，他们同时举行了两种婚礼，中式和西式的，欧清波赞成西式，辛月儿赞成中式，双方父母决定中西都举行。这一天

最累的人除了一对新人，就数叶斯年这个伴郎了，当然伴娘怎么样他不知道，总之他一会儿陪欧清波换唐装一会儿又换西服，他们拜天地，叶斯年给他们铺跪垫；他们在教堂，叶斯年得小心伺候。而且更要命的是，叶斯年得作严肃认真状。

结婚进行曲刚响起的时候，叶斯年的手机突然响了，一听铃声，他就知道肯定是水静玉。叶斯年悄声说：丫头，我正走在新郎后面，他们马上要发誓了，你怎么这个时候打电话？

呵呵，原来你在结婚啊，那你一定很紧张了，谁配你啊？

丫头，是我的好朋友结婚，你说话要注意。

不管谁结婚，那一定很好玩，我要听他们说"我愿意"。

什么不管谁结婚，我可是个黄花大小伙，你可不能瞎说！小丫头！

叶斯年先生，那伴娘一定很漂亮吧？

当然了。

那你不要错过机会啊！水静玉的声音很高，叶斯年的声音很低，叶斯年没有办法和她理论了。这时欧清波开始说"我愿意"了，叶斯年急忙说：你快听新郎正说呢，我愿意娶水静玉为妻，无论贫穷富贵、疾病健康、顺境逆境，我都愿与她共同承担……

叶斯年，你说什么呢！水静玉的声音小了，叶斯年急忙住了口，他发现自己居然跟着欧清波一句一字地在起誓，神情同样庄严，只是他把新娘的名字无意间叫成了水静玉。

幸福就这样慢慢地在叶斯年和水静玉的心里悄悄溜了出来，围绕这对新人，跳起了欢快的舞蹈。

叶斯年，你刚才说的是真的吗？水静玉低声问。

丫头，三天后我会出现在你面前的，我发誓！

我会用心祈祷直到你出现在我面前！

接完电话，新人已经交换了戒指，而叶斯年此刻的幸福不亚于他们，今天他算是向水静玉表白了吗？尽管是借着欧清波的东风，但他还是想兴奋地向全世界宣布，他说出了一直不敢说的话。

　　新娘今天光彩照人，无论辛月儿穿洁白的婚纱还是大红的旗袍，今天她是最迷人的新娘了，欧清波的眼睛从来没有离开过她，而叶斯年看见辛月儿的时候也许是习惯的缘故，会看见她额头上留下的疤痕。因为今天是浓妆，很少有人能看见那个疤，可是叶斯年却一眼看了出来，这个疤痕让他时时内疚，但却从没有向她道过歉，趁欧清波给客人敬酒的时候，叶斯年把辛月儿拉到一旁，她以为有什么事，小声问，怎么了，叶斯年？

　　叶斯年说，辛月儿，你头上的那个疤痕从我打破的那天起，我一直想对你说声对不起，可是一直没有机会。要是今天还不说，我怕以后就更没有机会了，对不起，辛月儿！希望你能原谅！

　　辛月儿眼里含着泪水，她举起了酒杯，叶斯年，不要再想过去的事情了，其实，我早就原谅了你。来，喝了这杯酒，希望我们都开始新的生活。

　　这时欧清波来了，他见他们碰杯也加入了一声清脆的响声，叶斯年说，欧清波今天你是在上天和高堂前发过誓的，所以不能反悔啊。欧清波说他还觉得那些话不能表达他的心呢，那些话才说了一辈子，他要和辛月儿生生世世都做夫妻的。

　　那一刻，叶斯年仿佛感觉到水静玉也站在自己的身旁，欧清波拉着辛月儿的手，他拉着水静玉的手，天使们飞舞在他们的上空，给他们祈祷祝福还有歌唱，他们的微笑如花朵般迷人绚丽，这一刻应该不是梦，因为叶斯年看到了天使的翅膀。

## 29

　　去看水静玉之前，叶斯年做了五件事，第一件事情是去理发店认认真真地理了一次发。生病以来他已经习惯了短短的头发，过去像干柴一

样的黄头发盖着他的头和脸，根本无法看清这个世界的，何况留那样的发型，除了让别人很容易地看出他的颓废、他是个混混，没有别的目的。

人的自我反省是惊天动地的，现在连叶斯年自己也怀疑是否真的经历过那样醉生梦死的生活。

叶斯年已经爱上了良民的生活，并且现在不是做良民而是已经变成良民了。

在理发店，坐在那里，端详着镜子里的自己，看着自己的眼睛里表露的所有内容，很多事情是没有原因的。以前从没有这样安静地享受过理发，听着发型师手里的工具发出的声音，他总是很烦躁，总是催促他们快点快点，其实他压根就没有什么事情。

现在他心里有很多事，可是并不着急，他听着心跳的声音，看着镜子里的自己。理发店里不断有人来，也有人离开，就像他的头发理了又长，长了又理，生活的内容不断重复，可是细节几乎没有重复的。

理完发，叶斯年真诚地向发型师致谢，还说对这个发型很满意。年轻的发型师微笑着和他道别，他建议叶斯年冬天留稍长的头发会更帅气，叶斯年说他会考虑的。

第二件事情是叶斯年想和父母一起去看一次大海，即使他的手术成功，他也可能会在床上躺很久，而且冬天的大海边也是寂静的。叶斯年想在最美丽的秋季和自己的亲人去海边吹吹风。

他的这个计划父母都是同意的，现在就是他要天上的星星，老妈也会想办法给他找一颗流星滑落的陨石来，他们要让儿子尽可能地有很多的愿望，只有这样，他才会在做手术的时候心存感恩，心怀期待。

他们开车去海边，老妈开着她那辆白色的小宝马，叶斯年和父亲坐在后面，车里播放着老妈最爱的二胡独奏曲《良宵》。叶斯年一直是看着窗外的，偶尔一回头，发现父亲非常专心地注视着开车的老妈，老妈可能也觉察出了什么，她咳了一声，叶斯年在心里偷笑，老妈也有不好意思的时候。

叶斯年对父亲说，我妈的车开得不错吧？

不错，不错，很熟练的。父亲这时已经收回了目光。

到现在还是喊不出"爸爸"，前几天外婆专门给叶斯年做工作，她以为孙子心里还在恨他。叶斯年说，如果没有一点点的恨那怎么可能？如果我有个完整的家，我也不可能是现在这个样子。现在我不想活在过去的阴影里，从生病的那天起，我就原谅了所有的人，也原谅了自己。至于为什么到现在喊不出"爸爸"，我也不知道原因。那个词这么多年是叶斯年一直是排斥的，每次看到他，很多次想张口，试图能喊出那声"爸爸"，可是始终只能喊他为"你"，他没有怪儿子，可他眼里含着几丝失望和悔恨。

对于天天喊爸爸甚至喊得不耐烦的人来说，"爸爸"已经是每天发音说话的一部分，可对于十五年没有喊过"爸爸"的人而言，那两个字是极难的发音，甚至有些沉重。

汽车继续前行，叶斯年继续给父亲介绍着老妈开宝马的故事。老妈是三年前才买的车，车买来不让叶斯年开，她也不开，不是她不想开，是她不敢大白天在街上开，最多晚上街上没人的时候才开。叶斯年有时拿这件事灭老妈的威风，现在想她那个时候是蛮可爱的。

父亲说了句：女人天生就胆小。

那你们为什么经常靠在女人的肩头寻找安慰？男人的胆子也大不到哪去！叶斯年替老妈辩解。

老妈大笑，不过她没有转头。

第一次听见老妈在父亲面前放声大笑，叶斯年也笑了，叶斯年没有希望挽回什么只是觉得他们的冷战也该结束了。父亲要等到叶斯年做完手术才去国外工作，这些日子他们会天天见面，叶斯年希望他们能真心和好。

往事就像路旁被风吹落的枯叶一样，尽管有色彩，但是不久便消失在泥土里，慢慢从生命中退出，而新的一年又会生长出新叶，叶子变绿，又枯萎，也会在秋风中融入泥土，过去的都是往事，只有期待新的轮回才最值得回味。

　　叶斯年曾经深深地失望过，对家庭，对自己还有对这个世界，老妈的泪水，水静玉的笑声让他又一次活了过来，他的心活了，而他的肉体却面临着绝境。

　　叶斯年却从未有过地爱上了这个世界。叶斯年要老妈也和他一样快乐起来，他还打算有机会劝她重新寻找自己的幸福。

　　到海边的时候，正是傍晚时分，落日橙红一团，分不清哪儿是天哪儿是海，大海在夕阳里是最动人的，海风轻轻地吹着，老妈的长裙也随风舞动了起来。

　　大海和西天都是鲜艳的红，他们把车停在了沙滩上，叶斯年拉着老妈在沙滩上奔跑，父亲若有所思地望着他们，他的目光跟着一起奔跑。叶斯年很想拉着他一起奔跑，可是他们已经是被分开的整体了，被永远分开的整体。叶斯年幻想过，他的家能否再一次复合，现在叶斯年已经原谅了父亲，即使老妈也原谅了他，那十五年的裂痕和伤口怎么可能痊愈，那是无法弥合的疤痕。

　　今天他们能到海边，叶斯年已经知足了。

　　老妈像个孩子一样，跑累了就卷起裤腿，蹲在浅水里拾起贝壳来。

　　父亲和叶斯年坐在沙滩上，他点了一支烟，叶斯年说，我以为你戒烟了，也没有见你抽过。父亲拍了拍儿子的肩，他眯着眼睛说，男人怎么能不抽烟呢？你要不要也来一支？

　　叶斯年笑了，说他生病以后就不抽烟了，过去他天天喝酒抽烟，一年里几乎没有清醒的日子。

　　父亲站了起来，面朝大海，落日已经血红一片，分不清是海是天。

　　孩子，我犯了一生不能饶恕的错，以前觉得人一生犯错是难免的，而我的错毁了一个家，毁了一个女人一生的幸福，也毁了自己的幸福。到现在我不能正视你妈的眼睛，我心里有愧，我真的很想补偿你们，也很想让你妈狠狠地揍我一顿，这样我的心会好受一点。

　　叶斯年也没有注意到父亲说这些话的时候，老妈就在他们身后，等他发现的时候，老妈忍着泪跑开了。父亲满脸的泪水，他站在那里，一动不动地望着远方的晚霞，就像一尊雕像，他一定感觉到了老妈的存在，虽然他没有转头。

这时叶斯年看见老妈走在浪花里，他吓了一跳，疯了一般跑过去，父亲闻声也追了过来。

妈，你干什么呢？你别吓我！叶斯年气喘吁吁地喊了一声，老妈没有听到。

妈！叶斯年大喊了一声，就觉得头有点晕，不由得蹲了下来。

怎么了？斯年，是不是又不舒服了？

父亲把叶斯年抱在怀里，叶斯年摇摇头，这时老妈也跑过来了，她吓坏了。

叶斯年低声问，妈，你没事吧？

老妈说，傻孩子，妈没事！老妈只是好久没有来海边了，想玩玩水。

哦，我还以为你不要我了，说着叶斯年笑了，父亲也笑了，老妈也笑得流出了眼泪。

叶斯年的心脏稍不注意就会心跳加快，叶斯年是不能激动的，更不能奔跑，看起来身体高大，其实他非常虚弱。

吃了药，在父亲的怀里躺了一会儿，老妈就把带的食物拿出来，摆在沙地上，她说他们今天来个海边夕阳餐。当他们举起酒杯祝愿祝福彼此时，恍惚间觉得他们一家永远不曾被分开过，也永远不会分开。

暮色渐起，大海已经朦胧不清，偶尔听见海浪轻拍着岩石的声音，吃过晚餐他们好像都没有离开的意思。海滩温温的，坐在上面让人从脚心到头顶都感到一种被拥抱的感觉，这时来海边散步的人正陆续回家。

叶斯年看了看老妈的脸，朦胧而平静，又看了看父亲的脸，也是朦胧而平静，他们谁也没有开口说话。

松软的沙滩、暮霭里即将沉睡的大海、凉爽的海风，还有父母的呼吸，叶斯年开始幻想，幻想着他们都忘记了过去，忘记他的病，一家人坐在从前那个小院里的花园旁，父亲给叶斯年讲着《三国演义》里的故事，老妈则打着毛衣，偶尔还插话进来，打断父亲，一家人的笑声在小

屋里回荡……

海风吹来，叶斯年打了个喷嚏，父母站了起来，几乎同时说："回家吧，天凉了！"

回去的路上他们都很累，是父亲开的车，尽管老妈说新修的这条公路他可能不熟悉，父亲只是笑了笑，他说他想让儿子看看他开车的样子。天已经完全黑了，老妈看着窗外，目光柔和而安详，叶斯年不知道她在想什么，但能肯定的是她一定想起了往事。叶斯年一直专注于父亲开车的沉稳，等他再次看老妈的时候，发现她不知什么时候已经睡着了，那一刻叶斯年才感觉到了老妈的不容易。这么多年她一直坚强地站着，从没有靠过任何人，叶斯年一直以为她根本不需要什么来支撑的，此刻叶斯年才觉得老妈也是需要依靠的女人，她睡得安详而踏实，看了让人非常怜惜。

本来是想在车上对他们说，他想在手术之前去一趟外地散散心的事，没想到老妈竟然睡着了，又想老妈肯定是不会同意的。叶斯年把目光转向父亲，他神情依然沉稳，不知道车外的夜景有没有触动他的灵魂，不过他想把他去看水静玉的事告诉父亲，叶斯年知道他是不会反对的，这些日子以来他发现其实自己已经很欣赏父亲了。

叶斯年小时候其实就很崇拜父亲，叶斯年常想，如果儿时父亲给他的并不是高大的形象，他会不会恨他入骨？

儿时的记忆是永远无法磨灭的，父母离婚前叶斯年已经有记忆了。记得有一次父母带他去逛街，因为贪玩他挣开老妈的手，蹲在一个捏泥人的手艺人跟前，等那个艺人捏好一个孙猴子的时候，他才发现父母不在旁边。街上人特别多，那天应该是正月十五，小小的他，不知道怎样才能找到父亲，他只能在腿和腿之间钻来钻去。那时候的人都穿黑皮鞋，他仔细盯着一双双移动的脚，找最大的鞋，因为他只知道父亲的脚很大。他被人群碰来转去，还不时被踩到，他终于害怕了，开始大哭起来，正当他不知道该怎么办的时候，父亲突然不知从哪里冒出来，一把抱起他，离开了拥挤的人群。

从此，父亲在叶斯年的脑海里就根深蒂固地成了英雄。直到父亲不要叶斯年和老妈的时候，叶斯年才把崇拜变成了痛恨。

儿时的时候，老妈每次下班，只要一看见叶斯年，总是亲着他的小脸蛋叫着宝贝，她是从不打孩子的。老妈打叶斯年是从他半夜哭着喊父亲的那个晚上开始的，当所有的一切过去后，保留在脑海深处的全是那最美好的记忆。

从海边回来的第二天，父亲陪叶斯年去做检查，这是他第一次陪儿子去。以前去医院，老妈每次都要求陪，每次都被叶斯年拒绝，叶斯年怕她看见自己痛苦的样子难过，这次父亲要求陪，叶斯年答应了，但是他还是让他在病房外面等着。

在医院，叶斯年安静地躺在病床上看液体静静流淌，感觉着时光一点点地流逝，他在想还有两天就要和水静玉见面了，他在想下次躺在这里的时候就该听从上天的判决了，他还在想应该送什么礼物给水静玉，只要一想到她，叶斯年会忘记所有的疼痛。

走出病房的时候，父亲正和欧医生聊天，他手里端着一杯水，见儿子苍白虚弱地走出来，急忙跑过来，把杯子递到儿子的手上。

斯年，来喝点水，先休息一下。

叶斯年看着父亲，嘴唇动了动，却没有发出任何声音。

叶斯年接过杯子客气地说，让你久等了，输液每次很慢的。

父亲没有说话，他只是摸了摸儿子的头，忽然想起什么似的说，对了，你妈今天也来了，她说外面下雨了，给你带了件衣服，可能我把衣服忘在欧医生的办公室了，你等一下，我去拿。

父亲说完正要转身取的时候，他突然又说，孩子，你知道吗？你每次做检查的时候，你妈都坐在这个凳子上等你，是欧医生刚才说的。

叶斯年点点头，他的心轻轻地痛了一下。他知道自从生病以来，老妈还有外婆都很小心地讨好他，每次他出门老妈总是犹犹豫豫地问他去哪里，每次外婆总是嘱咐他早点回来，老妈会说"想吃什么自己买"，走了老远，老妈又会追下楼来问："身上带钱了吗？"

而每次叶斯年都笑着说："妈，我又不是小孩子。"

无论叶斯年什么时候下楼去外面，他总能感觉到老妈在阳台的角落里望着他，看着他出了大院的门，走过草坪，拐弯直到穿过马路。

病了这么久，虽然叶斯年没有任何反常的举动，可老妈的那颗心一直是悬着的。叶斯年每次去医院做检查和输液，其实老妈一直都陪着，只是她从没有让儿子发现过。

今天父亲说到老妈送外套，她天天坐在病房外等他的事，叶斯年这才明白为什么每次做完检查，家里总是外婆。原来老妈怕他怀疑，总是比他晚很久才回家。

叶斯年不知道，当老妈每次看到自己平安走出医院后，她独自在街上漫无目的地溜达是怎样的寂寞和苦闷。

这么久他一直活在自己的世界，从没有想过他每天的表情都会让老妈琢磨和猜测，会让她深深地不安。

上天，如果你也看到了我老妈的苦，请你给我一次机会，让我用爱来报答她。这么多年来她是怎样地爱着我，也许我永远无法得知。此刻，叶斯年在心里一遍一遍地喊着。

老妈对儿子的爱毫不张扬，甚至让叶斯年怀疑过那可能不是爱。现在，他唯一能做的是让她安心。

穿着老妈送来的外套，和父亲离开医院。

秋日的黄昏，雨早已停了，一片带着雨水的树叶落在叶斯年的身上，他弯腰拾起叶子，反复地看着，心开始颤抖。叶斯年仿佛看见了老妈每次躲躲闪闪地跟在他身后，小心翼翼的样子。

泪水打在了湿漉漉的树叶上，街上车来车往，过马路时叶斯年的手被另一只大手紧紧地握住。叶斯年转过头，父亲说：斯年，要过马路了，一定要小心，千万不能走神！深圳的交通其实很混乱的，现在车多，要多加注意。

"爸……"走到马路中央时，叶斯年突然喊出了那个字。

父亲拉着叶斯年继续向前走。

叶斯年猜他可能没有听见，走过马路他再也喊不出那个字了。父亲没有放开儿子的手，他握得更紧了。

当叶斯年听见父亲低声的啜泣声时，才意识到他一定听到了那一声微弱的呼喊。

"爸，你怎么了？"

这时他们恰好过了马路，父亲一下子抱住了叶斯年。

他重复着："孩子，爸爸对不起你们，对不起你们，你终于肯叫我爸了！你终于叫我爸爸了，我高兴得不知道说什么了……"

大街上突然变得很安静。

叶斯年的脖子湿湿的，父亲的泪水轻轻渗透到了他心里。

他知道这泪水是喜悦，不是悲伤。

多么美丽的黄昏，十五年后他们父子终于拥抱在了一起。

离天黑还早，叶斯年拉父亲去了"候鸟的童年"，棋子给他们泡了一壶上好的铁观音，叶斯年知道父亲也是酷爱喝铁观音的。其实他小时候就知道父亲喜欢喝铁观音，童年的记忆里，铁观音这个名字是刻骨铭心的，后来每次喝茶，当服务生问他喝什么茶的时候，叶斯年总会大声说："泡壶铁观音。"

他们坐在靠窗户的位子上，一缕斜阳正好照在他们要的那壶铁观音上，棋子现在是越来越有品位了，他把自己收拾得像个绅士。看来这一年发生变化的不光是叶斯年，大家几乎都变了，世界无时无刻不在变化，只是大家对所熟悉的环境没有注意罢了。

父亲看儿子的目光充满了慈爱，空气中弥漫着悠扬的笛声似乎在告

诉他，真爱似乎从来没有离开过。

斯年，你今天带我来这里，恐怕不光是来喝铁观音的吧？

叶斯年笑道，看来姜还是老的辣啊。

说吧，孩子，把你想说的心里话告诉我。

爸，今天带你来这里，是想告诉你我的两个愿望，第一个愿望是我希望有一天能和你面对面坐在一起品尝铁观音，因为这么多年来，从我会喝茶开始，每次喝铁观音我都会想起你，想起你也爱喝铁观音，梦想有一天能和你一起品尝一次铁观音，今天，这个愿望总算实现了。

父亲的目光在微妙地发生变化，叶斯年接着说，第二个愿望是，我想在手术之前出去散散心，主要是看个朋友，那个朋友离这儿很远。后天我就要坐飞机去看她，机票我都订好了，希望你和我妈还有外婆不要担心，我不会错过手术的。

去看水静玉是决定好的事，叶斯年决定的事是从来不会改变的，就像他从来没有在雨天打过伞一样。这么多年无论大雨小雨，他都是在雨里淋过来的。

过去，叶斯年想去哪里就去哪里，他是绝对不会告诉老妈或外婆的，有时候他一连几天不回家，刚开始老妈像疯了一样打电话命令他回家，有时候甚至是威胁了，叶斯年才回家。后来，叶斯年在外面混上十天半个月，回家后老妈也懒得说了，只是她有一次被儿子气疯了，她说不管你在外面混多久，有时间给你外婆打个电话，这样我们也就能睡个好觉。

后来听外婆说，叶斯年不回家的日子，老妈就一个人不睡觉，她总是窝在沙发里看电视，抽烟，常常一坐就坐到天亮。

婚姻的不幸或许只让老妈不再相信爱情，可是老妈最大的不幸却是她生了个败家子，她几乎时时刻刻都活在担忧之中。过去，叶斯年在迪厅里醉生梦死、疯狂堕落，老妈却躲在黑暗里暗自流泪，为她自己，也为不争气的儿子。

叶斯年认为自己愧为人子，这个病，就是对他的惩罚和教训，他完全接受。

去找水静玉，老妈肯定反对，还有半个月就要做手术，她不可能让儿子出半点差错，她也不会让儿子在她的眼皮底下消失几天，这些日子她想随时都跟着叶斯年，看着他，这样她才放心。

叶斯年理解老妈为他做的一切，只是看水静玉的日子是不能改变的。

叶斯年想在手术之前去看看水静玉，然后，带着和她在一起的回忆等待上天的裁判。

叶斯年对父亲说，要去看的朋友对我的人生有极其重要的意义，我已经告诉了要看她的日子，我不想做个失信的人。从我生病以来她给了我很大的信心，她简直就像个天使一样，这些日子都是她陪着我过来的。

父亲说，我知道你要去看的那个人是个女孩子，而且是那个和外婆通过电话的女孩。

叶斯年说，爸，可能我已经深深地爱上了她，尽管还没有见过她；我是个有病的人，我从没有想过要拥有她，只是想看看她，哪怕看一眼，真实地和她说说话，我就知足了。

叶斯年说，我现在很理智，我会珍惜自己活着的每一天，你们都放心吧。

父亲品了一口茶，那是个很完美的动作，叶斯年想他是模仿不来的，他一直微笑着，十五年来，他们父子第一次见面的时候，他就是带着这样的微笑，等待儿子的。那一刻他已经知道了儿子的病情，可是他仍然笑着，直到今天他依然带着微笑。难道他对儿子的病丝毫不担心，还是他对儿子的病很有信心和把握，还是他想用微笑化解他们多年的隔阂？

有时候，看着父亲的笑容一点一点绽放，常常叶斯年的嘴角也不自觉地会跟着绽放开。

父亲说，孩子，不要老在心里想着你那微不足道的小病，真正的爱情是可以战胜任何困难的，放心去吧，只要你记住还有个必须要做的手术，还有爱你的外婆、妈妈、爸爸在等着你。

父亲没有过多的嘱咐，他说完重要的几句话后又拍了拍儿子的头，就品起茶来了。

叶斯年一边喝着茶，一边在想，先去买机票还是先去给水静玉买礼物？

拿上机票的瞬间，叶斯年很激动，拨通了水静玉的电话。

叶斯年说，水老师，现在你想后悔都来不及了，告诉你，我买了机票是不会退票的；所以即使你不打算和我见面，为了昂贵的机票我也得去你们天水看看。

水静玉比叶斯年更激动，她几乎跳了起来：真的吗？真的吗？你真的要来看我吗？你真的已经买好了机票吗？

叶斯年笑着，真的，明天下午我们就会见面了！我的水静玉小姐，你就做好准备吧！

水静玉激动得大喊，叶斯年，你确定要来看我吗？你确定没有骗我？是真的吗？

哎哟，我的大小姐，我怎么可能骗你！早说过要去看你的，我以我的生命发誓，明天我们就可以真实地看见对方了！叶斯年感叹着。

可是我还是不相信你要来……怎么办？我好激动啊，我是不是在做梦？叶斯年你真的要来吗？快告诉我！水静玉此刻有点疯狂。

水静玉同志，我再说一遍，我真的已经买了机票，明天我们就要见面了！我没有骗你，是真的要看你去，叶斯年假装严肃地说。

这个电话大约打了三十分钟，水静玉在反复问叶斯年是否真的要去看她。叶斯年同样反复确认，他是真的要去看她，而且就在明天。可是水静玉还是不相信，无奈之下叶斯年只好笑着听她大呼小叫。

直到外婆喊吃晚饭，叶斯年才挂了电话。吃饭的时候，叶斯年并没有发现自己一直在笑。外婆拿筷子点他的下巴时，叶斯年才发现嘴巴不知不觉间竟合不上了。

外婆研究似地说，乖孙子，有什么好事说出来，不然我们都要吃你的口水了。

叶斯年笑着，呵呵，喔！没什么，我的乖外婆。

外婆追问，没什么你能傻笑得这么忘形？

叶斯年说，难道傻笑也要有个理由吗？

外婆凑过来小声问，是不是我那孙媳妇给你刚打电话了？

叶斯年说，外婆，你太不够意思了，怎么能偷听我的电话！

外婆得意地说，这么说我真的有可能抱重孙了。

外婆可真是一只老狐狸，叶斯年要是再说下去，就真的越抹越黑了，万一他说漏了嘴那就出不了门了。

偷偷扫了一眼老妈，她一本正经地吃着海鲜，不过他断定她一定竖着耳朵在听他和外婆的对话。

斯年，我感觉你有什么事情瞒着我？老妈慢条斯理地说。

叶斯年心里大喊不妙，刚才他鬼鬼祟祟的样子被老妈的眼睛撞了个正着。

完了，完了，上天啊，我该怎么回答才能逃过这一劫？叶斯年在心里呐喊着。

老妈紧追不舍，你怎么不说话了？

"叶斯年！"

这时电话意外地响了，真是救命的电话啊！

电话是欧清波打来的，叶斯年说，哥们你不度你的蜜月，瞎打什么电话啊。

欧清波说他和辛月儿此刻在泰山上，他说叶斯年做手术的日子已经听他爸说了，他和辛月儿一定会在手术前赶回来。

欧清波还说辛月儿特别不放心叶斯年。

叶斯年说，小子，你现在的任务是陪你新婚的妻子度蜜月，我这里

你就不必操心了，现在管我的人太多了，希望下次见面的时候，我能陪你喝点酒。

欧清波一听喝酒就急了，他说，叶斯年，你现在不能喝酒，你知道你喝了酒的后果吗？接着他又说了一大段医学术语。叶斯年听着只能无奈地摇着头，欧清波听错了，可是他又不想解释。

叶斯年说，我答应你绝对不喝酒，你去陪辛月儿吧，我心疼你的电话费了。

挂了电话，叶斯年有点后悔没有告诉欧清波要去看水静玉的事，可是他知道后的反应会是什么样的？叶斯年可不敢恭维。何况电话就在离老妈三米远的地方，他可没那个胆。

刚放下欧清波的电话，手机又响了，一看号码是水静玉的，就对外婆说我吃饱了，你们慢慢吃，然后给外婆眨了眨眼就钻进了房间。

小心翼翼地关上门，这样老妈会觉得门是自动关的，不是叶斯年故意的。

叶斯年，你是真的要来看我吗？我想听你亲口告诉我。

水静玉一开口又是这句，叶斯年一听头"嗡"地大了，又来了，又来了，水静玉此刻就像服了兴奋剂一样。

水静玉，水老师，我已经重复过一万次了，明天就和你见面了，你要怎样才能相信？叶斯年压低嗓门说。

这么说你是真的要来看我了，是真的对吗？水静玉又问。

又来了，又来了，叶斯年已经哭笑不得了，为了节省力气，叶斯年只说是，心里却像吃了奶油夹心巧克力一样。

叶斯年，怎么办？我好紧张！自从听见你要来看我，我都好几天没有睡过觉了，我是那么盼望你来，可是又怕你来，水静玉语气稍微低了两分贝。

叶斯年说，你怕什么？一我不是吃人的饿狼，二也不是看见美女就流口水的色狼，我是好人，呵呵，你不用怕。

我是怕你认不出人家，因为你没有见过人家嘛！

　　水静玉终于说出了她担心的，是的，叶斯年至今还不知道要寻的这个姑娘的模样。其实过去有很多次机会，都可以知道的，但是他都没有主动要求过，等发现自己的骨髓深处都有水静玉的时候，外貌似乎已经不重要了。

　　那似曾相识的第一次聊天之后，他们的心逐渐靠近，对她没有用过一次癞皮狗的伎俩，他们也不像是网恋，现在叶斯年也不明白他们为什么会相遇，也许，只有"缘分"两个字才能解释清楚。

　　叶斯年不止一次地设想过，假如他不生病，假如他不在那天夜里上网，假如水静玉之后再不出现，甚至假如他们当时的网名不叫一棵树和小白兔……

　　后来的结论就是没有假如，只有现在，只有事实。

　　这是叶斯年和水静玉最后一次在抽象的环境里通电话，叶斯年的样子她是知道的，虽然生病后比以前胖了一些，框架是没有变的。而水静玉对叶斯年并不是无底的黑暗，她始终像个天使一样在叶斯年眼前晃来晃去。

　　水静玉问叶斯年喜欢什么花，她想在她的房间里插满鲜花。

　　叶斯年说，说实话，我至今也不知道自己喜欢什么花，因为从没有研究过花，也没有买过花，更没有用心闻过花香。你喜欢什么我就喜欢什么，我愿意和你喜欢同一种花。

　　水静玉说她最喜欢百合花，可是她从没有自己买过，她说百合花是最能代表爱情的花，百合的味道纯香清雅，花也开得很持久，即使花谢了，香味仍在。水静玉说她最希望能拥有百合花一样的爱情了。

　　叶斯年说，傻丫头，我很高兴至今没有人送过你百合，我会在咱们相聚的日子，每天送你一束百合。

　　其实叶斯年还想给她说，丫头，我真的也想和你一起拥有像百合一样的爱情，可是叶斯年不知道他还有没有机会。

　　水静玉说，叶斯年，我看见满天的星星都在微笑。

　　叶斯年说，浪漫的丫头，我们马上就可以一起数星星了，星星们也都知道我想你。

说完这句话，电话那头突然静悄悄的，叶斯年以为自己说错了话，他也不敢说话了。

良久才传来一句，叶斯年，我等你，从现在开始每时每刻都等着你！

叶斯年说，丫头，相信我，相信我们明天就要见面了。

通完电话，看看表，时间还来得及。叶斯年去了商场，拿上了他给水静玉定做的那条铂金的手链，相信她一定会喜欢的。

之后，叶斯年又把父亲这么多年给他的生活费取了一万，叶斯年原本发誓就算饿死也不用他的钱的，可是现在决定用了，不然有一天父亲知道后，心里肯定会不好受的。

十五年积攒下来的汇款已经不是一笔小数目了，当叶斯年装上那些钱的时候，突然很想给父亲打个电话，叶斯年很想告诉他，十五年来他们父子其实从未中断过联系。

过去每月一到汇款的日子，叶斯年总会去银行看看，但叶斯年从没有取过一分钱。

给父亲的这个电话到底是没有打成，叶斯年心里酸酸的，握着给水静玉的那条手链，才发现这个白天"不修边幅"的城市不知何时已经华灯初上了。

算了，晚上他就能见到父亲，看着他的笑容叶斯年的心也就踏实了。

32

动身去机场的那天，叶斯年起得很早，旅行包已经藏在床下，随时准备背在身上出发。

这天早晨，外婆像往常一样在厨房里做煎鸡蛋，老妈今天心情好像也不错，她打开了音响，还是那首她最爱听的钢琴曲《秋日思语》，房间里弥漫着牛奶的香味。

早餐时，父亲起床了，一坐到餐桌上，叶斯年就急忙冲他眨了眨眼，父亲点头会意。也许他们父子俩就有着天然的默契。

还有半个月要做手术，家里的气氛越来越温馨越来越融洽。

乖孙子，你今天怎么起这么早啊？外婆这么一问，叶斯年真的有种做贼心虚的感觉。

叶斯年只能伸懒腰感叹，今天太阳升起得早啊！外婆。

斯年，吃完早餐，你陪外婆去公园散散步，今天中午我可能不回来了，公司有点事。老妈像往常一样安排着他们一家三口一天的生活。

嗯，知道了。叶斯年回答得如此肯定，是因为父亲会替他安排好一切的。

对了，乖孙子，今天我可没有时间去散步了，我们早上有活动。外婆笑眯眯地说，她现在可是社区老年活动中心的小领导。

叶斯年一听心里就踏实了，不过他还想卖卖关子。

外婆，你现在这么忙，让孙子怎么孝敬您啊？吃过早餐，您就陪我去散步吧，叶斯年央求。

外婆摆手，我的乖孙子，下次好吗？外婆已经答应了人家，我们的活动要是谁迟到了，是要受批评的。

叶斯年起身在外婆的脸上亲了一下，又在老妈的脸上亲了一下，心里很想对她们说，我爱你们！又怕老妈发现破绽。叶斯年只能说：我昨晚梦见你们抢着抱我，所以今天表示一下，呵呵！

老妈深深地看了叶斯年一眼，什么也没有说，叶斯年知道他已经十几年没有亲过她了，这么多年叶斯年一直和她作对，从来都是她说东，叶斯年就往西的。

父亲吃完早餐帮外婆去收拾碗筷了，叶斯年站在门口送老妈去上班，老妈接过包，轻轻地为儿子整理了一下衣服。

叶斯年傻兮兮地说，妈，不要为我担心，开车小心点。

老妈点头，目送她下楼，因为儿子的病，这个好强的女人一下子老

了许多，可是她穿着黑色风衣的背影依然笔直果断干练，任何人送她，她是从不会回头的，今天她也一样没有回头。

叶斯年摸了摸自己的心脏，小声对它说："宝贝，你一定要坚持住，坚持到做手术的那一天，为了我老妈一定要坚持住。"

父亲开车送叶斯年去的机场，上飞机前叶斯年给水静玉打了个电话，告诉她会在西安下飞机，然后坐火车到天水。水静玉似乎到现在还不相信叶斯年要去看她，她有点语无伦次，一会儿说她会去火车站接叶斯年，一会儿又问，我们下午真的就可以见面了吗？

叶斯年听着她甜甜的声音，幸福地闭上了眼睛。

父亲紧紧地拥抱了叶斯年，他说：孩子，你必须答应爸爸一件事。

爸，我知道你是让我二十四小时开机，让我每天给你打电话，是吗？父亲重重地点点头。

叶斯年的眼睛潮湿了，爸，我答应你，你给老妈好好解释一下。十天后我就回来了，我不会耽误手术的，你放心好了。

父亲又问，药带了吗？孩子，千万不要激动，知道吗？爸爸知道恋爱中的人不可能不激动，可是你必须答应我，你一定会平静，有任何不舒服就去当地医院，知道吗？

叶斯年说，爸，我向你保证我的安全，不过你也要答应我，等做完手术你一定要把欠我的父爱补回来哦！

父亲深情地说，爸爸答应你，我已经决定要回国了。

叶斯年说，我现在不知道说什么好了，自从病了，我才发现所有失去的原来都在身边，我真的太幸福了。

孩子，爸爸再也不想离开你了，我真的想陪你去天水。父亲的眼睛湿了，叶斯年又一次紧紧地拥抱了他。

登上飞机，本来还想给老妈打个电话就关机，又一想，自己留的那封短信已经足够解释一切了。

妈：

　　我要离家几天，千万不要为我担心，今天送你出门时，我真的

很想对你说：老妈，你是世界上最好的妈妈，我会永远爱你！

这么多年了，你为我所做的一切，我都看在眼里，藏在心里。可是我太不争气，明明知道你为了我，牺牲了自己的幸福，可还让你天天生气，天天操心。我想说抱歉，想说我对不起你，可又说不出口。自从我病了，你背着我偷偷哭，其实我的心里也非常难受。

妈，请你原谅我。这个病对我并不是一件坏事，它让我变得成熟，让我清楚地看到了你们对我的爱，如果上天真的能再给我一次活着的机会，我会毕生赎罪，来报答你们。

这么多年我一直是个十足的混混，可是上天让我这个混混在生死未卜的日子里，遇见了一位好姑娘。我承认爱上了她，可遗憾的是却从没有见过她。马上要做手术了，我不想给自己留下什么遗憾。我要去找她，哪怕是看她一眼，我也就知足了，因为是她给了我活下去的信心。

妈，我不是离家出走，而是去看心爱的姑娘，你千万不要担心，不要着急，原谅我没有当面告诉你这件事。

你放心，我会每天给你打电话，向你汇报我的健康状况。我很快就会回来，也不会耽误手术，因为我想活到一百岁，等你和爸爸老了，我要照顾你们。

等我回来，老妈，千万不要为我担心！

从机场下了飞机，叶斯年又坐了四个多小时的火车，才到天水。

无疑，这是一个漫长的旅途。

坐上火车，叶斯年并没有感到丝毫的孤独，在车厢里他没像其他旅

客一样和陌生人聊天。望着窗外温暖的阳光，胡思乱想着几个小时后，如何面对水静玉，忐忑的兴奋在他的心里形成了一股强烈的暗流，这让他不由得开始担心。

叶斯年担心和水静玉见面后，他们会失去过去的那种默契，甚至担心她见到真实的自己，因为失望会对他不友好。

窗外的山连着山，山谷里一条小河蜿蜒流淌着，树叶都变黄了，阳光却十分耀眼。叶斯年突然被这一切感动，多么美丽的自然啊，长这么大，为什么从来没有留意这些美丽呢？

叶斯年生平第一次遇到的爱情，和水静玉有关，所以无论如何他都要去找她。

也许命运注定了，真正的爱情都是短暂的，都是让人遗憾的。

叶斯年真有点为自己的爱情惋惜，可是很快这种惋惜就变成了热烈的期待，哦，上天，保佑我在见到她的日子里健康。

是的，叶斯年只有这一个单纯的愿望，去看看水静玉，哪怕只看一眼。

因为是淡季，又不是周末，火车上乘客不多，叶斯年因为激动，只喝了几杯水，他思虑很多，脑子都是见到水静玉时一些不着边际的情景。四个小时后，火车抵达天水，已经下午四点多了。到天水站下车的人并不多，下火车前，叶斯年先吃了一粒药，因为他已经抑制不住自己加快的心跳了。

哦！上天啊，我已经来到了天水，站在了有我心上人的土地上，我真的已经来了吗？叶斯年在心里呐喊着。平静了一下呼吸，背上旅行包，下了火车，正准备下楼出站，一转头，就见一个穿着一套粉色圆领毛衣裙的短发女孩，她的大眼睛漆黑明亮，牙齿雪白雪白，微笑着望着他；她脚上一双棕色的圆头皮鞋，背着一个比书大一点的牛皮小包，她的脸圆润洁白，像一朵含苞待放的玫瑰，有着古典的味道。脸上未施粉黛，没有人会怀疑她是个在校的学生。

第六感官告诉叶斯年，这个人就是让他魂牵梦萦的水静玉。叶斯年冲女孩挥了挥手，他的心有些慌乱，但是他很确信。叶斯年感觉他处在花团锦簇的花海中，眼前只有他和她，他们站在一棵开满粉白花朵的树下，如同远别重逢一般地望着对方。

午后的阳光很柔和地洒在她的身上、叶斯年的身上，还有他们之间的那十几米左右的水泥路上。

空气里隐约间能听到风的声音，天空中悠闲的白云，像是一位优秀的含笑不语的智者，安详地注视着人间的悲欢离合。

叶斯年呆了，她也呆了，叶斯年没想到水静玉长得这么漂亮，更没有想到她长得和自己梦里想的一模一样，也有一双闪烁着迷朦光彩的眼睛。

叶斯年看见水静玉的眼里闪烁着晶莹的泪光，他盯着她，希望她能平静一点，而不是颤抖，但是她的睫毛不停地扇动着，像要把激动的泪水挡回去。

叶斯年用目光期待着，水静玉也用同样的目光期待着。

走吧，水静玉微笑着，顺手拉上了叶斯年的行李包。

叶斯年愣了一下，急忙从包里掏出了相机，没有来得及打招呼就对着水静玉拍了一张。他想把这一刻永远地留下来，水静玉仍是微笑着，她有点害羞地看了叶斯年一眼。

"快走吧，一棵树先生！"

"哦，终于真实地见到你了，丫头！"这是叶斯年对水静玉说的第一句话。

说完这句话，叶斯年松了口气，心跳稍微正常了些，水静玉一直在咯咯咯地笑。

出站的路上有一段楼梯要下，他们谁都没有再说话，都很认真地下楼梯，仿佛从没有下过楼梯似的。

她没有回头看叶斯年，叶斯年也没有勇气正面看她，叶斯年只能用

眼睛的余光偷偷地观察她，她的眼睛很漂亮，大大的、圆圆的，睫毛也特别长。叶斯年发现她的脚也很小巧，还穿着橘红色的小靴子，非常可爱。没有办法，她真的像天使一样美丽。

出了站，水静玉转头定定地看了叶斯年片刻，她的脸红扑扑地像苹果一样，她还在害羞。

突然她开口问："叶斯年，你觉得我陌生吗？"

"那你觉得我陌生吗？"叶斯年微笑着反问。

他们相视而笑，一点点的拘束和陌生在瞬间消失。

"对了，你刚才在飞机上想象的我是什么样的？"

"像天使一样！"

"那现在呢？你失望吗？要老实回答。"

"还是像天使一样！"

"你骗人！"

"真的！"叶斯年坐在车上，水静玉就坐在他旁边，他们之间的距离仅有两厘米。

"丫头，你真的坐在我的身旁吗？"

"坏小子，你也真的坐在我身旁吗？"

"呵呵，叶斯年，看，这就是天水，真实的天水在迎接着你，你没有做梦"，水静玉指着车窗外。

叶斯年转头看着水静玉所在的这座城市，这座小城有着非常美丽的名字——天水，这里与叶斯年的想象不是很吻合，但又不是相差很远的地方。

天水没有肯德基也没有麦当劳，没有大海也没有很多车，这里的楼房不太高，人口也不多。

在踏上这片土地的那一刻就爱上了它——天水，这座小城应该就是叶斯年心目中的桃花源了，这里肯定有他想要找的安宁和悠闲。

叶斯年心想，我心爱的姑娘，居然在这样美丽的地方等着我，我真是太幸福了。他望着水静玉很想对她说，遇见你，是上天对我的恩赐。

第一次拉水静玉的手，是他们见面后的第三个小时。

下车后，水静玉带叶斯年去了她的住处，放下旅行包，还没有来得及看清她的房间，他就被她拽了出来。她说她听见叶斯年的肚子咕咕叫了，要带他去吃饭。

叶斯年只能哭笑不得地跟着她走，反正她不会把叶斯年拐卖的，就是拐卖了叶斯年也不怕的。

在餐馆，他们每人吃了一碗炸酱面，闻见饭香，叶斯年才感觉到肚子已经空空如也，才想起自己还是在飞机上吃的早餐，一天都没吃东西了。

顾不得说话，吃完饭，水静玉硬要拉叶斯年再去吃点天水的小吃。

吃饭的时候，水静玉一直对叶斯年灿烂地笑着，叶斯年也憨厚得像个傻子一样冲她直乐。

叶斯年的目光一直跟随着水静玉拿筷子的那只手移动，是的，他还是不敢迎着水静玉的眼睛。过去他可从没有这么胆小过。

这时，叶斯年透过玻璃窗，在餐馆对面，他发现了一家花店，叶斯年让水静玉等他五分钟。

水静玉以为叶斯年要去卫生间，便乖乖地坐在那里，叶斯年能感觉到她的目光也一直追随着自己。

花店的姑娘很热情地微笑着，不过叶斯年很快地发现了这个姑娘其实是个哑女，她比画了半天，叶斯年还是不知道她在说什么，叶斯年说："你能听见我说话吗？"

哑女点点头。

"早知道你能听见，就不用你这么比画了！"

哑女微笑着点头。

"我想要一枝百合花。"

"请你帮我包上，能不能快一点，我的朋友在等我。"叶斯年很客气地说。

哑女看了叶斯年一眼，很迅速地在纸上写道，"配几枝玫瑰花可以吗？不然太单调。"

叶斯年点点头。

当叶斯年捧着这束美丽的鲜花站在水静玉面前时，她激动地站了起来，张着小嘴巴，望着叶斯年。

"喜欢吗？丫头，这是我送你的第一枝百合花。"

"叶斯年，你怎么可以让我如此不知所措？我真的……"

"真的没有想到吧？走，我们吃小吃去！"说着叶斯年很自然地牵住了水静玉的手。

"知道吗，叶斯年，这可是我第一次收到百合花，也是第一次收到玫瑰花。"

"真的是，第一次？"叶斯年得意地笑着。

"真的，叶斯年，我都不知道说什么好了，你这小子……"

"你什么也别说，快，带我去吃天水的小吃最要紧，你不是说来到天水来如果不吃小吃，是件很遗憾的事吗？"

水静玉狠狠地打了叶斯年几下，叶斯年看到了她的泪水快涌出来了。

叶斯年紧紧地拉着她的手，含着泪，笑着说："知道吗，丫头？你是第一个敢打我的姑娘啊。"然后又伏在水静玉的耳边小声说："这是我第一次给女孩子送花！"

"其实我也是不敢收人送的百合花的，因为我觉得百合是象征着永恒爱情的花，是不能随便收的，不过今天的这枝我收了！"水静玉旁若无人地在街灯下大声地说着理由。

"知道了，水老师，真没想到你收一束花，还要给送花的人解释。"

他们的笑声在这座城市的上空回荡。

叶斯年此刻真的很想抱着水静玉在地上旋转几圈，然后大声地告诉全世界，我见到心爱的姑娘啦！

他的嘴角在见到水静玉的那一刻就没有合上过。

夜晚已经来临，天水的夜空中能看见很多很多的星星，叶斯年和水静玉在小吃街每人吃了一碗天水最著名的小吃"呱呱"，那对叶斯年来说真是很特别的一种小吃，一碗才一元钱。另外，每人还喝了一碗八宝粥，也很便宜，当然都很好吃。每次吃完，水静玉总是抢着掏钱。

"怎么办，丫头？我感觉自己像孙悟空进了蟠桃园一样，你们天水真的太可爱了。"

"可爱是可爱，不过你才走了一条街就这样夸我的家乡，我真的有点受宠若惊啊。呵呵。"

"对了，待会儿，我带你去见我表姐，她就在附近，她可是名副其实的大美女啊。"

"真的假的，难道还有比你更漂亮的姑娘吗？"叶斯年故作惊讶状。

"天水的一大特产就是美女，怎么？你不知道啊，不信我马上带你去看。"

叶斯年被水静玉拉着，奔跑在天水夜晚的大街上。跑了两步，叶斯年就停了下来，他说，刚吃完东西是不能剧烈运动的。其实他是担心心脏承受不了，欧医生来时嘱咐，在手术前无论如何也不能犯病，也就是不能再晕倒，如果再晕倒一次，后果不堪设想。

在一家花店门口，他们停了下来，叶斯年抬头一看，正是刚刚买花的那个哑女开的花店。本来想拉住水静玉的，没想到她已经挣脱了叶斯年的手跑了进去。

"静雅姐姐，你看谁来了。"

叶斯年还没有进去，哑女已经出来了，她笑着向叶斯年招招手，请他进去。

"叶斯年，这是我的姐姐静雅，她是世界上最美丽的姑娘。"

"我们已经见过了，就刚才。"叶斯年笑着，仔细一看，水静玉和静雅看起来真的很像姐妹俩。

水静玉比画着手势和她姐姐交谈着，很快她指着花大笑了起来，叶斯年也跟着笑了起来。

"有什么高兴的事，笑得这么大声啊？"这时，从外面进来一个戴眼镜的小伙子，他穿着白色的衬衣，笑容温和，声音敦厚。

凭知觉，叶斯年想他一定和静雅很熟悉的。

静雅给他比画了几下，这个人很快知道了叶斯年，他握住了叶斯年的手，说："欢迎你啊，叶斯年，你总算是来了，不然水静玉真要害相思病。"

"你胡说什么呀，葛亮？再胡说，我就让静雅姐姐不理你了。"水静玉说着，打了葛亮几下。

"叶斯年，你可要有心理准备，水静玉可有暴力倾向啊。"

晚上，叶斯年才知道葛亮是专门来接他上他那儿的，怪不得水静玉死活也不同意他住宾馆。

水静玉小声告诉叶斯年，葛亮是来帮静雅打烊花店的。不过，趁葛亮和静雅比画的工夫，她故作恐吓状："不许你告诉葛亮，我们两个是在网上认识的，也不许说我们两个以前不认识，明白了吗？"

叶斯年作投降状："大小姐，小的知道了！"

所有恋爱中的人，基本上都变回了幼儿园时代，而水静玉这个幼儿教育者也忘记了自己今年几岁了，她嘟着嘴非要和叶斯年拉钩。

这时静雅和葛亮已经收拾好了花店，他们从花店出来，葛亮提议他们找个安静的地方坐坐，水静玉很霸道地说："不行，今天叶斯年很累了，现在你就跟本姑娘去背他的行李。"

静雅点头拍手，叶斯年想她很赞同她表妹的话。

"好吧，看在静雅的份上我就再当一会儿你的奴隶，不过你得答应我的条件。"

静雅一听葛亮要提要求，便用手势问什么。

不知道葛亮在静雅耳边小声说了些什么，静雅的眼睛笑得眯成了一条缝。

叶斯年对水静玉说："看来这个要求很不简单啊，要不要我帮你？"

"怎么帮啊？"

"我自己背包啊？"

"反对，坚决反对！"水静玉说完这句话，就问："喂，葛亮，你搞什么鬼，怎么连要求也吓得不敢提啊？"

"才不是呢，我是在和你姐姐商量是否可行。"

"静雅姐姐，到底什么要求？"水静玉有点急了，这时叶斯年看见葛亮冲他眨了一下眼睛。

静雅比画了几下，水静玉大叫了起来："什么什么，他让我洗半年的碗？这不是开玩笑吗？"

"叶斯年，还有一件事情，你也要有心理准备，水静玉小姐和静雅同住两年，她从没有洗过一次碗。"

"可是我做过饭啊，你还吃过，你忘了啊？"

葛亮和静雅又笑了起来。叶斯年猜水静玉做饭的水平，肯定不是一流的。

街上已是万家灯火，汽车缓缓驶过街道，熙熙攘攘的人群都走在回家的路上。他们四个说说笑笑一起去水静玉和静雅的房子。

到了水静玉的家，叶斯年才有工夫仔细打量她这个 40 平方米的小房间，两个卧室，一处小饭厅，大一点的一间静雅住，另外一间静玉住。静玉的房间里一张小床，一张卡通的小沙发，还有一台很小的电视和一台大大的电脑。目光在电脑前停留了片刻，叶斯年应该感谢这台电脑的，没有它，他们怎么可能相识？桌子上放着玻璃花瓶，插着几枝康乃馨，地上小小书架上，放了一张水静玉的大学毕业照。

水静玉从冰箱里拿出果汁，她急急忙忙跑到厨房洗桌上的杯子，倒了一杯果汁给叶斯年。她又跑到厨房烧水，水开了，她倒了一杯热腾腾的红茶给叶斯年。又喊着葛亮和静雅来喝茶。葛亮在帮静雅算账，并没

有出来。

叶斯年看着她手忙脚乱的忙碌，他一点也没有帮忙的意思。他有些贪婪地看着水静玉，此时此刻的场景和他想象的一模一样。

卧室略显拥挤，房间的墙上贴满了各种颜色的图案和小贴画，而房间里最多的，就是那些大大小小的玩具，什么顽皮狗、加菲猫、米老鼠、毛毛熊，还有一只大熊猫，不过它是灰色的。

"丫头，你这里真像动物园啊。"叶斯年坐在小沙发上，看着水静玉在他眼前转来转去。

房间整洁、温馨，叶斯年注意到棉布的床单和被套上有几只小兔子图案，不禁咧开嘴笑起来。

水静玉正在给叶斯年削苹果，葛亮和静雅到隔壁的房间里去了。

叶斯年忽然想起，那条手链还在自己的口袋里。

"你能闭上眼睛吗？丫头，我有东西要送你，还有，请把手给我。"叶斯年小心翼翼地说。

水静玉在叶斯年面前还是很害羞的，叶斯年感觉她时时在偷偷观察他。她听了没有反驳，乖乖地坐在叶斯年的身旁，闭上了眼睛，左手里还握着没有削好正滴着果汁的青苹果。叶斯年闻到她头发上散发出来的淡淡的气味，一种清新的若有若无的芳香。

叶斯年和她的距离只有十厘米左右，叶斯年握着她的那只小手，她的手很白也很修长，戴上了那条铂金镶着红宝石的手链，水静玉睁开了眼睛，她看了看闪闪发光的手链，又看了看叶斯年。

"叶斯年，叶斯年……"

叶斯年犹豫了一下就拥住了她，水静玉没有挣扎。

"叶斯年，你怎么能这样对我？能见到你，我已经很满足了，真的，知道你要来，我已经好几天没有睡着了，我真的很想你！以为再也见不到你了！"水静玉哽咽着，叶斯年的脖子却快要被泪水泛滥成河了。

"知道吗，丫头？这么多年我从来不知道，有一天，我叶斯年还有机会，能抱着自己心爱的姑娘，真是做梦也想不到啊！"

"是啊，我也感觉自己在做梦，谢谢你来看我。我一直安慰自己，异地恋其实也挺好，彼此之间都有很自由的空间，经常几个月的不见面，在一起的时候就会格外美好。今天我下班的路上，看到身边三三两两的情侣，再抬头看看月亮，心里还是会升起来酸涩的忧伤来。不过一想到你在陌生的城市里想着我，也过着单调日子，心里就想，以后啊，还是要想办法在一起。"

"静玉，你别说了，把一切交给时间，既然我能来看你，我会想我们的以后的"说着，叶斯年的心脏又隐约地痛了，他想到了自己的病，想到了和那个没有结果的手术，他的泪差点流了下来，水静玉的话，让他格外伤感，他对自己说，如果他手术成功，他一定要把她带到深圳，和她朝朝暮暮。他对水静玉说，我想喝点水，趁她倒水的空当，把药迅速地放进嘴里，他要健康地度过在天水的每一天。

葛亮这时和静雅也过来了，一看表，已经晚上十点了。今天过得可真快啊，才想起来，还没有给家里打电话呢。

从水静玉的楼上下来，走了没多远，就到了葛亮的家，葛亮住在三楼，房间很大，他让叶斯年先洗个热水澡，他则给叶斯年换干净的床单被套。

在洗澡间里，叶斯年用手机给家里打了个电话，电话刚接通老妈就接上了，"孩子，你现在在哪里？你还好吗？"

"妈，我在天水的朋友家里，我很好，你不要担心。"

"那你为什么要关手机啊？我和外婆一直给你在打电话，可是电话一直不通，我们都要急死了，我明天就去天水接你。"

"妈，我今天忘了开机了，明天开始一定二十四小时为你开机，你就让我和静玉待几天吧，求你了，我答应你，只要有稍微不舒服就回去，妈，求你了……"

"好吧，这次我答应你，不过，斯年，你可千万不能激动。"

接完老妈的电话，叶斯年又给父亲打了电话，他原来也一直站在老妈旁边听呢。

洗完澡，葛亮已经铺好了床，叶斯年这才坐下来，仔细地打量这个帅气精神的小伙子。为了缓和陌生的气氛，躺在床上后，叶斯年主动和他聊了起来。

"你的哑语说得很不错，有机会请你教教我，我就能知道静雅说什么了。今天买花的时候，我可真急坏了。"

"没问题，不过，水静玉也说得很好啊，你可以让她教你。"

"你的女朋友很漂亮。"

"你是说静雅啊，她现在可不是我的女朋友，不过她一定会是我的妻子。"葛亮说这句话的时候并没有看叶斯年，而是注视着天花板。

叶斯年被他的话给弄糊涂了。因为，以前水静玉在电话里从没有对叶斯年说起过葛亮和静雅，所以他也不敢冒昧地问，那毕竟是人家的隐私。

没想到葛亮倒是主动地给叶斯年讲了他和静雅的故事，叶斯年也知道了静雅为什么不能说话，变成了现在这样。

静雅是水静玉爷爷弟弟的孙女，她比静玉大三岁，和静玉一样，她有快乐的童年，也有幸福的家庭。可是静雅八岁的时候，她的父亲出了车祸，生命垂危，那天正好下大雨，她没有带伞，急忙跑到医院去看她父亲，他父亲那时候正在抢救，静雅大声哭喊着"爸爸"，没想到，他的父亲竟奇迹般地醒了过来，母亲便让静雅先回家，因为第二天，她还要上课。

静雅因为受到惊吓又淋了雨，晚上回去便一直发烧，烧了一夜，等到家人从医院回来的时候，已经不认识人了，送到医院，命是保住了，可是她再也不能说话了。

静雅小时候特别喜欢唱歌，可是那哭喊"爸爸"的叫声，却成了她留给这个世界的最后声音。

葛亮认识静雅已经六年了，当时她高考成绩特别好，可是静雅坚决不去上大学，没有人知道原因。静雅说如果家里逼她上大学，她立刻去死，其实静雅不上大学的原因很简单，那年她的爸爸下岗了，静雅的老

妈因为女儿不能说话，一直责怪自己。说她知道静雅发烧，也没有在意，静雅变成现在这样这都是她造成的。静雅老妈一直身体不好，好几年前就提前退休了。

静雅知道上大学需要很多钱，她说她本来是个哑巴，上了大学还是哑巴，这是无法改变的事实。所以，她决定出去找工作。

当时葛亮在静雅家附近开了一家书店，静雅很喜欢看书。葛亮听说她不读大学了还多次劝过她，可都没用，静雅让葛亮帮忙打听着，给她找份工作，当时她也在自己找工作。可是因为她是个哑巴，没有单位愿意要她。

正好葛亮决定再开一家五金店，就请静雅帮忙看书店。开始葛亮一句哑语也听不懂，往往是静雅写，他说。后来葛亮买了哑语书，慢慢地，他也会用手势说话了。

葛亮的生意越来越好，还买了一套房子，两年前，他帮静雅开了一家花店。而且，葛亮也说服了父母，要娶静雅为妻子。

静雅一直不同意，她说那样对葛亮不公平，葛亮说他觉得上天对静雅太不公平了，他要永远照顾静雅。静雅终于被葛亮感动了，可是就在他们准备订婚的日子，静雅的生活里又出现了一个很优秀的年轻人，他是个口腔医生，而且还懂哑语。一次买花的时候，他来到了静雅的花店，静雅的美丽，静雅的热情打动了这个年轻的医生，他开始疯狂地追求静雅，几乎天天去她的花店买花，而且风雨无阻，他还主动拜访静雅的父母，请他们同意让静雅做他的女朋友。

这时静雅的老妈开始反对女儿和葛亮的婚事，葛亮很痛苦，静雅说她不会嫁给那个医生，可是葛亮觉得那个医生真的很适合静雅。

当时口腔医生的家里是坚决反对静雅的，口腔医生为了娶静雅，竟然从家里搬了出来。当葛亮决定成全静雅的时候，静雅突然失踪了，她给家里留下信说，如果强迫自己嫁给那个医生，她就永远也不回来了。静雅也给葛亮写了封信，说如果葛亮放弃她，她就去当修女。

这时候葛亮急了，静雅的家里人也急了，他们四处寻找静雅，就是

没有消息。其实静雅哪里也没去，她就藏在水静玉上班的幼儿园里。

最后水静玉看事情差不多了，这才把静雅领回家，从那以后，葛亮是从来不敢得罪水静玉的。

静雅的花店生意很好，收入完全够家用。她的父母也不敢威胁女儿了，可是那个医生并没有因为静雅的出走而放弃，说要和葛亮公平竞争。

葛亮说他现在正在筹备婚事，当然静雅的父母提了很多苛刻的条件，比如住房必须装修，婚礼必须隆重……葛亮正在想办法。

葛亮讲完他们的故事已经是凌晨了，叶斯年还没有来得及发表自己的看法，葛亮已经呼呼睡去，或许他只是想诉说。

35

第二天，叶斯年睡得正香，就听见葛亮在轻声喊："叶斯年，快醒醒，水静玉刚打电话，说马上就和静雅过来。"

一听见水静玉，叶斯年像触电一样，连忙翻起身，匆匆穿好衣服，等他洗完脸、刷完牙，水静玉已经和静雅提着早点进来了。

一进门，水静玉就看着他嘿嘿地傻笑，叶斯年不由摸了摸脑袋："怎么，隔了一夜，你不认识我了？"

听了叶斯年的话，水静玉转头问葛亮："他昨晚睡得怎么样？"

"睡得很踏实，我早上足足叫了他十分钟。"

"好你个叶斯年，你居然昨天晚上能睡着，真是气死本姑娘了！"水静玉已经举着小拳头冲了过来。

叶斯年赶忙求饶："小的真的不知道什么地方冒犯了公主。"

这时静雅和葛亮大笑了起来，叶斯年也笑了起来，原来，昨天晚上水静玉激动得一晚都没有睡，她想叶斯年也应该很激动的。

听叶斯年睡得香，她的气就不打一处来。

静雅煮好牛奶，招呼大家吃早餐，叶斯年一看早餐里竟然有昨晚吃过的"呱呱"，吓了一跳。

水静玉说天水人的早餐都吃"呱呱"。不过，看见红红的辣椒，叶斯年的头都大了。好在没有人强迫他，他象征性地吃了两口。吃完早餐，叶斯年送水静玉上班，本来她说要请假的，可被叶斯年拒绝了。

一出门，正是太阳刚升起的时候，街上都是骑自行车赶着上班的人。

叶斯年和水静玉并肩走在路上，水静玉说现在是散步时间，她每天上班去都是散步去，从不坐车。

叶斯年闭着眼睛，深深呼吸了一下小城特有的烟火气。再次睁开眼睛，看到笑眯眯望着自己的水静玉，他有了一种似曾相识的感觉。只要有眼前这个人，他可以永远生活在这里，只是，时光无情，不知道还有没有明天。

水静玉今天穿着一件套头毛衣，是蔚蓝色的，看来昨天为了迎接叶斯年，她是专门打扮过的。

空气很清新，已经是秋天了，天水秋天的气息很明显，虽然穿着外套，清晨还是有点冷，系上了外套的扣子，还是感觉有点冷。

"来到天水，才知道自己曾经被怎样污染过。"叶斯年看着纯净的蓝天和轮廓分明的朝阳，仰头长叹着。

叶斯年又说："水静玉，现在我终于知道了，为什么你的脸比我的白，你真是生活在天堂里啊。"

"你的样子真像老夫子啊。"水静玉又笑了起来，她总是这么快乐，和她在一起相信没有人会知道什么是悲伤。

"是不是有点冷啊？电话里我就对你说过，我们这的树叶已经变黄了，可你就是不听'老人'言，穿着夏天的衣服来了，有什么办法呢，现在只好我自己破费了。"水静玉说着停了下来，从包里拿出了一件米色的套头薄毛衣，在叶斯年身上比了比。

"哎呀！我真是神眼啊，没想到这么合适，现在就穿吧。"

叶斯年干咳了一声，小声说："能不能我回房间后换，现在可是在大马路上啊，丫头。"

"那有什么呀，谁规定马路上不能穿衣服了？当然，如果你现在不穿，本姑娘就视为你不喜欢，回头送我爷爷得了。"水静玉说着，就从叶斯年手里一把把毛衣抢了过去。

叶斯年连忙说："臭丫头，居然威胁我，我穿，我穿，谁说我不喜欢了。"

这样，第一次在大马路上，叶斯年当着来来往往的行人，脱了外套，穿上了那件毛衣。毛衣是水静玉在叶斯年来之前就买好了的，穿在身上非常温暖。

穿上毛衣叶斯年小声说："我想感谢一下静玉老师！"

"怎么感谢？"水静玉瞪着眼睛说，她好像已经看出了叶斯年的阴谋。

"我要用小朋友的方式感谢你！"说着，叶斯年迅速地在她的脸上亲了一下。亲完，叶斯年一把拉住水静玉，说了句要迟到了，不过他并没有逃脱她雨点般的拳头。

她的脸又像桃花一样盛开了。

水静玉拉着叶斯年的手奔跑了几步，叶斯年急忙停了下来，他说我不喜欢跑步，水静玉说叶斯年，你是个木头人。

"我一直希望有一天，能拉着自己喜欢的人，旁若无人地在美丽的清晨、黄昏奔跑。"水静玉感叹着。

叶斯年明显地感觉到了水静玉心头的那丝失望，可是他还是无法满足她这个愿望。如果有一天他的心脏正常了，叶斯年发誓一定要拉着面前这个丫头，在天水的大街上奔跑，在深圳的大街上奔跑，在任何一条有人无人的大街上奔跑。

此刻叶斯年只能说："水老师，你可是幼儿园的老师啊，难道不知道刚吃完早餐是不能剧烈运动吗？"

"就你的大道理多，哼！"水静玉挣脱了叶斯年的手。

这时有个小姑娘跑了过来，大喊了一声"水老师早上好"！

水静玉一把抱起了她，揪了揪她的两根小辫，微笑着说："你今天怎么比老师还早啊，小宝贝！"

叶斯年也忍不住揪了一下小姑娘的小辫。

她立马指着叶斯年问："水老师他是谁？"

水静玉看了叶斯年一眼说，"他呀，他是外星人。"

这时小姑娘的老妈过来了，冲叶斯年点了点头，"快点宝贝，给老师说再见，我们先走，不然老妈就迟到了。"

小姑娘蹦蹦跳跳地走了。

水静玉很有成就感地望了叶斯年一眼，叶斯年忍不住点了一下她的鼻子。

"你怎么老欺负我啊？"

"昨晚葛亮给我讲了静雅和他的故事，一直讲到很晚，你怎么以前从没有告诉过我他们的事呢？"

水静玉一听叶斯年提到静雅，她重重地叹了口气。她说本来要说的，可是又不想让叶斯年担心，叶斯年太远，当时又帮不上什么忙。

水静玉上班的幼儿园坐落在这座小城的西头，平时她只需要十分钟左右就能走到单位，今天他们走了约半个小时。

没见面前，她和叶斯年讨论过很多次关于散步的话题，此刻，距他们见面的时间，还不到二十四小时。从和她一起走出车站的那一刻起，叶斯年就喜欢上了和她肩并肩的那种感觉。

水静玉答应叶斯年，星期五的早上带他去幼儿园听课。今天是星期三，叶斯年只能在外面等她下班了。水静玉让叶斯年去找葛亮，叶斯年说他想在天水的街上走一走。水静玉怕叶斯年迷路，叶斯年说，放心吧小丫头，我的方向感很好。

总之，水静玉的所有不放心，叶斯年都可以让她变成放心。

看着水静玉进了幼儿园，叶斯年摸了摸心脏，它跳得很正常，吃了一粒药，正盘算着先转哪条街，这时，叶斯年的手机突然响了，一看号

码是欧清波打来的。

"叶斯年，听说你去了天水？"

"是啊，我现在正看着天水的太阳徐徐升起，你不是在度蜜月吗？"

"昨天我刚回到家，打算叫你出来一块坐坐，没想到你坐着飞机飞了，身体怎么样？"

"一切正常！"在异乡接到老朋友的电话真是一种特别的感受。

"你是说爱情正常，还是身体正常？"欧清波爽朗地笑着。

叶斯年大声说："都正常！"

接完欧清波的电话，老妈又来了电话，叶斯年又重复了一次昨晚说过的话。

紧接着棋子来了电话，问叶斯年的手术什么时候做，叶斯年说小子，给我省点电话费吧，我在外地，回去了再找你。

刚走了几步，葛亮又打电话，他问叶斯年在哪里，要不要他陪着一起转转。叶斯年说，我也不知道自己在哪儿，不过应该没有迷路，等迷路的时候我会马上通知你。

真没想到自己居然被这么多人惦记着。

水静玉过去曾经隆重地向叶斯年介绍过她的故乡，她说，在天水的每一寸土地上，满眼都能看到历史文化的碎片，在天水的上空时时飘浮着诗歌的彩云，她把天水的神韵、天水的传说都讲给了叶斯年，将伏羲和八卦的神秘，女娲炼石补天的神奇，还有飞将军李广的神勇都讲得绘声绘色。当时，叶斯年真有点半信半疑，还以为她是王婆卖瓜，"谁不说咱家乡好啊！"

走在街上，叶斯年才真实地感觉到了这座古城的气息。

这座城市和叶斯年生活的那座城市简直像是两个国度，宽阔而整洁的马路上，偶尔才会开过来一辆汽车，而且打的价钱也很便宜，仅为深圳的三分之一。在天水生活，真是一种享受。

天水和叶斯年想象中的相距并不遥远，这些城区旧的民房、这些新的高楼、重重的瓦片、灰蒙蒙的屋顶、远处连绵的青山，还有这里的人们，用叶斯年所不熟悉的缓慢节奏，悠闲地漫步。

所有一切的一切，美得就像是一首优美的抒情诗。

叶斯年贪婪地呼吸着过去从未呼吸过的新鲜空气，深圳的空气潮湿且永远是闹哄哄的，二十五年来叶斯年一直无法消停，如今，在这里他才意识到为什么自己会那样。

人的性格是无法摆脱他所在城市的空气的，一个地方的水土养育一方人。城市的气息弥漫在你的血液里，没有人能摆脱自己生活过的城市，就像人不能没有水和空气一样。

叶斯年独自漫步在天水的大街小巷，对这座小城市虽然陌生，也不知道哪条街是服装街，哪条是小吃街，那条街是怀古街，更说不出任何街道的名字，但头顶的蓝天已经告诉了叶斯年，这座城市存在着浓浓的生活气息。

叶斯年继续走着，步伐轻快，大脑里闪过"漂泊"，发现自己突然间喜欢上了"漂泊"这个词。

在这里，没有人认识叶斯年，叶斯年也不认识任何人，可他却没有陌生的感觉。天水的步行路，让他想起了和外婆曾经散步的那条公园里同样的路，如果不是因为生病，叶斯年也不会发现那条充满温情的青石路。

叶斯年又想到了水静玉，或许她此刻正在为自己担心，担心他迷路，担心他迷路后却不知道在哪儿迷路的。叶斯年不由得笑了笑，穿过马路才发现，自己正处在静雅的花店对面，小城真是玲珑小巧啊。

叶斯年微笑着走进去，微笑是今天的朝阳赐予他的，它滋润了叶斯年的心田，也照亮了他眼前的路。

静雅正在给花浇水，叶斯年不得不承认静雅的美丽是无法形容的，她走在街上是不可能没有注目礼的。她没有化妆，衣服也很朴素，昨晚穿着的那件灰色的毛衣，今天依然穿着。

上天是公平的也是残忍的，他不会给任何事物以完美，就像罂粟花，就像漂亮的静雅没有声音，就像叶斯年想做良民的时候却得了病。想到

的这些，丝毫没有影响到叶斯年的脸上舒展的表情。

静雅早已发现了叶斯年，她提着洒水壶，静静地站在那里，脸上依然微笑着，好在上天给了她动人的微笑。

叶斯年说，这真是个美好的早晨。

静雅微笑，点头。

叶斯年说，很可惜我连一句哑语也听不懂，现在我只好滔滔不绝地说，你只管听就好。

静雅点头表示同意。

她搬了一张靠背的椅子放在了叶斯年面前。

叶斯年说，你这个意思我明白，你是想让我坐下，是吗？可是我想帮你点什么，有什么力气活你尽管说。

静雅连忙摆摆手。

叶斯年说，是葛亮每天帮你搬这些吗？

静雅点点头。

叶斯年站了起来，问，难道就没有我能帮你的吗，我喜欢干点体力活儿？

静雅迅速地在手边的纸上写了几个字，闻花香。

叶斯年说，闻了一早天水的清新空气，现在你又让我闻你这里芳香的花朵，人生足矣，从一进来，我已经闻见了。

静雅又写了几个字，静玉很喜欢你，她晚上做梦都喊着你的名字。

叶斯年瞪大了眼睛，有点不相信，静雅用手比画了心的形状，又指了指叶斯年。

叶斯年点点头说，你的话我明白，请放心，我会好好待静玉，我也常常喊着她的名字从梦里醒来。

静雅点点头。

这时，清晨的一缕阳光透过玻璃窗，射进来，这缕阳光真的弥足珍贵，它让这个鲜花世界变得更加生动。

叶斯年无法知道水静玉在静雅面前，是如何表现出的喜欢他，静雅的眼中是没有一丝谎言的，所以可以想象，水静玉为了等他，有过怎样的思念。

叶斯年突然很冲动地拿起了那张纸，诚恳地请求静雅送给他。

静雅睁大了眼睛，她是不会理解叶斯年的要求的，她并不知道叶斯年要离开，要面对手术。

叶斯年没有说出要那张纸的原因，因为连他自己也不知道为什么。

叶斯年安静地盯着一枝百合花，花瓣上挂着几滴水珠，被刚刚透进的那缕阳光照射着，显得分外动人。

正想问静雅那水珠是露珠还是她洒的水，这时，花店里来了一位客人，不知道他今天是这个花店的第几位客人，静雅显然不喜欢这个客人。一看见这个人，静雅本能地往后退了几步，脸色也变得苍白，花店的气氛一下子紧张了起来。

客人扫了叶斯年一眼，就对静雅用手语说了起来，叶斯年想他可能也是个哑巴，静雅脸上的微笑不见了，她低着头，咬着嘴唇，像要哭的样子。

叶斯年走到客人面前客气地问，先生，请问你需要什么花？

客人转过头，和叶斯年撞了个正着。客人书生模样，中等个子，脸很苍白，他很警惕地打量叶斯年，转头问静雅："他是谁？"这次他是用口说的。

叶斯年突然想起来葛亮说过的口腔医生。叶斯年说，你是那个口腔医生吧，你还是回去吧，静雅不愿和你说话。

"你是谁？"口腔医生有点歇斯底里了，叶斯年上前一步，他不由后退一步，打了个趔趄。

叶斯年说，我是谁你无权过问，但是请你马上离开，不要影响这里的生意。

口腔医生突然抓住了静雅的一只手，他额头的青筋突了起来："静雅，你不要不理我，求你了，我现在只有你了。"静雅抽出了她的手，她很愤怒地指着门口。

　　"静雅你别生气，明天我再来看你。我会天天来的。"口腔医生绝望地离开了花店，他的背影很像一只夹着尾巴逃跑的狐狸。

　　这时静雅哭了，是无声的。

　　叶斯年很想安慰她，可却不知道她哭的原因。这时花店里又来了一位客人，是个黄头发的男青年，他一进门就喊着，给我九十九枝红衣主教。无疑这个人来得及时，他让静雅止住了眼泪。

　　送走黄发青年，静雅平静了，叶斯年一看表，水静玉还有半小时下班。叶斯年让静雅给他包了两枝百合花，静雅在纸上问，每天都送吗？叶斯年点点头。

　　捧着这束鲜花走在街头上，叶斯年听见了耳边秋风的歌唱，虽然和水静玉分开才三个小时，叶斯年已经特别想她了，真的很想奔跑过去。早上，水静玉说喜欢拉着他的手奔跑的感觉，叶斯年想，她当时的感觉肯定和自己此刻的感觉一样，温柔又甜蜜。

　　水静玉一下课就打叶斯年手机，叶斯年说，我已经看见你了。

　　叶斯年看见她正牵着一个"小帅哥"的手小跑着过马路，这个动作，让叶斯年的心莫名地痛了几下。叶斯年仿佛看到了记忆之河的上游，老妈同样牵着他的手，过着同样的马路，同样在小跑，原来他从没有忘记过这个情景。

　　水静玉突然笑嘻嘻地蹦跳在叶斯年面前，打断了叶斯年的思绪。

　　"等了很久了？"

　　"小帅哥呢？"叶斯年张望着问，这时那两枝百合已经换了主人。

　　"什么小帅哥啊，你说什么呢？"水静玉果然有习惯性的暴力倾向，说着拍了一下叶斯年的脸，让他清醒。

　　"我看你快成兔子精了？"说着随手拉上了她的手。

　　"你怎么又给我送花啊？我只有一个花瓶，这么美的花我往哪插啊！"水静玉抱怨着，可是她也幸福着。

　　"我说过，每天会给你送花的，等明天，我连花瓶一起送！"叶斯年拉着她的手，真想唱首歌。

水静玉说今天她做饭给叶斯年吃，叶斯年很有兴趣地问做什么，她俨然大厨的样子，口口声声说：你想吃什么，我就能做什么。

还吹牛说："我做饭的技术是一流的。"

水静玉很小心地抱着花，路上的行人都往他们这边看，可能是花的缘故，水静玉说要先带叶斯年去买菜。一听买菜，叶斯年惊呆了，叶斯年说我还以为天使不会吃饭呢，怎么还会买菜，不简单啊。

水静玉瞪着眼睛说，天使也是人啊，难道你以为我是仙女啊，别指望我像春姑娘一样，喝着露珠，穿着花瓣，整天在天上飘来飘去。

叶斯年被她傻傻的样子逗乐了。

叶斯年说，知道吗，天使老师？你太可爱，你的样子太动人，我真的快要被你逗死了。

水静玉一点也不谦虚地点头说，我就说见到本天使，你肯定不会失望吧。

买完菜回家，葛亮打来电话说，我和静雅在外面吃饭，你们来不来？

水静玉说：我们正在做饭呢，不去了。

水静玉让叶斯年洗菜，她切。说实话叶斯年是从来没有洗过菜的，也讨厌洗菜，过去特别懒的时候，甚至连饭都不想吃，只想睡觉。

现在，水静玉让他洗菜，他欣然答应，还骗她说在家里经常帮外婆洗菜、做饭。

拿着菜，左也不是右也不是，越看越像一团绿色的怪物。为了避免水静玉的怀疑，叶斯年说起了今天口腔医生去静雅花店的事。

水静玉一听见"口腔医生"几个字，高兴地拍起了手，"叶斯年，还是你聪明，真是天才，我一直想给那家伙起个外号，没想到你居然起得这么好，我好喜欢。"

水静玉的手上全是水，在他的影响下水点四处乱飞。

叶斯年有点心疼身上的毛衣，它可是水静玉买的。

大笑过后，水静玉很冷静地问叶斯年，有没有特别好的主意让那家伙死心，现在所有人都拿他没有办法，他像魔鬼一样缠着静雅。

叶斯年其实有很多捉弄人的方法，记得他和棋子他们，曾经干过一件很卑鄙的事。那时叶斯年一哥们儿爱上了个音乐系的姑娘，可那姑娘当时已经名花有主了，可那傻逼就是喜欢人家，看着他一天像只馋猫似的跟前跟后地讨好那姑娘，他们实在看着生气，觉得丢了他们男人的脸。

后来叶斯年想出一主意，在一个没有星星的晚上，他们暴打了一顿那姑娘的男朋友，那男的吓得再三向他们保证，果然他再也没有找过那姑娘。

那哥们儿在那姑娘最失意的日子天天陪伴着她，那女的自然是逃不掉的。

本来想告诉水静玉这件事情，因为，有些人必须用暴力的拳头威胁才能就犯。可是那个口腔医生的执着不应该受暴力的惩罚，爱一个人有什么错呢？何况他只是爱上了别人的女友。

叶斯年说，最好的办法是让他们结婚，静雅一结婚，口腔医生不放弃都不行的。

水静玉听了，立刻把叶斯年的想法打电话告诉了葛亮。

半个小时后，叶斯年吃到了水静玉做的饭，说实话味道比想象中的香多了。叶斯年的口味是很挑剔的，过去到餐馆吃饭遇上难吃的饭，叶斯年会连盘子也摔掉，好在他不挑食。

叶斯年正大口大口吃饭时，水静玉突然问叶斯年："你挑食吗？这么大口地吃，是不是很难吃啊。"

"这是我吃过的最香的一顿饭！我发誓！"叶斯年说着，举起右手，还有手里的筷子。

"我没想到你真的会来看我！更没有想到有一天你会吃到我做的饭！"水静玉定定地看着叶斯年，她似乎在等叶斯年说什么，叶斯年捏了捏她的鼻子，说快吃饭吧，吃完饭你还要去上班呢。

吃完饭，水静玉把洗碗的任务交给了叶斯年，她命令叶斯年洗完后睡午觉，而她匆匆地背着包上班去了。叶斯年吃了一粒药，摸了摸胸口，现在每天要按时吃三次药，千万不能再发病。

躺在水静玉的小床上，枕着她天天抱的那只大灰熊，叶斯年居然睡着了，而且睡得很踏实。

叶斯年梦见自己和水静玉并排躺在一朵白云上，数着地上火柴盒一样大小的楼房。

梦里没有时空，也没有声音，只是叶斯年在飘，水静玉在飘，她就躺在叶斯年的身旁，叶斯年拉着她的手，她灿烂地笑着。

在梦里，他们的上空，绽放着一朵盛开的百合花。

醒来时已经到了傍晚，睁开眼睛，叶斯年才发现水静玉一直都坐在他的身边。见面才一天，不知道为什么，他们之间没有丝毫的陌生感，时常会以为他们是多年的老朋友。

昨天之前，叶斯年还不知道她的样子。而此刻，他们真实地望着彼此，也许，他们的默契是天生的。

叶斯年盯着她，她盯着叶斯年，目光僵持着。记忆迅速地一页页地向后翻着，叶斯年看到在其中一页里，他和水静玉头发花白时也是这样坐着，也同样没有说话。

恍若隔世，叶斯年拉住了水静玉的手，她的手轻颤了一下，那手，还是被握在了叶斯年的手心。

她说，叶斯年你睡觉时真像婴儿。

握着她柔软的小手，叶斯年就像握住了自己一生的幸福，他傻了。

水静玉被叶斯年看得有点害羞，她的手稍微迟疑了一下，但还是抬起来，轻轻地摸了摸叶斯年的脸颊。

叶斯年的泪一滴一滴地滴在了水静玉的手上，不知道为什么自己会在这么美好的一刻流泪，可能是他的心脏承受不了她对他的好。这是叶斯年在水静玉面前唯一的一次失控。

真不敢想，水静玉知道真相后，会不会骂他玩弄她的感情；会不会质问，为什么不告诉她真相。叶斯年的泪汹涌澎湃，不知道如何才能制止住内心的疼痛。

水静玉的眼泪一滴一滴，滴在叶斯年的脸上，她怎么也哭了？叶斯

年一时忘记了自己疼痛的心，帮她擦眼泪。

"丫头，不要哭了，我们不是见面了吗？我肚子饿了。"

"那你为什么哭啊？谁让你先哭的！"水静玉居然大声哭起来。

"我那不是哭，是笑，因为看见你，我的眼睛高兴。傻瓜！"

"那我的理由同上！"水静玉扑哧一声又笑了。

水静玉要带叶斯年去看黄昏。

说实话，过去叶斯年特别喜欢黄昏，因为黄昏一来，就该出门找乐子了。

叶斯年总会想办法在落日之前，和几个哥们找到一家酒吧，把自己灌醉。黄昏的时候很少有人是特别清醒的。

水静玉带叶斯年去河边看落日，她说她特别喜欢黄昏，特别喜欢夕阳的余晖照在她身上。她说，在那种光线下没有人不幻想不做梦。

叶斯年说，那你现在在做什么梦？

水静玉松开叶斯年的手，看了叶斯年一眼，又拉上，而且握得特别紧，"我希望以后的每个黄昏，都能和你一起出来散步！"

"每个黄昏"无疑刺痛了叶斯年，痛苦和绝望又一次占据他的整个心，他和静玉还有以后吗？

对于手术，叶斯年承认自己是抱着绝望心理的。爱对他来说刚刚开始，便流星般的消逝，而他无力挽留。

叶斯年想着，不由自主把水静玉的手握得更紧了。

看着天边一点点变暗的夕阳，还有路边在晚风中摇曳的枫树和徐徐飘落的红枫叶，这一切真美，美得就像水静玉现在的心情。

晚饭是葛亮请他们吃的，一见到静雅，水静玉就问他们什么时候领结婚证，静雅比画了两下，水静玉叫了起来，你们真的明天领结婚证？那家里人知道吗？葛亮说不知道。

葛亮给叶斯年倒了一杯啤酒，他说要感谢叶斯年的好主意。叶斯年看了看那黄黄的液体，客气地说我不能喝酒。

啤酒并不好喝，白酒也一样，而作为男人就得喝酒，男人就是喝酒的借口。

过去叶斯年是个酒鬼，从没有怕过酒，现在他不怕，可心脏怕，没有办法为了活命，只能拒绝。

葛亮没有强求，他喝干一杯，说他不想看着静雅整天受那家伙的骚扰，他还说领了结婚证，口腔医生肯定就会死心。

那个晚上葛亮喝醉了，说话的声音很大，静雅和水静玉都喝了点酒，只有叶斯年是最清醒的。

喝了酒的水静玉变成了话痨。她说，你知道吗叶斯年？我在上大学之前没有穿过皮鞋，买第一双皮鞋是我上了大学之后。我为了买我心仪的那种白色的皮鞋，我去做了三个月的家教，我当时想，一定要好好犒劳自己的脚。后来我终于买到了那双皮鞋，可是我一直舍不得穿，直到一次学校里组织舞会，我才穿上了它，我永远也忘不了穿上它的那天。上学的时候，很多孩子都有漂亮的小皮鞋，只有我不是穿布鞋就是运动鞋，爷爷看林子的收入很有限，他供我上学已经是尽了全力。我不能提任何的要求，我很小的时候，就知道自己的身世了，我和其他孩子不一样，但我会好好孝敬爷爷，他把我拉扯大不容易。你知道的，天下没有免费的晚餐，我要靠自己的双手，认真工作，努力使我和爷爷的生活越来越好……

叶斯年一直在听静玉说话，他想想自己的过去，感到惭愧，他浪费了太多时光。

36

第三天，叶斯年依然在天水的大街上闲逛。

这两天叶斯年的心脏出奇地正常，也没有发生过类似水土不服的情

况。水静玉说下午她请了半天假，说要陪静雅和葛亮去领结婚证。

水静玉说虽然今天静雅没有举行结婚的仪式，但是法定上今天是他们成为夫妻的日子，她让叶斯年去商场给他们买个礼物。

叶斯年来到商场，空着两只手，东瞧瞧西看看，不知道买点什么才好，无奈之下给外婆打了电话。打通电话后叶斯年相当后悔，因为外婆一点也不心疼叶斯年的长途漫游电话费。她听见结婚两个字，就开始滔滔不绝，问是叶斯年结婚还是别人结婚，问叶斯年什么时候结婚，责备叶斯年结婚也瞒着家里，好不容易才解释清楚是叶斯年的朋友结婚，外婆又生气了，她说你明明知道人家要结婚了，怎么还去找她，还说让叶斯年死了心赶快回来。

叶斯年又费了一番工夫，说清楚是葛亮和静雅结婚，外婆却说现在的孩子结婚怎么怎么随便，像他们结婚的时候还要八抬大花轿抬，那时候规矩可多着呢，都是父母之命。

叶斯年急了，忙说外婆，我过几天就回家了，手机没电了，回去再听你讲抬花轿的事情。

最后还是辛月儿帮了叶斯年的忙，本来他把电话打到欧清波的手机上了，没想到是辛月儿接的电话。她问了叶斯年的身体情况，说了她们结婚时收到的各种礼物，说让叶斯年好好借鉴一番。

天水的物价很低，在中心广场附近的商贸城，叶斯年给葛亮和静雅买了两个很大的陶瓷花瓶，是景泰蓝的，这样以后静雅就不愁没处插花了。出来的时候，无意间看见一件很别致的浅色外套，上面还有卡通图案，叶斯年想都没想就买下了，水静玉穿上一定好看。

水静玉对叶斯年买的礼物很满意，称赞了一路，可是看到叶斯年又送她新衣服，她嘟起了嘴巴，埋怨叶斯年送她东西太多。叶斯年说，我喜欢你穿着我送的衣服，给小朋友讲故事。

"那好吧！我现在就穿上。"她说着要穿，叶斯年连忙制止。

叶斯年说回到房间穿上，先让我欣赏一番，不然那么多人都看见了，我会吃醋的。路过一家店铺的时候，水静玉突然拉着叶斯年说去看一位

老朋友，叶斯年提着两个大花瓶像个仆人一样跟在这个"疯丫头"身后。

"乐乐，乐乐，你在哪里啊？姐姐来了怎么不出来啊，是不是又睡懒觉呢？"水静玉扔下叶斯年就大喊着她的朋友。

叶斯年居然鼻子酸酸的，闻到了一股浓浓的醋味，十秒钟后醋味自然消失。

叶斯年看见一只小花狗一颠一颠地跑向水静玉。她抱起了那只叫乐乐的小狗。

她说乐乐是她在楼道里发现的，那天下着雨，当时乐乐浑身都湿了，缩成一团在墙角里发抖，她一眼就看见了这只可怜的生灵。乐乐一见水静玉就扬起了乌蒙蒙的小脸，用亮晶晶的眼睛盯着她。水静玉说她从来都不知道，狗竟会有如此哀怨的眼神，乐乐是耷拉着脑袋，主动走向她的。

水静玉只养过乐乐两周，因为乐乐的吼声引起了邻居们的公愤。当时，乐乐整日狂吠，不分白天黑夜，谁能受得了。后来没办法，水静玉只好把它送给了一位孤独的老大爷。

此刻乐乐正用它热情柔软的小爪子，紧紧地拥着水静玉的腿，水静玉蹲在地上正反复地问着一句让人哭笑不得的话："乐乐，想姐姐了吗？说话呀，想姐姐了吗？明天我让那个哥哥给你买好吃的，好不好？"

这时店铺里走出一位六十岁上下的老大爷。不知道为什么，叶斯年突然对他有些怜悯，也许老人脸上横七竖八的皱纹，让他隐约间感觉到了老人的命运。

老人很热情地叫他们进去坐会儿，水静玉说来看看乐乐，问他孙女去哪了，怎么今天不在？老人说孙女找了份工作，前天去上海了。

在路上，水静玉告诉叶斯年，这个老人姓杜，人生所有的不幸几乎都降临到了他的头上：他儿子三十岁给人劝架的时候被人误伤致死，儿媳妇留下刚满月的孙女不知去向，老伴把孙女带到九岁，得了癌症十二年前年死了。如今他和孙女开了家杂货店，每月有几百元的收入，刚够生活。

老人的孙女是水静玉的同学，因为家里困难，初中毕业就辍学了，不过一直没有闲着。水静玉还不知道她去上海的事，老人说走得急。水静玉说这个家和她的家一样，都是只有爷爷和孙女，但又不一样。水静玉几乎隔一天就要来看乐乐，也顺便和老人的孙女聊聊，她说老人和他孙女都很坚强。

因为时间紧，中午随便吃了点东西，静雅今天还是稍微收拾了一下，化了淡妆，他们送的花瓶先放在了花店，葛亮说等房子装修好了再搬回家。

葛亮今天穿着西装，真有点新郎的模样。

坐在车上，大家突然没有了话题，光知道嘿嘿傻笑，表情却洋溢着满满的喜庆和幸福。

叶斯年和水静玉吃着葛亮的喜糖，从口到心都甜滋滋的。

刚坐在车上，水静玉就说："我看今天你们圆房得了，不过这有点稍稍便宜了葛亮，可是圆房也是迟早的事，这样我就可以当姨妈了。"

静雅听了这话，看了一眼葛亮，便打了几下水静玉。叶斯年伸手护着，笑着说，今天可是大喜的日子，不可动武，不可动武。

"我说叶斯年，我看今天你和水静玉也顺便一起把证领了算了，反正也是迟早的事儿。"葛亮坐在车前面开玩笑说。

听了这话，叶斯年一时不知说什么好，水静玉也被这句话给说傻了。本来一句很好应对的话，却触动了叶斯年的神经，他居然不敢顺着葛亮的话开一句玩笑，比如，"好啊，我们今天也和你们一起结婚！"

是的，叶斯年不敢，那他为什么来看水静玉呢？难道是为了在生命将止之时，回想起自己有一次很浪漫的爱情吗？他在心里反复问自己。

水静玉也没说什么，像往常一样用拳头对付了葛亮，她的眼睛里却流露出无法掩饰的失望和失落。

葛亮、静雅领证期间，水静玉和叶斯年都没有说话，叶斯年害怕这种沉默。虽然知道沉默的原因，可是他又能说什么呢？男女之间一旦陷入爱情，其中一点点的失望都是巨大的伤痛。

叶斯年握住了水静玉的手，她突然说："为了爱情我可以放弃一切，你呢？"

叶斯年看着她的手，说："你的手真的很漂亮，以后有机会可以当手模特。"

"你能为爱情放弃一切吗？"水静玉很固执地问。

叶斯年很想告诉她，我可以为你去死。

可是没有时间了，叶斯年只能来看看她，牵牵她的手，听她嗲声嗲气地和他说笑。或许，他留给这个美丽的天水的，只是几天的记忆而已。

叶斯年始终都没有回答水静玉的问题。

叶斯年说，静玉，等有一天我对你说那个字的时候，我们就可以永远在一起了，现在那个字不可说啊。

水静玉显然被叶斯年的话给弄糊涂了，她正要追问，葛亮和静雅出来了，叶斯年便笑嘻嘻地拉着水静玉去讨喜糖吃。

天水这里还是很传统的，大家都相信仪式而不相信结婚证，所以静雅和葛亮还是没有搬到一起住，尽管他们已经是法定的夫妻。晚上本来葛亮要请客的，叶斯年说就给我一次机会吧，为了让你们的每个结婚纪念日都能想起我，我决定请你们吃海鲜去。

水静玉也同意叶斯年的提议，在深圳的时候叶斯年是懒得吃海鲜的，觉得很麻烦。这两天不知为什么特别想带水静玉去吃海鲜，或许是他过去在深圳吃海鲜的时候老想着她的缘故。

这天，他们从黄昏吃到华灯满街，为了祝贺这对新人，叶斯年喝了一点点红酒。吃完海鲜已经晚上九点了，葛亮和静雅先走了，水静玉想让叶斯年带她去喝咖啡。

进了一家环境幽雅但很玲珑的咖啡屋。

叶斯年说，如果在深圳，我会带你去朋友开的酒吧，那里的环境非常好，而且名字也特别美丽，叫"候鸟的童年"。

水静玉反反复复地念了好几次"候鸟的童年"，她说她一定会去的。她突然问叶斯年，叫这个名字的酒吧是不是只有那一家？

叶斯年说，是，那是我的朋友棋子开的。

水静玉感叹，"候鸟的童年"，好浪漫的名字，我真的很想去那里！

叶斯年笑着说，会有机会的！

水静玉说，那儿离你家远吗？

叶斯年说，不远，一点儿也不远，步行二十分钟左右。

要了两杯咖啡，无意间看见吧台上摆着的一束假花，叶斯年才想起今天忘记买百合了。

叶斯年说，丫头，我要出去一下，你乖乖地坐在这里等我，我马上就回来。

水静玉很想问什么，最终却没问。

下楼转了个弯，就看见一家花店了，花店的老板正要关门，叶斯年忙说要三枝百合花。老板一看百合只有一枝了，问要不要别的花，叶斯年说我只要百合。叶斯年又问附近还有没有别的花店，老板顺手指了指前面不远的一家。

说完谢谢，叶斯年急忙跑了出去，刚跑两步心突然绞痛起来，叶斯年急忙从衣服里拿出药靠着墙上吃了，休息了一会儿，才缓过来。

好不容易买到花，赶到那家酒吧，却不见了水静玉，服务生说叶斯年出去不久她就走了。这时叶斯年发现手机也忘带了，更糟糕的是，附近没有公用电话。

叶斯年抱着花，急忙拦了辆出租车，司机问叶斯年去哪里，叶斯年才想起他压根就不知道水静玉住的地方叫什么街什么小区。

叶斯年说，师傅，我凭我的记性给你指，应该不会出错。

百合花清香扑鼻，叶斯年长长地出了口气，转了几圈才找到葛亮住的地方。一敲门，门立刻开了，显然他们都知道了叶斯年迷路的事。叶斯年忙问，静玉呢？葛亮说还在街上找你呢，我们也正要出去找。静雅见叶斯年回来，急忙让葛亮打电话给水静玉。

十分钟后水静玉来了，一进门看见叶斯年手里的百合花，她"哇"的一声哭了起来。

叶斯年也不知道自己是该哭还是该笑，总之，他向这丫头保证以后不会发生类似的事情。

## 37

第一次吻水静玉是他们见面的第四天，可能是情不自禁，也可能是情非得已。不过，叶斯年是真的吻了她，吻了他的天使。

第四天是周末，水静玉答应早上让叶斯年陪她去幼儿园的，叶斯年也很好奇，很想看看她当老师的样子。

更让叶斯年没想到的是，她穿上了叶斯年买的那件有卡通图案的衣服。早上水静玉一直有课，她搬了个小板凳，让叶斯年坐在教室的角落里乖乖地不许动。

叶斯年说，要是想上厕所怎么办？

她说，举手告诉老师。说着还指了指叶斯年的头，警告他不许捣乱。

叶斯年作抱头状说，原来你是这么当老师的啊，祖国的花朵真是受尽虐待啊。

这时铃声响了，水静玉拍了拍手："小宝贝们大家注意了，今天我们上故事课，大家猜一猜，今天老师给大家讲什么啊？"

这一问教室里可就热闹了："格林叔叔的故事。"

"安徒生叔叔的故事。"

"一千零一夜。"

……

叶斯年也喊了一声"一棵树和小白兔的故事"。

这时小朋友们都转头看叶斯年，水静玉瞪了叶斯年一眼，说："今天有位叔叔也想来听故事，所以呢，老师就把他带来了，大家欢不欢迎啊？"

异口同声的"欢迎"，让叶斯年过足了备受欢迎的瘾。

水静玉今天讲的是《几米作品》，她说她特别喜欢看台湾漫画家几米写的小诗。

老师先读一段小朋友们收礼物前的心情：名字叫猜一猜，不过大家要配合老师，把眼睛闭上听这个故事。

嗯，叶斯年把眼睛闭上了，等候一个大大的惊喜。

是一只小土狗吗？

还是一个音乐盒？

是漂亮的洋娃娃吗？

总不会是只大兔子吧！

不管是什么礼物，

叶斯年都会非常地高兴。

叶斯年可以张开眼睛了吗？

叶斯年的微笑快要僵住了……

水静玉又讲了个故事，说：鳄鱼爆炸了，猎人在酒馆被逮捕，醉得不省人事，炸弹正好少了一颗。

酒鬼诗人朋友做证时说："我看见一只美丽的小鸟，背着炸弹，优雅地、从容地、快乐地从天空飞过，画出一条美丽的弧线……"

这件离奇的案子仍在调查中……

好了，老师的故事讲完了，大家说到底谁炸死了可怜的鳄鱼呢？

"老师我知道，是猎人炸死的。"

"老师我说，是小鸟不小心炸死的。"

"为什么是不小心呢，有理由吗？"水静玉很感兴趣地问。

"因为它不是故意的。"

叶斯年这时已经忍俊不禁了，水静玉似乎看出了他在笑她。

下面我们请后面坐的那位叔叔说说，到底是谁炸了鳄鱼，好吗？

叶斯年站起来，嗲声嗲气地说，老师，我认为凶手不是猎人，也不是美丽的小鸟；因为猎人的炸弹少了一颗可能放在了家里，而酒鬼诗人

看见的美丽的小鸟背的不一定是炸弹，因为酒鬼诗人往往是喝醉的，所以我认为他们都不是凶手。

大家说叔叔说得有没有道理啊？显然，对叶斯年的回答她是满意至极。

好久没有这样规规矩矩地坐在凳子上听人上课，或者是听人讲故事了。叶斯年安静而从容地坐在角落里，看着水静玉眉飞色舞，手舞足蹈。

叶斯年在想，上天安排我到幼儿园的企图，他把我引到这里，难道是为了让我回想起童年的往事，还是为了给水静玉的记忆里留下一页美好的记忆？

此刻叶斯年的眼睛里漫过的是，小朋友们无瑕的眼睛和水静玉的灿烂的笑容；耳朵里捕捉到的是童贞的欢歌笑语。这个场景肯定是上天安排好的，因为叶斯年曾经在梦里已经虚拟过很多遍。

一个人如果能在生命将死之时，来一次幼儿园，看一看孩童无瑕的眼睛，也该无憾了。

水静玉最后念了一首诗，叫作《致大自然》。

当我还在你的面纱旁游戏，

还像花儿依傍在你身旁，

还倾听你每一声心跳，

它将我温柔颤抖的心环绕，


当我还像你一样满怀信仰和渴望，

站在你的图像前，

为我的泪寻找一个场所，

为我的爱寻找一个世界；


当我的心还向着太阳，

以为阳光听得见它的跃动，

它把星星称作兄弟，

把春天当作神的旋律；

当小树林里气息浮动，
你的灵魂，你欢乐的灵魂，
在寂静的心之波里摇荡，
那时金色的日子将我怀抱。

听完这首诗，小朋友们都去做游戏了，叶斯年呆呆伫立，心情怪怪的，自从生病以来，他的神经变得异常敏感，也变得相信宿命了。

这首诗可能也在暗示他，对水静玉说，我想永远和你在一起，哪怕这个永远只有几天。可是叶斯年还是"僵硬"着自己的心，怕那几个字对她是一种伤害。

周五的下午，小朋友们很早就被家长们接走了，从幼儿园走出来，叶斯年很自然地牵住了水静玉温暖的小手。刚刚和小朋友一起做游戏的场景就像虚构的画面一样，让人怀疑它的真实，可它的确真实地发生过，而且就在刚才。

水静玉看了看叶斯年，感叹道，多么有趣啊，有一次做梦我就梦见你坐在教室的后面，毕恭毕敬地听我讲故事。

叶斯年说，我也有同样的感受，就像这一切已经事先做好了铺垫，就像舞台节目已经就绪，就等观众和演员来填充了。当然了，只有观众和演员到位，一场盛大的晚会才能完整。

路边的音像店里传出的音乐弥漫在整条街上：
……

那秋千孤独的摇啊
曾经是谁的快乐在上面摆荡
草原上摇曳着的花啊
阳光蒸发了无人的喧哗
那孩子离开而且长大
发现旅途上并不盛开繁花

一路上追逐白色飞马

来到了陌生的霓虹生涯

如果说不回头

不必害怕

我的幸福总有解答

为何我还追逐着

追逐那梦中童话

……

如果说不回头

不必害怕

我的幸福总有解答

为何我还追忆着

追忆那似水年华

如果说不回头

不必害怕

人生理想总会到达

为何我还追忆着

追忆那似水年华

追忆似水年华

如果说不回头

不必害怕

我的幸福总有解答

为何我还追逐着

追逐那梦中童话

……

追忆似水年华

追忆似水年华……

水静玉听得有点陶醉，她把头靠在叶斯年的胳膊上，小声地哼唱起

来，而叶斯年痴呆地站在原地，歌声打动了他，也刺痛了他的心。

水静玉唱了两遍居然还觉得不过瘾。

她嘟着嘴说：怎么办？我好喜欢这首《年华》。

那你就再唱一遍，我还能忍受，叶斯年笑着鼓励她。

水静玉瞪了叶斯年一眼，讨厌，把人家那么好听的歌说成忍受！

谁说歌不好听了？

啊，你是说我唱得太难听了，是不是？

我可没说，叶斯年得意地想笑。

好啊，你居然说我制造噪音。

水静玉说着举起了拳头。

叶斯年作逃跑状，大喊着饶命，我可没说啊。

水静玉被叶斯年逗乐了。

水静玉说时间还早，我们去参观伏羲庙吧。

其实在叶斯年来之前，她就已经安排好了他们要去的地方，她以为叶斯年是来这里旅游。

也许她并不知道，叶斯年只是来了却他的心愿。

水静玉说来天水，如果不去拜拜伏羲，那是一大遗憾。刚认识水静玉的时候，她给叶斯年讲过伏羲女娲的故事，也很隆重地介绍过她的家乡。

而叶斯年对深圳因为感情不深，对她却只字未提，除非她问，叶斯年才应付几句。

叶斯年说，我只想陪着你，你去哪里都不必问我，现在，我就是你的影子，我们如影随形。

伏羲庙坐北向南，临街而建，全部建筑分为四进五院，自南向北依次有戏楼、牌坊、大门、仪门、先天殿、太极殿等，他们请了一位博物馆的讲解员 ，水静玉本来说她很熟悉，叶斯年还是请了，他想知道这里所有的历史还有传说。

他们虔诚地走在古树森森、鸟雀翔集的庙院，在三皇之首的伏羲帝

像前，叶斯年的心变得神圣而庄严，用心祈祷，为老妈、外婆、父亲还有他生命里的天使水静玉。

叶斯年对过去所做的一切，进行忏悔，希望伏羲保佑他的生命能继续下去，保佑他的手术能发生奇迹，因为他才刚刚开始学会生活。

水静玉闭着眼睛，不知道她此刻诉说着什么样的愿望，但叶斯年可以肯定的是，她一定提到了他。

从伏羲庙出来的时候又是黄昏时分，水静玉对黄昏的执着大大地超出了叶斯年的想象。

她拽着叶斯年一定要去河畔看夕阳，一说去看晚霞还有落日，她的眼睛就像黑夜里的星星一样闪闪发光。叶斯年相信，她是可以为了欣赏夕阳而放弃晚餐的那种超级浪漫的家伙。

玫瑰色的光华将伏羲庙所在的这条古道，染成了一条弹奏着沧桑的、旷古之曲的琴弦，琴弦在扭扭曲曲的音韵里伸向了遥远的晚意。

他们的影子被晚霞拉得好长好长。

水静玉说我喜欢黄昏，可能是因为黄昏是我爷爷常常回家的时间。

这几天，叶斯年已经习惯了牵着水静玉的手招摇过市，只要有机会她的一只手就是属于叶斯年的。

水静玉说，今天晚霞的颜色很特别。

叶斯年说，那是因为你的眼睛特别，傻丫头。

水静玉说，我喜欢独自来看晚霞，看那不一样的彩云和不一样的夕阳。

叶斯年说，现在本人也有了看晚霞的乐趣，不过这要归功于你的影响。

的确，黄昏的氛围是梦幻的，叶斯年眯着眼睛，专心致志地研究着西边两朵彩云的形状，而且研究得津津有味。

水静玉近乎恳求地，想让叶斯年拉着她，在这古道上奔跑，她真的喜欢那种感觉，可是她从没有那样过。

看着她有点可怜兮兮的动人眼神，叶斯年想就这一次，心脏是不会

不给面子的。拉起水静玉温暖的小手，感觉自己的血在沸腾，脚步也飞了起来，叶斯年听见了静玉咯咯的笑声，也听见了耳边呼呼的风声。

大约跑了二十米，心脏绞痛起来，在"抗议"，叶斯年迅速地蹲下，假装喊"跑不动了"。水静玉非常失望地看了叶斯年一眼，抱怨了一句，懒鬼！

她并没有注意叶斯年脸上的表情，嘟囔着自顾自地走了。叶斯年趁她不注意，迅速地将一粒药放在嘴里，在地上休息了片刻才站起来。

叶斯年的解释是脚抽筋了，水静玉当然也相信了。不过叶斯年能感觉到她的失望，可叶斯年宁愿让她失望也不愿看她受到惊吓。

河畔并不远，小河已经断流了好几年，水静玉说这里昔日一片荒芜，如今河畔被装扮成了绿色公园，成了大家锻炼的场所。

坐在一张长椅上，水静玉用温柔的近似孩童的声音问，为什么你不愿拉着我在夕阳下奔跑？

叶斯年说，当有一天，我真的拉着你能在任何地方奔跑的时候，我们就永远也不分开。

水静玉问：为什么是以后？

叶斯年说：以后你就知道了。

她又问：可是……

叶斯年苦笑着：没有可是，小傻瓜。

水静玉显然听不懂叶斯年的话，看着她眼中探究的疑问，叶斯年把她拥入怀中，思考着用什么样的方式，才能接近她，接近这个机灵鬼。

叶斯年对她笑了笑，她没有笑，而是专注地望着叶斯年的眼睛，望着叶斯年如晚霞一样的灿烂眼神。

叶斯年说，静玉，知道吗？我有很多很多的话要对你说，可是不知道先说哪一句。

水静玉点点头，嘴角露出浅浅的笑靥。

晚霞燃烧得更加艳丽。叶斯年用手轻抚了一下她的脸颊，水静玉没有动，她半低着头、脸面若桃花，叶斯年试探性地在她的额头上亲了一

下，她依然没有动。叶斯年的唇轻轻地落在了她的唇上，她仍然没有动，她闭上了眼睛，叶斯年忘记了自己，忘记了黄昏和晚霞，吻着水静玉柔软小巧的嘴唇，他闻见了一股淡淡的百合花香。

此时暮色悄悄从遥远的天边弥散开来，慢慢地将四面吞噬。路灯亮了，叶斯年拉起了水静玉，她一直不敢看叶斯年的眼睛，好像还在睡梦里。幸福的红晕在她的颊上像两朵红云久久停留，叶斯年甚至能感觉到她的呼吸因为激动，气息变得急促而温热。

叶斯年怕她害羞，就说我饿了，你饿不饿？

水静玉听见"饿"字就像被从梦里惊醒一样，狠狠地将雨点一样的拳头砸下来，叶斯年本能地护住了心脏的地方。雨点很快结束了，水静玉靠在了叶斯年的身上，她哭了，叶斯年轻轻地抚摸着她的头发，这是这丫头的初吻，此刻叶斯年才明白，他真是太笨了。

他们手拉手走在夜晚的路灯下，讨论着去哪里吃饭。

叶斯年说，不如去问问葛亮和静雅吃了没有，大家一起去吃好了。

水静玉说，今天我想单独和你吃晚餐，因为……今天……是个特别的日子。

她还自告奋勇说今天她请客。

叶斯年同意了她合理的提议，叶斯年说，忘了拿订的鲜花了，必须去一趟静雅的花店，水静玉当然很乖地跟叶斯年去了那里。一进花店，静雅正在忙着给一位客人配花，水静玉连忙问静雅吃饭没，得知已经吃过时，叶斯年发现她嘴角有一抹不易觉察的狡猾的微笑。

今天是周末，叶斯年其实也非常想和她在一起多待一会儿。

静雅把四枝香水百合递给叶斯年。

叶斯年又把花递给水静玉，她接过花的时候偷偷地看了叶斯年一眼，样子很可爱，真的很想再吻一下她，可这只是个想法而已。

没有人能拒绝爱情，叶斯年也一样，爱情带来的狂喜和美妙，是他过去的日子从来没有经历过的。这几天叶斯年对生命的渴求，越来越强烈，他强烈地希望上天能让他继续活下去，希望手术可以成功，让他活

到一百岁。

他真的想和这个捧着百合花的姑娘永远在一起。

这几天，叶斯年常常会忘记自己是个生命垂危的病人，牵着水静玉的手，时常幻想着，有一天他们也会像静雅和葛亮那样去领结婚证，像辛月儿和欧清波那样举行一场隆重的婚礼，甚至还想有一天，水静玉会生个既像她又像他的儿子或者女儿。

可是这些想法只有叶斯年和上天知道。

叶斯年不敢告诉水静玉关于手术的事，他只是想让她快乐，并且珍惜着和她在一起的每一天每一刻。这几天叶斯年常趁她不注意，偷偷拍几张照片，等做完手术，假如他能再次睁开眼睛，看这个世界，那时，他会带着这些记忆来请求她的原谅。

水静玉捧着百合花，她一举手一投足在告诉他，她很幸福，她恨不得让全世界都充满香水百合的芳香。

在一家环境优雅的餐厅，他们坐下来，水静玉说，叶斯年你得将品尝天水小吃进行到底。

叶斯年说我愿意，而且还求之不得。

辉煌的灯光下，水静玉的脸庞清晰而动人，简直像是在清晨刚吸食过露珠的水仙花。

水静玉问，想不想喝点红酒？

叶斯年说，一定要喝酒吗？

水静玉说她只是想闻闻，她不喜欢喝红酒，却喜欢那红红的颜色。

叶斯年说，那我们就要两杯放在那里欣赏。水静玉白了他一眼，说，我可没有那么奢侈，就算不喝，看也是要花钱的。

水静玉今天真的是很特别，一双大眼睛忽闪迷离，用心研究着每一根被她夹起的菜，然后，她抬起飞扬着的睫毛，说："叶斯年小朋友，张嘴！"

叶斯年很听话地张开嘴巴，很夸张地"吧唧"几下咽了。

然后嘟着嘴巴撒娇说："水老师，我还要吃。"

水静玉放声地大笑起来，周围几个桌子上的客人都把目光投向了他们，目光中有艳羡的，有奇怪的，也有莫明其妙的。

叶斯年说，看看，你要再喂我吃，大家会以为我是个傻瓜或者白痴呢。

水静玉霸道地说，不许看周围。

叶斯年笑了，很幸福的那种笑。

水静玉歪着脑袋，看叶斯年吃菜，像是在欣赏名著电影，这顿饭她几乎没有吃什么，眼看着菜快凉了。

叶斯年便来了个以其人之道还治其人之身，众目睽睽之下，他们你喂我，我喂你，玩着一种久违的游戏。

吃完饭在人行道上漫步，水静玉踩着叶斯年的影子，叶斯年越躲，她越开心。叶斯年感觉有点累了，停止了游戏，看着活泼的水静玉像个得胜归来的骑士一样骄傲，他的情绪也被她传染了。

叶斯年说，我喜欢你的每一个动作！小丫头！

真的吗？水静玉歪着头说。

前几天我读了一本叫《我亲爱的甜橙树》的书，书里面小男孩泽泽说了一句值得让人思考的话：人的心应该是很大的，要装得下很多自己喜欢的东西。可惜的是，当代的人不仅心不大，却也总是空空的。好像什么都喜欢，其实又都不喜欢，没有钟情的人和事，没有玩赏的愉悦，说白了不过是打发时间。

叶斯年说，你说得让我惭愧，我回去一定要多读书，不然我担心以后不懂你说的话的意思。对了，我也最近刚刚读了一本叫作《浮生六记》的书，你看过这本书吗？

天呐！你都读过《浮生六记》，太不可思议了。除了《红楼梦》，《浮生六记》是我最喜欢的一本书。哎，只可惜芸娘后来去世得那么早。我记得曾经背诵过那段：世事茫茫，光阴有限，算来何必奔忙？人生碌碌，竞短论长，却不道荣枯有数，得失难量。看那秋风金谷，夜月乌江，阿房宫冷，铜雀台荒，荣华花上露，富贵草头霜。机关参透，万虑皆忘，

夸什么龙楼凤阁，说什么利锁名僵。闲来静处，且将诗酒猖狂，唱一曲归来未晚，歌一调湖海茫茫。逢时遇景，拾翠寻芳。约几个知心密友，到野外溪旁，或琴棋适性，或曲水流觞；或说些善因果报，或论些今古兴亡；看花枝堆锦绣，听鸟语弄笙簧。一任他人情反复，世态炎凉，优游闲岁月，潇洒度时光。

路灯的光芒毕竟是昏黄的，水静玉在月光下念着古诗，真像是从写意画里刚走出来的仙女，她时而轻柔地挥舞着双臂，时而微笑着把香水百合举得很高很远，然后盯着花傻笑，真是妩媚而动人。

叶斯年感到有点累，他不能累着自己，心脏又在警告了，他轻轻地拉着水静玉的手，俯下头，亲了一下她的额头，说，小仙女，我们回家吧，我想回家了。

水静玉说，是不是又困了？真拿你没有办法，简直就是瞌睡虫。

叶斯年说，我渴了，想喝水。

回来的路上，水静玉问了叶斯年很多问题，问叶斯年为什么不想家，问为什么自从见到叶斯年，她就没有想过家，还问那个口腔医生会不会再来找静雅，一时之间叶斯年对这些问题无所适从。

叶斯年只能将回答变成了傻笑，这丫头片子，可真是个精灵啊！

水静玉说明天要带叶斯年去山上住两天，看看她爷爷，让叶斯年把用的东西都准备好。

本来叶斯年要问远还是不远，又一想她去哪他就去哪，只要和她在一起，管她山上、天上，他都愿意去。

静雅还没有回家，一到家，水静玉就让叶斯年喝了一大杯开水，当然叶斯年是被逼的。

叶斯年很喜欢她霸道的样子，不管她有什么毛病、什么缺点，在叶斯年眼里都会被看作是一种特别或者可爱，因为叶斯年已经深深地爱上了她。

此刻到底是不是真的，叶斯年幸福地开始怀疑这一切是否真实地发生过，他是否真的来到了天水，见到了朝思暮想的姑娘，和她在黄昏里散步，还吻了她，这一切是真的还是梦？

水静玉打开音响，房间里立即充满了光良的那首《第一次》，她说她特别喜欢这首歌的歌词和旋律，叶斯年说虽然从来没有认真听过这首歌，但是此刻愿意和她一起欣赏。

水静玉说想请叶斯年跳舞，叶斯年说我不会，她不由分说拉着叶斯年，忽然感觉到他们的距离一下子近得能听见彼此的心跳，叶斯年毫不犹豫地将她抱在怀里。

水静玉的步子轻盈而柔软，像在春风里翩翩起舞的蝴蝶，他们很自然地在五平方米左右的地上舞了起来。

伴随着音乐，叶斯年的心由兴奋和紧张趋于平静。

音乐停了，他们谁也不想分开，坐在沙发上，水静玉低声喃喃地问叶斯年，叶斯年，你幸福吗？我真的好幸福，我忍不住快要流泪了。

叶斯年说知道吗，丫头？是你点燃了我生命里的那盏灯。说着，叶斯年轻轻地抱住她，她的身体在颤抖，他们紧紧地拥抱着，真希望这个瞬间能变成永恒，永远刻在叶斯年的灵魂里。

很想在此刻死去，如果上天一定要结束叶斯年的生命，那么让叶斯年此刻悄无声息地停止呼吸。如果可以选择死亡的时间，叶斯年愿意就把自己的生命中止在此刻。可是上天不会让他这样死去，因为很少有人会在幸福中微笑着死去，死亡都是痛苦的。

几天之后这一切都将成为回忆，他也会从静玉的生活里消失。

但愿她能原谅叶斯年。

和水静玉在一起的分分秒秒对叶斯年都弥足珍贵。

叶斯年抱着她娇小的身体，就像抱着他一生的幸福。房间里弥漫着淡淡的百合花的芬芳，水静玉枕着叶斯年的胳膊，把玩着他的大手。

但愿这一切不是昙花一现。

音响不知道是何时停的，房间里安静得只能听见彼此的呼吸。

不知道过了多久，静雅和葛亮回来了，葛亮送静雅回来，顺便接叶斯年回去休息。

水静玉枕着叶斯年的胳膊躺在沙发上睡着了，他们离开的时候没有叫醒静玉，就让她以为是在叶斯年的怀里睡着好了。

但愿今晚他们能做同样的梦，叶斯年闻见了她睡梦里的味道。

房间里的百合花几乎占据了所有剩余的空间，分不清飘来飘去的百合香是来自哪个角落，但这些香味已经渗透到了叶斯年和水静玉的骨髓深处。

38

去山上的那天清晨，叶斯年正睡得不亦乐乎时，手机突然响了，闭着眼睛准确地压掉了电话，电话压了响，压了响，最后叶斯年睁开眼睛，一看是老妈打的，这么早打电话肯定是有事的。

葛亮睡的地方被子叠得很整齐，他是个勤快的家伙。

老妈今天很不客气，她问，为什么老不接电话？

叶斯年说，妈你也不看看现在是几点，早上六点四十！

老妈问，你什么时候回家？

叶斯年说，再过几天。

老妈追问，几天？

叶斯年说，五天吧。

叶斯年有意识地想回避老妈的问题，可是她几乎是在命令叶斯年，让他马上坐飞机回家，她说都五天了，也该玩够了。那口吻真让人有点无法接受。

叶斯年说，妈，我向上天发誓一定会照顾好自己，最近身体一切正常；妈，长这么大我都没有这样快乐过，就让我再待两天好吗？

老妈说，我不管你快乐还是正常，你必须今天回家，否则我就亲自

来接你。

叶斯年坐了起来，连衣服也顾不上披。

叶斯年说，我是不会回去的，这几天我已经安排好了，我得陪水静玉。

老妈显然没有想到叶斯年会这么倔强，她又说，外婆最近身体不好，因为想你的原因。

叶斯年说，妈，我陪了你和外婆二十五年，就让我再陪心爱的姑娘几天吧；我保证，这几天若有不适就立刻回家。

叶斯年停了停又说，妈，我不再是过去那个浑小子了，我会为自己的生命负责的。

老妈最终还是勉强答应了叶斯年的请求，不过她让儿子每天必须早中晚给她打电话。

叶斯年又给父亲打电话，把老妈命令他的事情说了。

父亲说你得理解你妈，昨天欧医生给家里来了电话，说最好让你在手术前两周住院，也就是七天之后。你妈一听急了，以为你最近随时有生命危险，所以才这样。

叶斯年说，爸，你们都不要为我担心，五天后我保证回去。父亲听了，反复叮咛叶斯年千万不能激动。

叶斯年说，爸，如果记忆只是从我生病开始那该多好啊，那样我就会忘记想你恨你的那些日子，我的记忆里就没有肮脏没有痛苦，所有的亲人都在陪着我。

父亲沉默了片刻说，孩子，爸爸对不起你！对不起你妈！

听了这话，不知道为什么叶斯年的眼睛潮湿了。

这时候，太阳升起来了，从窗口望去，叶斯年好像看见了那"失踪"了多年的父亲，正低着头为他年轻时犯下的错误而悔恨。这个错误几乎折磨了他的一生，当然也折磨了叶斯年老妈的一生。

打完两个电话，睡意全无，穿好衣服，洗漱完毕等待水静玉的电话，或者等门被她轻轻地推开，对他说"一棵树先生，出发吧"。

　　这时葛亮来了，他提着早点，顺便给叶斯年拿了件他的棉衣，看来他知道他们要去山上的事情了。

　　葛亮说，水静玉提过很多次要带你去麦积山看她爷爷的事。

　　叶斯年说，她真是费心了。

　　葛亮说，本来我也要和你们一起去的，可是静雅她妈病了。正说着，水静玉和静雅来了，静雅是来给叶斯年送六枝百合花的，而水静玉是来和叶斯年一起出发的。

　　水静玉请静雅帮她把花插到她的房间，她对静雅比画了几下，意思说这是叶斯年送我的，你要喜欢让葛亮也送你好了。

　　听到她们的对话，叶斯年傻笑着，幸福得一塌糊涂。

　　水静玉的爷爷住在麦积山附近的山上。麦积山是天水的旅游胜地，这也是叶斯年听水静玉说的。

　　在麦积山下，他们停留了片刻，叶斯年仰头看了看这酷似农家麦垛的一座山，它被称为"东方雕塑馆"，在这座山的悬崖峭壁之上开凿了近两百个洞窟，洞窟保存了自后秦至清代风格各异、精美绝伦的塑像和凿窟。水静玉本来要买票让叶斯年独自上去，她说她上去过很多次了。叶斯年看了看头顶笔直的峭壁，心想，就是正常人站在上面都会害怕，何况他的心脏已经不堪重负了。

　　叶斯年说，我不想玩遍天水的所有地方，想给自己留点遗憾，等着以后来了再去。

　　水静玉说，也好，等你下次来了再上去，不然这次全玩遍了，下次就不知道带你去哪玩了。我们这也是个小地方。

　　水静玉的爷爷住在麦积山后的原始林区，他是林区的管理员。叶斯年拉着水静玉的手走在弯曲的山路上。路过一家小商店，她突然眨着眼睛问叶斯年，想让我爷爷喜欢你吗？

　　叶斯年说，丫头，那还用问？

　　水静玉指了指那家商店，去买瓶酒吧，爷爷最喜欢喝酒了。叶斯年说了声遵命，心里既高兴又担心。买了六瓶酒，提着酒出来，水静玉瞪

大了眼睛，她肯定以为叶斯年疯了。

叶斯年轻描淡写地说，这里只有六种酒，我不知道爷爷喜欢哪种酒，没办法，只好各买了一瓶。

水静玉看了他一眼，叶斯年心里窃喜，接着说道，丫头，你能不能告诉爷爷，我不能喝酒，对酒过敏，你是知道的我是真的不能喝酒。

水静玉狠狠地掐了一下他的手臂，叶斯年痛得叫了起来，她有暴力倾向，她高兴的时候会打叶斯年，不高兴的时候也会打叶斯年，不过她打叶斯年的样子非常可爱。葛亮总结说她真是将"打是疼骂是爱"发扬光大了，叶斯年现在算是彻底领教了。

中午，他们在小镇上吃了午饭，说实话，长这么大还没有走过这么长的山路呢，水静玉从小走山路的缘故，看起来精神饱满，而叶斯年会被她甩得老远。

叶斯年说，难道没有别的路了吗？

水静玉说，还有一条，不过是羊肠小道，更不好走。

水静玉在寻找饭馆，叶斯年紧紧地跟在后面，走在这个镇子上总让叶斯年有种时光倒流的感觉。

这个镇子说白了就是一条街道，两边都是高山，山上也是原始林区的一部分，在两山之间的那块平川上住了许多山民。听水静玉说，这些山民原来都住在山上，因为镇子上有几口井，后来山里住的山民们陆陆续续从山里搬到这里，慢慢地有了上千人，就形成了小镇现在的规模。

这里的山民种植粮食和药材，闲暇时就到林子里去采山果、药材或者打猎，生活不富裕但也算温饱，大家都能和睦相处。

采来的蘑菇和药材，山民们从不愁卖不出去，镇子上常有外地的商贩来收购。

这里的风景对叶斯年是陌生的，水静玉拉着他的手，引来了很多卖药材的山民们异样的眼光。水静玉说这个镇子上几十年就发生过一次离婚的事，那是前年，有个药商来收购药材，住到一个老实的山民家里，并和那家年轻貌美的小媳妇勾搭上，后来家里人知道后，就不要那个媳

妇了。

这里的生活是平静的，几乎是与世隔绝的。前几年才看上电视，镇子上有三家酒馆，因为林区的气候非常湿润、寒冷，闲暇之余，这里的男人们都会聚到酒馆里喝几盅，当然也说一些闲话。

叶斯年和水静玉进到一家酒馆，酒馆里坐着几个老汉正议论着今年药材价钱上不去的事，有个七十岁上下的老汉叫了一声："哟，这不是水老汉的孙女静玉吗？"

水静玉显然已经认出老人了，说，大爷，您也在这啊，我看您越活越精神了。

水静玉小声告诉叶斯年，老人是我爷爷多年的酒友。

老汉点着头，把目光投到叶斯年身上，他指着叶斯年说："是不是有对象了啊？你爷爷要是看见你找了这么精神的小伙子，肯定会高兴地喝上几盅老酒。"

叶斯年只能傻笑了。

吃完饭，水静玉给她爷爷称了几斤猪耳朵，还买了十斤羊肉和一些蔬菜。

本来还想打壶散酒，又怕爷爷喝得太多伤身体，就没打酒，买了双布鞋。又走了半个多小时的山路，傍晚时分，才看见了爷爷的老屋。

老屋修在半山坡上，四周是深深的林子，林子在晚霞的映衬下浮现出一片黢绿，旁边是一条曲折幽长的通往林子外面的小路。老屋后面是一条潺潺的小溪，水静玉说她小时候常在小溪里洗衣服。周围山上那些爱美的姑娘都来小溪边洗头，她们边洗边唱，常常林子里会不时飘来阵阵山妹子们甜美的歌声。

叶斯年说，丫头，我闭上眼睛就能想象出你当时的样子。

对他们的到来，显然老人是不知道。

看着被林子掩映着的老屋，叶斯年开始紧张起来，也不知道为什么紧张，可能是怕老人不喜欢他吧。好在水静玉有钥匙，她打开了房门，屋里的摆设非常简单，最显眼的是墙上挂着的三张狼皮。

水静玉说关于狼皮的事情，让叶斯年晚上喝酒的时候问他爷爷。水静玉去厨房生火，她让叶斯年穿上衣服，林区的气温变化非常快，马上就冷了。

叶斯年穿上葛亮的那件棉外套，水静玉让他把家里的炉子生着。

叶斯年从没有生过炉子，最后居然把火生着了，不过家里也变成烟筒了。他们正烟熏火燎地打开门窗放烟的时候，就听见了几声狗叫。

老远地就听见一声苍老的声音："是不是我的乖孙女来了呀？"

水静玉大喊着跑了出去，叶斯年也跟着出去了，一个穿着蓝褂子的老人一瘸一拐地进了小院，他身后跟着一只大黄狗，那只黄狗大叫了起来，可能是看到了叶斯年。

水静玉已经扑到了老人的怀里，老人微笑着抱怨，怎么不捎话要来啊？好让爷爷到山下接你。这时老人已经看见了叶斯年，水静玉说，爷爷，他就是叶斯年。

叶斯年大声说，爷爷您好啊！

老人乐了，他应该是知道叶斯年的。

这时天色已经暗了下来，老人张罗着要做饭，水静玉说，傻爷爷，饭已经做好了。

叶斯年坐在炕沿上不敢动，因为那只叫老伙计的大黄狗一直目不转睛地看着他。老人对叶斯年到来显得特别高兴，他说半个月没见，他的孙女就把孙女婿带来了。

水静玉不好意思地叫了一声爷爷，老人爽朗地笑了起来。他说，小伙子你能来看我这个老汉，我真是高兴，今晚我们爷俩要好好地喝几盅。

水静玉看叶斯年使眼色，连忙说，爷爷，叶斯年今天给你买了六瓶好酒，有你喝的；不过，他不能喝酒，他小时候得过病，对酒精过敏。老人一听说，略微有点失望，那就让他敬我喝吧，嘿嘿。

水静玉爷爷是个传奇人物，他的半条腿是打日本鬼子的时候丢的，腿瘸得并不厉害，不影响干活和走路。新中国成立后他回到了曾经养育他的这片林子，后来组织上为了照顾他这个老革命，就让他看管这片原

始森林。这么多年，老人一直住在路口的那两间老屋里。

叶斯年和老人聊天，水静玉在厨房里做晚饭。叶斯年打开了一瓶酒，双手给老人敬了一杯，还叫了声爷爷。老人一听叶斯年喊他"爷爷"，感到格外高兴。

叶斯年说，爷爷，我一进你的家感觉就像进了猎人的家里一样，您真的是一位老英雄啊。

老人喝了一口酒，说他这辈子就打死过三只狼，第一次打狼是为了救一个山民养的二十只羊，那阵子，山上好多人家的羊偶尔会被狼咬死。有一天老人在林子里转悠，看见一只狼正准备攻击一群吃草的羊，他当时朝天放了几枪，饿狼似乎并不理会，眼看恶狼咬死了几只羊，没办法，他就举起了猎枪，一声枪响，狼就死了。水老汉在战场上是出名的神枪手，打只狼对他而言是轻而易举的事儿。

老人喝了第二杯酒，显然酒已经调动起了他的兴致。说他打第二只狼是为了救一个山民，他皱了皱眉头，说他是打心眼里不愿意打狼的，虽然不懂什么生态平衡，什么生物链，总觉得在原始森林，不能没有狼的吼声，一片这么大的林子如果没有狼那成什么了？

叶斯年说，那也是没有办法啊，狼破坏了这里平静的生活，你打狼也是没有办法的事情啊。

老人摇摇头说，你不懂啊，小伙子。

叶斯年想，我真的不懂。

老人说他举起枪真的不忍心扣扳机，老人第二次打狼是为了救一个专心采药材的大娘，情急之下还是开了枪。

这时，水静玉喊叶斯年去厨房端菜，叶斯年应声去了，她穿着一件有很多补丁的围裙，像个村姑一样，她在大铁锅里做了四个菜，香味扑鼻。

叶斯年很想知道水静玉为什么带他来这个别样的世界，叶斯年真的很感谢她，这里简直就是世外桃源。

吃饭的时候，水静玉给老人温了酒，她像个大人一样，开始"教训"

爷爷为什么到现在还不生炉子，为什么这么久不下山去看她，为什么不去城里住几天。老人布满皱纹的脸上像开了一朵花一样，他眯着眼睛，笑着给叶斯年夹菜，还让孙女陪她喝一杯。

老人真是大酒量，叶斯年一次次举起杯子，老人一次次喝光。看着一桌的肉菜，老人忽然放下了筷子，他叹了口气说，岁月不饶人啊，现在真的老了，老了。老人说他年轻的时候胃口大，力气也大，有一顿他吃了三只鸡还觉得饿。那时候浑身的力气使不完，老人反复感叹着年轻就是好啊。

老人又说到了饥饿的年代，那年他的媳妇怀了孩子，他既高兴又发愁，那会儿，大人都没吃的，孩子吃什么呢？老人说他天天进林子找吃的，饿了挖点草根，喝点水，那时森林里根本看不到鸟，更听不到狼嚎，真是安静地出奇。老人实在找不着吃的，就一棵一棵地爬树，找鸟蛋，可是她媳妇还是没有等到孩子出世就饿死了，当然孩子也没了。

说到这，他们都停下了筷子，老人的眼角湿了。老人说："我一直想不明白媳妇是怎么被饿死的，打来的山货，她明明吃了的，比我吃得都多，要饿死也该是我啊；后来才知道，我打来的东西，大部分她都给周围挨饿的孩子了，唉，我那傻媳妇啊……"

老人抹了一把泪说，这也许就是命吧。

"爷爷，你就别难过了，事情都过了这么多年，现在他们都很爱你啊！"水静玉说着，给老人又倒了杯酒。

老人笑了，"来，好孩子，陪爷爷喝一盅，咱们不说这个了。"

看着老人脸上横七竖八的皱纹，叶斯年真无法猜测每一道皱纹背后都有着怎样的经历。

吃过饭，老人很快就呼呼睡着了，许是喝了酒的缘故。

叶斯年和水静玉坐在院子里。

也许来这个美丽而古老的地方度过一个难忘的夜晚是注定的。老伙计这时已经和叶斯年建立了一种相对友好的关系，不过它还是选择趴在水静玉的脚下，乖乖地倾听着他们的对话。

水静玉说每次来到这里，她都会想起她的身世。

叶斯年说，那就讲讲吧，我很想知道，我一直不敢相信你是个孤儿。

水静玉起身从老屋里拿出老人的一件羊皮袄给叶斯年披上，她自己也披了一件大棉袄，她说夜里山上的气温很低。

水静玉说她不知道自己的父母是谁，她出生的第三天就被生她的人扔到林子里，没有人知道她是谁家的孩子，当然谁也不知道她为什么要被扔掉。不过，在深夜里将刚出生的婴儿扔在原始森林里，那是相当危险的，孩子有可能就被狼吃了。

上天有眼，真是凑巧，那晚水老汉翻来覆去怎么也睡不着，便披了件褂子，带上老伙计出了门，到林子里巡查，所谓巡查就是看有没捕杀野生动物的，有没有偷偷砍伐森林的。这片林子水老汉很熟悉，转了一圈并没有发现异常，回来的时候，老伙计突然叫了起来，水老汉随即也听见了婴儿微弱的哭叫声。

那晚的月亮特别圆，皎洁的月光透过树梢映射在奄奄一息的婴儿身上，水老汉以为是做梦，揉了揉眼睛，面前的确是个刚出生的孩子。这时老伙计大声地叫了起来，水老汉呵斥几声，老伙计便摇着尾巴，站在了婴儿旁边。水老汉很小心地抱起这个差点喂了狼的小生命，四下里瞅了瞅，周围除了老伙计再没有别人，林子里静极了。

水老汉打开裹着的薄被子一看，孩子并没有缺胳膊少腿，说也奇怪，怀里的小婴儿定定地看着老人，居然笑了。才出生几天的孩子，按理说是不会笑的，水老汉的眼睛湿了，骂了句："该天杀的畜生……"便抱着孩子一瘸一拐地回家了。

水静玉说，听人说，她刚来到这个家，的确给独自过惯了的爷爷带来了不少麻烦。爷爷从来没有养育过孩子，他不知道她吃过羊奶后为什么还哭，她刚来几天，一天到晚地哭，她一哭，爷爷就急了，他怕孩子哭出什么毛病，找郎中看，也没有瞧出什么病，郎中说婴儿是个健康的娃娃。

可是孩子还是哭，爷爷急了，好几次差点把静玉送给林子里一对不

能生育的夫妻，可是每次抱到门口，看见小静玉红扑扑的脸蛋和甜甜的笑容，便又舍不得了。

好在小静玉后来不哭了，一天笑个不停，看见灿烂的阳光，看见圆圆的月亮，看见美丽山花，她都会咧开小嘴呵呵地笑个不停。静玉一笑，爷爷觉得自己也年轻了十岁，那一年他已经整六十岁了。

水静玉小时候喜欢听百灵鸟叫，为此，水老汉专门捉了一只小百灵，让它天天给孙女唱歌。

在老人的精心养育下，水静玉看着青山绿水，吃着杂粮，喝着山泉水，一天天地长大，一天天地懂事。

水老汉姓肖，静玉也就姓肖，静玉这个名字也是老人起的。

水静玉说虽然她不是老人亲生的，但她非常感谢老天爷让她有这么一个英雄的爷爷。他比亲生父母还要亲，有时候他是爷爷，有时候他也是老妈。

水静玉说她会说的第一个字是"爷"，小时候她分不清叔叔，大妈大婶，就乱叫，可她从不把别人喊爷爷，遇见年长的就叫大爷。

水静玉小时候，水老汉每天要去林子里巡查，他不放心孙女，怕她摔，怕她饿，开始把静玉绑在门墩子上，周围放几个玩具，可是每次回来，静玉总是哭红了脸。后来，爷爷就把她放在炕上，拴在窗子上，这样静玉每天可以看着窗外的风景，过路的乡亲也可以逗她开心。

水静玉扒着窗子长到五岁，水老汉就送她去了林子外的小学，静玉在学校哭闹了三天，爷爷没办法，又把她背回来。第二年，静玉六岁，水老汉又一次把孙女送进学校，这次静玉安安稳稳地上了两年学，识了不少字，还学会了算术。静玉其实是个很聪明的孩子，老师们都这么说。

静玉上三年级的时候，水老汉突然病了，而且病得很严重，连话都说不出，每天不吃不喝，请了很多郎中看都不管用。静玉每天站在爷爷床头哭，也许是她的泪感动了上天，有一天傍晚，爷爷突然说话了，说要吃饭，吃过饭还要下床，水静玉说她永远忘不了爷爷那张蜡黄的脸被晚霞映出的血红。

在静玉细心地照料下，水老汉总算是活了过来，可是静玉却再也不去学校了，为此水老汉还给了她一耳光，那是他唯一一次打孙女，打完后爷孙俩都哭了。

水静玉又去了学校，后来又到城里读初中，再后来去省城兰州上幼师学校。这些年，她和爷爷一直是聚少离多。

山里的夜格外宁静，叶斯年出神地听着这个童话般的故事，水静玉蜷缩在他怀里，反复地说："爷爷是我唯一的亲人，爷爷是我唯一的亲人……"

水静玉说她的爷爷不知道帮过多少人，他是个大好人，大善人。她好多次想接爷爷到城里住，可他就是死活也离不开林子，爷爷已经习惯了每天在林子里转悠，每天傍晚时分到奶奶的坟前说话。

叶斯年真的被这一切给弄糊涂了，但他知道这都是真的。

叶斯年说，丫头，我真的很羡慕你，有英雄的爷爷，有这么特别的家，还有一份天天和孩子们在一起的工作，我几乎有点嫉妒你了。

水静玉笑了，她摸着老伙计的头，接着给叶斯年讲她小时候的事情，叶斯年听得几乎入了迷。

水静玉是扒着窗户长大的，她有点陶醉地沉浸在往昔的回忆里。她说林子里的春天往往来得晚，走得早，最微妙的变化都逃不过她的眼睛。哪棵树抽出了新芽，哪一天飞来了第一群大雁，路旁的野花哪一朵先开，水静玉说她都记得清清楚楚。

水静玉说她最喜欢的是夏天，因为夏天是林子最有活力的季节，溪水哗哗地流，林子被各色的绿包裹得严严实实。

漫天遍野开满了美丽的山花，红的、黄的、白的、蓝的、粉的、紫的，一朵朵淡淡地点缀在森林的每个角落。她说那时候她喜欢穿着花裙子，背着爷爷编的花篮，满山遍野地采花和漂亮的蘑菇。

叶斯年说，丫头，不要说了，我真的有点妒忌了，再说我就待在这儿不走了。

很远的东方，一弯月牙儿缓缓西移，星光若隐若现地影射着安详的丛林。老伙计趴在水静玉的脚上已经睡着了，还轻轻打着鼾。

叶斯年说，丫头，给我背首儿歌吧。

水静玉把头靠在了叶斯年肩上，她让他闭上眼睛，叶斯年很听话地闭上了眼睛。

她清了清嗓子，开始背诵意大利诗人比特拉克写的《美好的瞬间》。

> 美好的年，美好的月，美好的时辰，
>
> 美好的季节，美好的瞬间，美好的时光，
>
> 在美丽的地方，在这宜人的村庄，
>
> 一和她的目光相遇，我只好束手就擒。
>
> 爱神的金箭射中了我的心房，
>
> 它深深地扎进了我的心里，
>
> 我尝到了这第一次爱情的滋味。
>
> 落进了痛苦又甜蜜的情网。
>
> 一个动听的声音从我的心房，
>
> 不停地呼唤着夫人的芳名，
>
> 又是叹息，又是眼泪，又是渴望。
>
> 我用最美好的感情把她颂扬，
>
> 只是为了她，不为任何别的人，
>
> 我写下了这样美好的诗章。

水静玉忽然说，你知道为什么读这首诗吗？叶斯年说因为我们的美好。

她让叶斯年继续闭着眼睛，又念了一首：

> 在青山绿水之间，
>
> 我想牵着你的手，
>
> 走过这座桥。
>
> 桥上是绿叶红花，
>
> 桥下是流水人家，
>
> 桥的那头是青丝，

桥的这头是白发。

叶斯年亲了一下水静玉的脸颊问，你的脑子里怎么会记得这么多的诗？

从小我的记忆力特别好，虽然达不到过目不忘，但基本上读几遍就记住了，而且不会忘记。我喜欢读诗，是因为我是个敏感而自卑的人，喜欢在诗词里面，轻易地寻找共鸣，或悲伤，或愉悦，或悔恨，痛彻心扉的诗最让我心动。我也喜欢读书，我对杨绛的两句话一直铭感于内，一句是"人烦恼过多，是因为书读得太少而想得太多"，一句是"读书类似串门儿，而且是'隐身'地串门儿"。我天生属于想得太多的那类人，所以烦恼和困惑也就比较多，于是经常鞭策自己，"多读书"，然后"多思考、多总结"。

叶斯年说，说来惭愧，我读的书太少，因为过去我一直觉得生命是无限的，自己特别年轻，我把所有的时间都用在了挥霍上，除了小时候背诵的一些古诗，我几乎想不起别的诗。我真正可以静下心来看书，是认识你之后。

水静玉静静听着。她说，我自己喜欢看书的主要原因也就在于"了解未知世界、未知人生"的那种自由，看到书里喜欢的，我可以隔着时空的距离，隔着纸面儿自己在旁边儿嘿嘿直乐；看到不喜欢、话不投机的，我随时可以一拍两散，连口角之争都不必发生。

我是第一次听人这么说读书的好处，那以后我可以喊你诗小姐吗？

诗小姐，你还不如喊我书呆子，呵呵呵……水静玉总是如此的古灵精怪。

这时水老汉披着衣服，叼着烟斗子，说，"老了，老了，说着话就睡着了。"

叶斯年和水静玉站在爷爷的旁边，老人说林子里的狼越来越少，夜深人静的晚上也听不到一声狼叫。此刻，他或许在怀念过去那些狼嚎的夜晚。

他们什么也没说，黑暗中只有那只旱烟斗一闪一闪地发出微弱的红

光，温暖着他们的心。

老人的眼睛深得像夜一样。

老人又去睡了，叶斯年依然坐在小屋前，听水静玉讲她的故事。凌晨时分，气温开始下降，尽管披着羊皮大衣，叶斯年却冷得直打哆嗦。水静玉握住叶斯年的手，做梦似的紧紧抱住他的脖子，叶斯年的脸靠近她的脸，他感到了她的温暖，她的气息，他渴望的唇落在了她的额头。

水静玉仔细地端详着他的脸，轻声说，叶斯年，遇见你真的好幸福。

叶斯年没有说话，紧紧地抱着怀里的这个小人儿，她一定也感觉到了他的幸福、他的温暖。他真的想告诉她，是她拯救了他的灵魂，改变了他的生活。

这一晚叶斯年和水静玉睡在同一张土炕上，是同床但不是共枕，老人就睡在他们中间。怕吵醒老人，他们谁都没有说话，但叶斯年听见了水静玉翻来覆去的声音。

一切纯净地就像蒸汽变成的一朵白云，这里没有污染，没有名利，只有爱。这个晚上叶斯年忘记了吃药，心居然也没有折腾他。

一切都充满了祥和。

第二天天一亮，叶斯年就醒来了，他知道水静玉应该是没怎么睡着的，他穿好衣服下了床，水静玉已经在厨房忙活了，她系着围裙揉面，说要给爷爷蒸两笼馒头，够他吃半个月。

叶斯年帮她生火加柴，也许是饿了，一闻见馒头的香味他就忍不住流口水。拿了个刚出锅的热腾腾的馒头，叶斯年和静玉贪婪地吃了起来，吃着吃着两个人都傻兮兮地笑了。

这时太阳已经出来了，还好今天是个晴天，叶斯年从包里拿出相机，在这美丽的林区，一定要多拍些照片。

水静玉做了一桌饭菜，在院子喊爷爷。

老人含糊地应声，披着褂子，笑眯眯地从老屋里走出来，斜着头看看天，伸伸懒腰，笑着说，老了，老了，太阳都照到屁股上了，嘿嘿……还是我的乖孙女勤快。

水静玉嘟着嘴假装生气，抱着爷爷的胳膊撒着娇，谁说爷爷老了，我找他去。叶斯年急忙按下了快门，这张相片静玉一定会喜欢的。

吃过饭，爷爷照常带着老伙计，去林子里巡查，叶斯年和静玉自然跟在他的后面，有种狐假虎威的感觉。

林子里的秋天异常热闹，漫山遍野的树叶像着了火一样，各种野果子都已成熟，静玉时而给叶斯年一颗酸果，时而一颗甜果。老人说，既然赶上了这个时节，就让叶斯年都尝尝，这些果子只有在秋天才能吃上。

水静玉说，我特别喜欢吃这些野果子，年年吃，怎么吃也不厌。

叶斯年说，是啊，真的很特别，我刚吃了两颗就已经上瘾了。

老伙计已经和叶斯年混熟了，它在叶斯年的身边嗅来嗅去，很热情。

周围的山坡上开满了鲜花，静玉拉着叶斯年的手跑上山，指着其中一朵粉色的野花说，这是野百合花。叶斯年有点不相信，那一朵洁白的花蕾紧裹着淡粉色花骨朵，花瓣上有几颗晶莹剔透的露珠，叶斯年俯下身，一缕芬芳沁入心脾。

叶斯年有点陶醉了，说，丫头，你就像山上的百合花一样美得让人心悸，我会永远永远地记住今天的这片花丛的。

水静玉提醒叶斯年今天有一件事情没有做，叶斯年说，今天没有送你百合花，就随手摘了一束野百合，水静玉立刻阻止。叶斯年站了起来，对着对面的山谷喊，大山做证，今天叶斯年把山上所有的野百合都送给了水静玉，希望她喜欢。

水静玉也被叶斯年感染了，她也冲着山谷喊了起来，大山请你转告

叶斯年，我好喜欢这些野百合，真的好喜欢。

老伙计也摇着尾巴冲着山谷大叫了起来，爷爷这时呵呵地大笑起来，他捋了捋胡须，自语着，真是两个傻娃娃啊，傻娃娃……

回来的路上，他们去了奶奶的坟地，水静玉悄声说，爷爷每天都来坟上看奶奶，无论刮风下雨一待就是大半天。

老人在坟前发呆，嘴里好像念叨着什么，水静玉低低地唤了一声爷爷，老人没有反应。过了半晌，老人才抬了一下眼皮应了一声："我走了以后，就把我也埋到这……你们想我了就来山上看我。"

水静玉一直很快乐地和叶斯年在一起，他们路过山神庙，庙里透出一种神秘的森严，水静玉说，我们去拜拜山神爷，他老人家可灵验了。

叶斯年其实有点累，好在山里的氧气充足，这让他的心脏非常平静。山神庙不大，就是两间房子的大小，静玉走进殿堂里，轻轻地跪到蒲团上，双手合十，默默祈祷。

叶斯年也跟着跪下，他也双手合十，他可以祈祷吗？他仰起头，望着山神爷的雕像。

每个人跪在神的面前，都是卑微的，也是平等的。

叶斯年默默祈祷，愿世界和平，愿花好月圆，愿还有明天……

他们走出山神庙的时候，拉着彼此的手，谁都没有说话，好像祈祷的美好愿望，说出来就不灵验了。

阳光穿过树叶，风穿梭在林子里，一切是那样的美好。

不知不觉又到了午饭时间，吃饭的时候，他们都很高兴，像忘记了马上要走似的。爷爷又喝了几盅酒，他满脸通红，在阳光下，叶斯年终于看清了老人瘦小的身材和那记录着岁月痕迹的枯树皮一样的脸，并且把他记在了心里。

明天水静玉要上班，老人一吃完就张罗着要送他们下山。掠过树梢的夕阳，刺痛了叶斯年的心，下山的时候他怎么也高兴不起来，老伙计也耷拉着脑袋，只有老人兴高采烈地给他们讲着山里的故事。

水静玉几乎哭了，她忍着泪水，她是对爷爷不放心，毕竟是八十岁

的老人了。

此刻，叶斯年也有点想外婆还有老妈了。

和老人告别的时候，水静玉终于忍不住哭了，她的身体不停地抽搐，哭声惊动了林子里的山雀。老人说，不要哭，我的乖孙女，过几天爷爷就去城里看你；不要为爷爷操心，爷爷的身体棒着呢；快，别这样，不然叶斯年会笑你的，是不是啊，叶斯年？

叶斯年点点头，没有让老人看到他的眼泪。

爷爷，你记着接电话，有时候给你打电话，你总是不接。

好，以后我乖乖接电话，乖孙女，快别哭了。老人说着眼圈也红了。其实，林区每天都有工作人员看护林子，顺便看爷爷，有时候，看林人会到爷爷这里吃午饭。林区还给爷爷配了电话。

叶斯年蹲下身，拍了拍老伙计的头，对它说："爷爷就拜托了，伙计。"

月光铺满了山路，目送着老人一瘸一拐离去的背影，叶斯年的心一直在下沉，他真想去追随老人，哪怕再陪他片刻。

叶斯年想，倘若今生仍有机会再见到这个英雄的爷爷，他一定要再变一次酒鬼，只为消除老人眼里些许的寂寞和孤独。真的，如果不是手术时间就在跟前，他真愿意留下来，陪陪老人，陪他听一次狼嗥。而此时的水静玉已经变成了溢满泪水的山泉。

从山上下来，他们都很累，天已经很黑了，还好，在麦积山附近他们打上了一辆出租车。在车上叶斯年眯了一会儿，汽车突然的颠簸，惊醒了叶斯年，身边的水静玉靠在他的肩上很幸福地睡着，是的，她很幸福，熟睡的脸上带着微笑。叶斯年半拥着她，不一会儿也轻轻睡着了。

回到城里，叶斯年忙给家里打电话，在山上，手机可是一点信号也没有。叶斯年想家里这会儿也差不多开锅了，出乎意料的是，老妈接上电话并没有很着急，她很平静地问了叶斯年的身体，然后说她已经给叶斯年订了回来的机票，是三天后的。

叶斯年说，我知道住院手术的事，一定会按时回家。

从麦积山回来，水静玉让叶斯年回葛亮那儿睡觉，她还要备新一周的课。叶斯年美美地睡了一觉，这是叶斯年来天水睡得最长的一觉，他甚至不知道葛亮是晚上几点回来的，早上几点走的。

这是叶斯年到天水的第八天，不知不觉间，他和水静玉一起已经度过了八天的时光，时间太快了，快得让人只觉得太阳不停地起起落落，月亮好像没有时间上班一样。叶斯年是被水静玉的电话吵醒的，她让叶斯年赶紧起床去医院，出事了。

原来，那个口腔医生早晨又去花店找静雅了，静雅告诉他，她已经结婚了，让他死心，并让口腔医生看了她和葛亮的结婚证。可是，口腔医生非说那证是假的，说静雅骗她。

说话的时候葛亮进来了，他重复了静雅的话，不过他是很不客气地说的，口腔医生说结婚算什么，你们虽然结婚了，可是他依然是自由的，他仍然可以追求静雅、爱静雅，他是不会放弃的。没想到，口腔医生还没说完，葛亮就狠狠地扇了他一耳光，更没有想到的是，口腔医生居然晕了过去，这可吓坏了静雅和葛亮，他们急忙打了 120 急救。

口腔医生被送往医院，经诊断，医生说病人严重贫血，需要马上输血。病人是 AB 型的血，目前医院没有这种血，正好葛亮是 AB 型血。叶斯年赶到医院的时候，口腔医生和葛亮并排躺着，葛亮的血正静静地流进口腔医生的身体。葛亮见叶斯年进来，开玩笑说，叶斯年，我现在才知道，世界上还有一类男人经不住人的一巴掌。叶斯年说，如果你不打这家伙也不会让自己流血啊。

口腔医生神情暗淡，他一动不动地看着天花板，不理任何人，叶斯

年想他是万万没有想到葛亮会给他输自己的血的。

叶斯年陪静雅去交各种费用，回到病房，葛亮已经输完血了，他和口腔医生都沉默着。

这时静玉提着一大包营养品进来了，她气呼呼地走到口腔医生的病床前，很霸道地说："你还是个男人吗？真没想到你这么不经打，一拳都受不了；告诉你，你的贫血不是今天打出来的，平时有那骚扰静雅的工夫，还不如去买只鸡慢慢啃；对了，我已经通知了你的单位，你们单位通知了你家里，估计你老爸马上就来；我劝你现在盯着洁白的天花板好好想想，想想你对静雅造成的伤害,还有你那像傻瓜和白痴一样的举动！"

口腔医生的眼睛转动了几下，静玉把东西放到桌子上，气呼呼地拉着静雅说了声，我们走。

他们就从医院出来了。

静雅好像还不想离开，她比画着，意思说口腔医生需要照顾。静玉说，他妈马上就来了，用不着你照顾。

走出医院，葛亮的脸色苍白，叶斯年说不如去吃点东西吧，顺便给葛亮补补。

葛亮和静雅今天都很沉默，唯一能肯定的是，他们的沉默是口腔医生带来的，但内容就不得而知了。静玉也皱着眉头，她在烦恼什么呢？

叶斯年小心地想逗大家开心，咳嗽了一下，对葛亮说，刚才水老师的表现怎么样啊？

葛亮也想改变一下气氛，他迎合着竖起了大拇指，说，不愧是水老师啊，水静玉的厉害刚才我算是领教了，那个口腔医生吓得大气不敢出啊！

静玉骄傲得像一只孔雀，她昂着头，说关键时刻还是要看我的吧！

静雅被她的样子逗笑了，这是今天叶斯年第一次看见她笑，不过她的笑看上去是那么不情愿。

吃过饭，棋子打来电话，问叶斯年身体怎么样了，他说昨天叶斯年的父亲去了"候鸟的童年"，还喝了不少酒。

叶斯年说，我挺好的，过几天就回去，回去了就去找你。

不知道父亲为什么会喝那么多的酒，难道和叶斯年的病有关吗？

叶斯年把父亲喝酒的事情告诉了静玉，她说你应该给父亲打个电话。

叶斯年说，我不知道该说什么，可能，我没有你幸福。

静玉若有所思地望着叶斯年，轻轻地抚摸了一下他的脸，然后把头靠在了他的胸前，说，叶斯年，以后你再也不会缺少爱了，我发誓。

叶斯年说，我知道，其实我从来没有缺过爱，只是我是个木头人，没有感觉到而已。

水静玉下午没去上班，其实就是去也来不及，从医院里出来已经是下午三点了。静雅陪葛亮回家休息。叶斯年和静玉手拉着手，他在想，该如何向她说后天要走的事。

水静玉说，叶斯年，你听，我们的心在一起跳动呢。

叶斯年说，是啊，我早就感觉到了。

水静玉笑了，她的笑容妩媚而动人。

她说，叶斯年，你该回去了吧？

叶斯年假装不知道，回什么地方？心里感叹着心有灵犀的奇妙。

水静玉说，回深圳啊，我觉得你应该回去了，知道你来天水几天了吗？

八天了，我已经给你订了第八束百合花，我们回去的时候拿。

他们去花店拿百合花，路上，水静玉一把拉住了叶斯年，说要和他讨论重要的问题。叶斯年严肃地作洗耳恭听状，当然此刻，他的心里正在琢磨她会提出怎样刁钻古怪的问题，以及他如何应对。

为什么你送我百合花？

因为你曾经告诉我，你最喜欢百合花！

那你为什么每天都送我百合花？

因为每天的百合花都有不同的心愿。

那你说它们都有什么心愿呢！

第一枝百合代表我们第一次见面，它是思念的百合，在见丫头你之

前我一直渴望着有一天能亲手送给你一束百合花。

那第二枝呢？

第二枝百合花代表我们两情相悦，它们是惊喜的百合，它们很高兴我们的两颗心在同一个时空下一起跳动。

第三枝百合花是不是快乐的百合花？水静玉似乎也非常想解释一下后面的几枝。

叶斯年连忙点头，心想还是让静玉来注解他们的爱吧。

第三枝百合花肯定是快乐的，因为我发现第三天的那三枝花开得最快，一定是它们的笑声感染的。第四枝百合花是感动的百合，它一定被我们的幸福感动了，所以才那么香的。第五枝百合花是美好的象征，它们的每一瓣都是天使的化身，它在告诉我们爱一个人是多么甜蜜。

第六枝百合是……水静玉拍着脑门。

叶斯年连忙接口说，第六枝百合是微笑的百合，它的花瓣上所有的露珠都充满着阳光的气息，充满着希望。第七天的百合花它们长在森林里的山坡上，我想它们会生生世世地将它们的缘分盛开下去，直到海枯石烂。

当静玉捧着第八束百合走出花店的时候，叶斯年一直在想它们又代表着什么呢？是别离还是开始，是恒星还是流星？

静玉看着香味扑鼻的鲜花，她感叹着，我好希望这些花都永远不败、永远鲜艳、永远美丽，知道吗？现在有几束花的花瓣都落了，我真的不希望它们这么快就凋谢。

水静玉的神经是敏感的，在她面前，叶斯年必须迟钝而且含糊，不然她的眼睛那么透亮，怎么可能感觉不到叶斯年脆弱的离愁呢。

这时几个长发青年，他们打着嘘声呼啸而过，他们手里拿着酒瓶子边走边喝，夜晚的空气里充满了他们的尖叫和怪笑。无疑这是一帮酒鬼。

静玉有点紧张地拉紧了叶斯年的手，叶斯年的心突然疼痛了起来，过去他也是这样的酒鬼，和他们不同的是，他喝完酒会把酒瓶摔得粉碎，给街道和清洁工留作纪念。水静玉小声说，好可怕；叶斯年说，丫头别怕，我过去也和他们一样，如果你过去见到我，一定也会怕的。

静玉奇怪地打量着叶斯年，她在用眼睛丈量他的真实。

叶斯年笑了，说，丫头，你相信吗？过去我和这些人没有什么两样，也是个酒鬼；我的头发也像杂草一样，而且我几乎天天去酒吧喝酒，我从没有认真地做过一件有意义的事情。因为老妈盯得紧，才没有染上毒瘾或者犯罪。现在说那段过去的日子，我都觉得像做梦，何况你？

静玉笑了，说我相信你说的所有话，我也相信你现在已经变好了。

从静玉的眼神里，叶斯年还是感觉到她不相信，因为她认识叶斯年的时候，叶斯年已经滴酒不沾，也许这是个叶斯年永远也无法解释的话题。在天水，叶斯年只是闻了闻酒香，水静玉是不会相信自己曾经是酒鬼的，任何行为都是需要证明的，而叶斯年却无法证明。

这是个遗憾，静玉只记住了叶斯年的好。能把这样的姿态，留给心爱的姑娘，叶斯年也是很乐意的。

但一想到几天后，当静玉知道真相以后，这一切带给她的痛苦和伤害也同样是无法预料的。

她对叶斯年的印象是深入骨髓的，她将如何面对事情的真相？真的不能想，三天后，叶斯年悄悄离开天水，水静玉会怎么样？

再三考虑，叶斯年决定选择不告而别，那样他和水静玉就永远没有送别的场面，没有说再见或者拜拜的机会，没有分别也就没有分离，他们是永远不分手的。

回家的路上，静玉缠着叶斯年给他讲个故事，叶斯年说，我想起了在我生病的时候，看过一个故事。

生病？你什么时候生病的，我怎么不知道？这丫头果真是个敏感的精灵。

叶斯年说，就是感冒的那几天。

叶斯年接着讲故事，一个德国人，来到柏林的一家酒吧，他和往常一样只要了三杯酒，他有两个朋友，一个在美国，一个在新西兰。

他们是在酒馆里相遇，并成了好朋友的，离开时他们互相约定，无

论身处天涯海角，只要喝酒的时候，他们都要和朋友干杯，于是他们分开了。德国人照常来这个酒吧喝酒，每次他都要三杯酒，然后给朋友们说一些祝福的话。开始酒吧的老板不知道他为什么只喝三杯酒，德国人说第一杯酒是我的新西兰朋友的，第二杯酒是我美国朋友的，第三杯才是他自己的，酒吧里的人都知道关于他和他朋友们的故事。有一天，德国人又来到酒吧，却要了两杯酒，酒吧里所有的人都很悲伤地安慰他，大家以为他的一个朋友已经离去。

德国人微笑着给大家解释说，医生说我现在不能喝酒了，这两杯酒是我为两位朋友喝的。

讲完故事，已经到了静玉的住处，她似乎还沉浸在故事里，反复感叹着，那才是真正的友谊啊！

直到叶斯年催促她开门，她才回过神来，房间里几乎成了百合花的乐园，除了床上和沙发上，所有的角落都能看到百合的花瓣。静玉关上门，就扑进了叶斯年的怀里，紧紧地抱着他。

她问，叶斯年，以后你见到百合花会想到我吗？你会像那个德国人思念他的朋友一样思念我吗？

叶斯年说，傻瓜不要这么多愁善感了，以后见到百合花，我不但会想你，而且还一定会买一束，然后闻着花香，睡意蒙眬，在梦里和你相遇。

叶斯年……

哦……

我不想离开你，我想永远和你在一起，我真的不想离开你，真的……

谁说我要走了，我不想走了，真的静玉，我不想走……

我们什么时候才能永远在一起呢？

等我们下次见面的时候，那时候我们就在同一座城市找工作，然后永远在一起。叶斯年平静地回答，却抑制不住内心的痛苦，他的眼睛有点湿润。

此刻，叶斯年多么想对她说出憋在心里的那个字，那个让他牵肠挂

肚的字。可是不能说，他要给自己留下一些遗憾。也许为了说那个字，叶斯年会再次见到她。

水静玉在叶斯年的怀里一动不动，保持着刚才的姿态，叶斯年知道她肯定又哭了，今天的百合花似乎也哭过，有几朵也耷拉着脑袋若有所思地看着他们。

百合花开了也快谢了，叶斯年也到了离开的时候，是的，真的该走了！

在天水的第九天早晨，下起了小雨，葛亮很早起床帮静雅去进花，临出门，他留给叶斯年一把伞。

叶斯年本来要去找水静玉，可是葛亮说她一会儿就过来。

雨声不依不饶地传进屋里，空气湿湿的。

穿好衣服，看着窗外淅淅沥沥的小雨，叶斯年想到了昨天棋子说父亲喝酒的事，就给他打了个电话。

父亲接上电话，他的语气和过去一样平静舒缓，问叶斯年最近按时吃药了没有，让把情况如实告诉他，并且说这很重要。

叶斯年说，爸，你就放心吧，两天后我就能见到你了，到时候见了我，你就知道我的气色和精神都很不错。

父亲说，斯年，爸爸已经办了回国手续，以后再也不会离开你们了。

叶斯年说，爸，这么多年，在国外你难道没有什么牵挂吗？

父亲说，这个家和你就是我的牵挂，我这次回来就再也不走了，我要把欠你们的都补回来，当初我真不该出国。

叶斯年说，爸，你是不是前天去喝酒了？

电话那头的父亲没有说是，也没有说不是，他沉默了，正是这种沉默让叶斯年感受到了父亲巨大的忧伤和悔恨。

叶斯年说，爸，答应我，不要再去喝酒，告诉我你想要点什么，一会儿出去给你和老妈还有外婆买点东西。

儿子，只要你好，爸爸什么也不要，爸爸只要你健康。

爸……叶斯年喊了一声。

电话那头的父亲突然之间失声痛哭，叶斯年不知道如何安慰他，因为他不知道父亲哭的原因，可是隐约之间，他还是感觉到了哭声里的绝望。叶斯年知道，父亲是为他的病哭的。

听见敲门声，叶斯年挂了电话。

静玉急急忙忙进来，放下买的早点，叮咛叶斯年趁热吃了。

她说，天下雨了，今天你就别送我了，这会儿上班都有点晚了，我得赶紧走，你在家乖乖地，听话啊……

叶斯年答应了。

水静玉匆匆出门后，叶斯年也快速地吃完早点，吃了药，就出了门。

水静玉刚走，叶斯年拦了一辆出租车，顺着幼儿园的方向，几分钟之后，远远地看到了水静玉的背影，她打着一把小黄伞，正打算过马路。叶斯年急忙下车追上她，她见叶斯年没打伞，急忙跑了过来。

不是说好了不用来了吗？她有点撒娇，叶斯年微笑地看着孩子一样的静玉，静玉傻笑着。坐在车上，叶斯年拉着水静玉的手，没说两句话就已经到了幼儿园门口。水静玉和叶斯年站在同一把伞下面，她皱了一下鼻子，说，好喜欢今天的雨，我特别喜欢雨天，过去只要一下雨，我就会暗自祈祷，希望有一天能和你一起在雨中散步，感谢上天满足了我的愿望。水静玉闭着眼睛双手合十。

她的样子真是可爱极了，叶斯年迅速地吻了一下她的眼睛。她没有生气，瞪大眼睛，小声说，又占人家便宜。

这时，叶斯年听见了"水老师早上好"！

静玉把伞递给了叶斯年，她牵着小男孩的手跑进了教室。叶斯年微笑着，在雨中站了很久。

在雨中，叶斯年在思考着该送她什么礼物，身上的钱几乎没有花的机会，每次吃饭水静玉都是抢着付账。

叶斯年很想把自己留给水静玉，可是他没那本事。所以他只能给她多留一些礼物，以后，如果她特别想他的时候，可以拿出来看看。

她喜欢音乐，想来想去决定送她一台电子琴，她曾经说过，她要攒钱买台电子琴。她琴弹得很不错，平时只有在幼儿园上课时才有机会弹。

水静玉的工资每月就七八百元，想买好一点的电子琴需要攒一年钱呢，何况她那么有善心，处处帮人，一年也存不下钱。

走在天水的大街小巷，和当地人擦肩而过，叶斯年觉得自己和这个小城的人几乎没有什么不同。叶斯年熟悉这里的小吃街、商场、那条伏羲古道，还知道很多有花店的地方……

叶斯年想，自己很熟悉这个小城了。

甚至叶斯年还能听懂几句方言，有时候叶斯年会叫水静玉"米子"，"米子"（就是女孩的意思）。水静玉每次听到他别扭地叫"米子"，她会一边纠正，一边捧腹大笑，看着她笑，叶斯年就特别有成就感。

走进百货商场，直奔乐器专柜，叶斯年想在水静玉下班前买到这个礼物，然后看着她兴奋地尖叫，然后他会把她抱起来转圈圈。

想到那情景，叶斯年有点陶醉。

叶斯年没有挑，而是拿了商场里最贵的一台电子琴。外面还是在下雨，他把琴抱回家，可能在路上激动的缘故，他的心脏有点隐隐作痛，到了住处，急忙吃了药，喝了点水，休息了几分钟，已经到了水静玉下班的时间。

叶斯年不敢再累自己，更不想有任何意外发生，就打车去接水静玉。

水静玉一看到叶斯年打的接她，脸上有点失望，她可能是希望叶斯年站在雨里，打着伞等她。

好在她看了一条短信后就拉叶斯年上了车，上车后她才告诉叶斯年，静雅发来短信，让他们过去。

　　静雅提了一大包东西，捧着一束康乃馨，正站在花店门口等他们，看样子有急事，花店也关了。他们刚下车，静雅又把他们推上车，这辆车就一直开到了医院。

　　静雅是叫他们陪她去看口腔医生，水静玉有点抱怨说，好不容易甩了这个包袱，怎么又去看啊？

　　静雅没有说话，她原本不能说话，也没有比画什么，神情庄重，她不想解释。今天她没有笑，眼睛一眨不眨地注视着窗外的雨。叶斯年拉着静玉的手，他想只要她和我在一起，不管去哪里陪谁去，都无所谓。

　　到病房门口，静雅拦住了他们，她让他们在外面等，水静玉不放心坚决要陪她。静雅生气了，她生气因为是无声的，只有水静玉看出那是生气，在叶斯年眼里静雅只是瞪大了眼睛。

　　静雅进了病房，叶斯年和水静玉并没有离开，轻轻地推了一下病房门，留了一条缝隙，像偷窥的小偷一样，看病房里的两个人。口腔医生正和静雅用哑语交谈着，水静玉说，静雅在问他，感觉怎么样。

　　静雅说了几句，拿出个苹果削了起来。水静玉小声问叶斯年，为什么静雅今天要来看口腔医生，而且还是背着葛亮来的？

　　叶斯年说，可能是来了个心愿。

　　心愿？

　　叶斯年点点头，是的，静雅肯定觉得她欠口腔医生的情。

　　水静玉肯定不能理解静雅此刻的心情，而叶斯年却能体会。

　　外面的雨不知什么时候停的，太阳出来了，雨后的阳光温暖而柔和，静雅和口腔医生无声地交谈着，静雅好像笑了，是的，她笑了，口腔医生也笑了。

　　水静玉说她从未见过静雅对口腔医生笑过，叶斯年说静雅一直像死水一样寂寞和孤独，她的心灵其实很丰富很绚丽，只是他们没有发现而已。

　　口腔医生眼睛里那纯净的爱恋，静雅眼睛里那快乐的笑容，都在传达着一个信息，可是他们谁也没有说出来。

叶斯年现在开始怀疑静雅和葛亮的感情，难道许多事情都是虚伪的吗？难道静雅爱的人不是葛亮而是这个傻傻的口腔医生？叶斯年在反复问自己，一转头，才看见水静玉双眼空洞地望着他，那茫然的眼神有点陌生，可以断定，她此刻也正在思考这个问题，她也在怀疑。

她没有说话，拉着叶斯年去了医院的花园，从她脚步声里，叶斯年听出了细微的忧郁和伤感。叶斯年轻抚了一下她短短的黑发，雨后的阳光映在她的脸上，纯净得像原始森林里没有污染过的小泉。

静玉，叶斯年喊了一声。

什么？

没什么，就是想听听你的声音，知道吗？没见到你的时候，我总是闭着眼睛享受你百灵鸟一样的声音，在脑子里想着你的样子。

水静玉终于笑了，她的笑声让叶斯年感到甜蜜。

叶斯年，你真的很滑稽，一想到你想象我的样子我就想笑，你肯定一会儿把我的脸想成圆的，一会又变成方的，呵呵，真逗！水静玉说着居然大笑了起来。

水静玉笑起来真的很美丽，不过现在就算她穿上乞丐装，叶斯年也会被她的一举手一投足晃晕的。谁让他恋爱了？谁让她那么可爱呢？

丫头，我想亲亲你！叶斯年想逗逗她，没想到她的脸颊变得绯红，显得非常妩媚动人。

她的头靠在了叶斯年的身上，手里把玩着一片红色的叶子，叶斯年闭上眼睛，说，丫头，给我讲个故事或朗诵一首诗吧，我想把你的声音渗透到我的每一个细胞和每一滴血液中。

午后的阳光毛茸茸的有点痒，叶斯年把水静玉的手放在他的心所在的地方，即刻，他脑海里浮现出了一片生机盎然的花园。

静玉的声音在叶斯年的耳边缠绕。

### 我刚刚笑着同你道别

我刚刚欢笑着和你说了再见

可我转身就忙着拭去悄悄淌落的泪珠

当你刚刚迈步离我远去

我就慌忙计算起你的归期

尽管这别离仅仅两天

却使我如此心烦意乱、坐立不安

像忘记了什么，像丢失了什么

又像缺少了什么

在喧闹的人群里仿佛置身荒漠

宛如月亮抛弃了群星把自己藏匿

这两个昼夜的每一瞬间都如此令人厌恼

就连时间也疲惫不堪地走着

原本美妙的歌曲竟也如此令人烦躁

宛若鲜花凋谢只剩下带刺的枝条

静玉这是在告诉他她的不舍，她也许感觉到了他要离开。

叶斯年的心有点沉重，他睁开眼睛，看着身边的水静玉，她也同样看着他，如此静静地相望，叶斯年记住了她的微笑，记住了空气里十秒钟以前飞翔过的、从她的香唇里发出的音符。

生活就是这样，也许他们不断从挫折里挺过来，坚强地活着就是为了等待某个瞬间，一个美好的瞬间。叶斯年紧紧握住静玉冰冷的手，把她轻轻地放进自己的口袋里，他会记住此刻的温存。静玉依偎着他，叶斯年眼睛里闪烁着明亮的泪光，他真希望这一刻成为永恒。

一阵风吹过，树上的雨滴飘落下来，它们在空中滑落的姿势优美极了。

之后他们又回到了病房，此时病房的门大开着，原来是到了打针的时间，静雅站在护士旁边，她用自己的微笑面对着所有人。

看到他们，静雅跑过来，她比画着，水静玉翻译着，静雅说我们该走了，她好像变得很轻松，刚才的不自然已经烟消云散。

叶斯年说，我想和口腔医生说几句话，这时静玉和静雅出去了，她们以为叶斯年只是说声再见。

叶斯年看着这个苍白的男人，他躺在病床上虚弱得像刚刚创造了生命的产妇。不过产妇的眼神和口腔医生是迥然不同的，产妇眼中是自豪和希望，而口腔医生的眼里是空洞的绝望和无法捉摸的痛楚。

她走了，知道今天她为什么来吗？她是来告诉我，让我不要心存幻想；她已经是结了婚的人，她说她配不上我，她无法改变自己是残疾人的现实，她说让我就当她死了……

口腔医生喃喃着，叶斯年能体会此刻他流血的心是怎样地疼痛。

叶斯年拍了拍他的肩，希望能给他一些力量。

知道吗？我真的不在乎她不能说话，为了和她接近我天天学哑语，可是这么久，她从未给我笑过，只有今天她才笑了！口腔医生最后还是哭了。

叶斯年说，难道你不知道她已经有葛亮了吗？难道你不知道他们已经认识很久了吗？

我知道，我知道，可是我就是爱她，我管不住自己，除非每天去花店找她，否则我就不能正常工作。而且静雅爱的不是葛亮，她爱的是我，我能感觉到。她是为了报恩，才嫁给葛亮的，我对她说我可以补偿葛亮的，可是她说我们是两个世界的人。

口腔医生已经泪流满面。

叶斯年说，静雅说得不错，你们的确是两个世界的人，这么多年，她和葛亮已经融入了同一种生活。葛亮对静雅也非常好，他用实实在在的生活爱着她！

口腔医生说，我并不后悔爱上静雅，我只恨自己怎么不是个哑巴？那样她就不嫌弃我了。这个世界太不公平了！

谁说这个世界公平？有些人生命垂危不得不死去，连看一眼他爱的人的机会都没有！叶斯年有点激动。

叶斯年最后祝福了口腔医生，并紧紧地握了一下他的手，叶斯年想，很多年之后，当他回忆起现在的这段爱情，相信他的嘴角边一定会带着微笑。

　　叶斯年很佩服静雅的平静，也许所有痛苦和矛盾只有她自己知道。人这一辈子真是很辛苦，不但要为温饱奔波，还要隐瞒真实的自己，有些人是为爱，有些人是欺骗或者掩盖。

　　送静雅回花店，水静玉一路谈笑风生，她还在为静雅高兴，以为终于摆脱了口腔医生。叶斯年想，这个秘密还是不要告诉这个纯真的傻丫头了，不然她会失去现在的快乐。

　　静雅开了花店的门，她今天主动为叶斯年包好了九枝百合，她也计算着日子呢。当叶斯年双手递给水静玉鲜花时，他在想明天是最后一次送花的机会。水静玉很贪婪地闻了闻花香，揪下其中几个花瓣，撒了花瓣，花瓣在空中飞舞着，水静玉旋转的姿势真是动人极了。

　　她喊着，叶斯年，我好幸福，我幸福得快要晕了；你真的送了我这么多百合花吗？叶斯年，我真的好幸福好快乐！

　　叶斯年拉着她的右手，任凭这个傻姑娘喊叫。

　　水静玉看到桌子上的电子琴，她没有叶斯年想象中的激动，非要给他钱；叶斯年一听就生气了，没想到他的心脏会那么脆弱，居然当着水静玉的面绞痛起来。叶斯年知道自己不能晕倒，忙倒在沙发上，低喊了一句，丫头，给我一杯水！

　　水静玉被他的样子吓坏了，她急忙跑到静雅的房间去倒开水，叶斯年艰难而迅速地将药放到嘴里，睁着眼睛努力让自己平静下来，水静玉见叶斯年脸色蜡黄，硬要拉他去医院。

　　叶斯年低声说，丫头，我现在不能动，休息一下就好了，你别担心，没什么事情。

　　你真的没事吗？你的脸色很吓人啊，不会是食物中毒吧？

　　没有，我只是胃有点疼，可能是着凉了。

　　水静玉一听着凉，连忙把毯子盖在叶斯年身上，她紧紧地握着叶斯年的手，她是真的吓坏了。叶斯年闭着眼睛说，丫头，知道吗？我来世上一遭，可能就是为了和你相聚这一次。

　　水静玉温柔地抚摸着叶斯年的脸，说，别说傻话，能见到你、能和

你手拉手走在黄昏里、走在月光下，即使让我立刻死去，我也会很幸福的。

叶斯年说，别说傻话，小傻瓜！

水静玉说，可是，这几天，我真的幸福得快要变成傻瓜了啊！

叶斯年说，丫头，今生能和你相遇，我已经心满意足了，真的。

叶斯年仍然不想睁开眼睛，心脏慢慢地又恢复了平静，水静玉最终还是收下了礼物，她给叶斯年弹奏了一曲《甜蜜蜜》。之后，取下挂在脖子上的金色护身符，说是她爷爷在她三岁的时候到庙里给她求的，她已经戴了十几年。说着，把护身符随手戴在了叶斯年的脖子上。

水静玉的脸挨着叶斯年的脸，叶斯年轻轻地吻着她，那是缠绵忧伤的吻。

水静玉望着叶斯年，突然说，我想给你念一首古诗。

什么？

是我最喜欢的一首诗：

　　昨夜星辰昨夜风，　画楼西畔桂堂东。

　　身无彩凤双飞翼，　心有灵犀一点通。

　　隔座送钩春酒暖，　分曹射覆蜡灯红。

　　嗟余听鼓应官去，　走马兰台类转蓬。

水静玉背完后，半天没有说话。

不知道为什么，我突然有点悲伤？这是李商隐追忆与意中人席间相遇、回忆美好的欢聚时光的诗，你说你离开之后，我会不会也每天一遍遍地陷入这样的回忆？她问。

叶斯年握住了她的手，半开玩笑地说，傻丫头，你就知道胡思乱想，在这星辰之间，没有什么可以将我们分开。假如我不曾遇见你，我或许永远都学不会珍惜，永远张扬，永远不羁，像脱缰的野马一样飞驰。

说着，叶斯年捏了捏水静玉的鼻子，水静玉才笑了。

你在朗诵诗吗？

嗯，那是我前段看书看到的句子，忽然想起来了。叶斯年后悔自己

看的爱情诗太少。

这天晚上，水静玉想让叶斯年留下来陪她。

叶斯年答应她不走了，晚上就陪着她。

水静玉在叶斯年的怀里沉沉睡去。这几天，她既要陪叶斯年，又要上班，的确是累坏了。

看着她像小女孩一样躺在自己的怀里，熟睡的脸上充满了幸福和满足，叶斯年心无邪念，他好想永远抱着这个女孩，直到世界的尽头。

叶斯年又流泪了。

熄了灯，窗外月明星稀，月光透过窗棂照在满屋子的百合的花瓣上，多么美好的夜晚！多么善良美丽的姑娘！

后天，叶斯年将离开这里，离开赐给过他爱情的姑娘，离开幸福的一切。是的，他不得不离开，心脏这两天总会不舒服，他有点害怕了。

不能再发病，这是医生的忠告，所以他必须尽快离开。

在手术前，他要陪陪父母外婆，还要见见他的朋友，让他们也分享一下他的幸福。

月光沁人心脾，百合花的芳香包围着他们，她还在睡，不知道她有没有做梦，总之他已无憾。

叶斯年低喊着：上天，保佑我怀里的姑娘吧，今生如果我不能给她幸福，请来世再给我机会。

静雅回来后，给叶斯年泡了一杯茶，并在纸上写道：谢谢你，叶斯年！

叶斯年说，静雅，也许你的选择是对的，可你太委屈自己了。

静雅听了，她苦笑着，写道：这是上天的意思，他和我相遇后又错过，我想这一切的爱和恨都是值得的。

叶斯年说，静雅你会幸福的，虽然你没有得到爱情，但是我相信你一定会幸福！

静雅又迅速地在纸上写道，假如上天能赐予我说三句话的机会：

第一句我想对这个世界，对所有关心我的人说一声谢谢！

第二句我要对葛亮说，我愿意一生和你相伴相守。

第三句我要对他说，希望他过得比我幸福！

叶斯年知道这个他指的是口腔医生。静雅写完，把纸撕得粉碎，扔到了垃圾篓里。

这时，葛亮来接叶斯年了，他问水静玉怎么这么早就睡了，叶斯年说她是个懒猫，你应该比我更清楚。

他们都笑了。

葛亮现在忙着设计他和静雅的新房，他那沉稳的眼神告诉叶斯年，他是爱静雅的。叶斯年想，世间的美丽总是有缺憾的。

第十天，叶斯年一直和水静玉在一起，陪她上班、下班，水静玉一到家不是给叶斯年讲一些幼儿园里特有的趣事，就是缠着让叶斯年抱着她听她念诗。直到晚上月亮升起的时候，他们才手拉手，去静雅那里拿叶斯年预订的十枝百合花。

这是叶斯年和水静玉在一起的最后一夜，叶斯年已经意识到其实他伤害了水静玉，尽管她幸福地没有意识到他要离开，甚至想不到他会伤害她。

叶斯年走进了水静玉平静的生活后，又不留痕迹地离开，她还能拥有过去的平静和快乐吗？叶斯年反问着自己。

晚上，叶斯年躺在床上翻来覆去无法入睡，决定明天走了，他怕坚持不到后天。

真的该走了，叶斯年怕看到水静玉哭泣不舍的眼神，那是他的心无法承受的。

葛亮已经睡了，他的鼾声此起彼伏，最近他太累了。叶斯年打开台灯，从包里拿出纸和笔，突然间觉得自己很陌生，拿笔的那只手苍老笨拙，就像年华已逝的老者。

叶斯年很清楚地看见自己的手在不停地颤抖。

叶斯年拿着笔，看着那张干净得像水静玉眼睛一样的白纸，还没有写上一个字,他闭上眼睛都能想象水静玉看到这封信后失去理智的表情。

叶斯年不知道自己怎么了，这张纸上即将填补的是他生命的终结和爱情的破灭。

葛亮的鼾声悠长而和谐地回荡在宁静的夜晚，来天水这么久，第一次叶斯年感觉到天水的夜晚如此地安详和轻柔。

闭上眼睛，睁开眼睛，眼前全是和水静玉在一起的点点滴滴，她黑亮的大眼睛扑闪扑闪地充满了灵气。

叶斯年走到阳台上，路灯模糊冰冷，凄凉的秋风吹醒了他。

叶斯年知道，自己必须得给水静玉一些不辞而别的解释。

亲爱的丫头，我的爱：

请原谅我的不辞而别,这封信要告诉你的,是你无法接受的事实,真不知道该怎么对你说。可是我必须要告诉你真相,只有这样你才会理解我，理解我的不辞而别，希望这一切的一切来生再偿还给你。

其实真的很想再陪你两天，可是又怕自己坚持不到两天，就倒在你怀里，那样你会被吓着的。能见到你我已经很高兴了，能和你相处这么多天，我想今生没有遗憾了。

丫头，在我说出事情的真相之前请你答应我，你一定不许哭不许伤心，也请你相信，我对你的感情是纯真的，是美好的。

认识你之前，从来没有人照亮过我的生命，我也没有照亮过别人的生命。我是个混混，是个十足的酒鬼、社会的败类。现在的良民的样子，应该感谢我的心脏。我的心脏也许是对我过去生活的惩

罚，有一天它突然不老实地跳了，医生说我得了心脏病，而且必须要做手术，如果不做手术随时都有生命危险。

为了活着，我重新做人，从此不喝酒不打架，甚至见到你也不敢激动，我想你现在应该明白我为什么拉着你跑了几步就停下来的原因了。

在生病的日子我遇见了你，开始我真的犹豫过，我曾经不止一次地问过自己，一个随时死去的人，还有爱的权利吗？这个问题一直纠缠着我，我不知道爱上你是不是个错误，不知道当有一天你知道真相后会不会说我欺骗你的感情，会不会恨我？是的，我都不知道，甚至我无法想象明天你看到这封信的时候的眼神。

可是在手术前，我强烈地想见你一面，哪怕看你一眼，也想让你真实地看看我，我们两个既然相遇，无论如何也该见一面。

于是我来了，真实地看到了你，拉着你的手在黄昏里散步，和你去森林里看望爷爷，和你一起吃天水的小吃……

所有的回忆都已藏在了心里，它们会陪伴着我，接受命运的安排。

这两天我的心脏疼痛加剧，医生说如果手术前再晕倒一次，可能连手术的机会也没有了。所以，我必须回去，父母为了我的病多方奔走才联系好了专家。无论手术的结果怎样，我想都应该试一试，很多次我想当面告诉你这一切，可是每次看见你那快乐的充满阳光和欢乐的眼睛，我就是张不开口，我怎么舍得让你难过？

丫头，如果手术成功，我一定会来找你，我不是曾经说过吗？当我们重逢的那一天，就再也不分开了。这么多天我心里时刻想对你说的那个字，今天我想说出来，真怕万一没有机会，那我在天堂也不能原谅自己。

丫头，我爱你，从第一次和你聊天开始，我就爱上你了；是你拯救了我的心，我的灵魂，是你让我感受到了生活中的爱，也是你能让我勇敢地面对死亡……

回深圳后，我就不会给你任何消息了，我会住院；如果手术成

功，我会马上给你打电话，我会大声地告诉你，我爱你，我还要来天水接你做我的新娘。

可是你是知道的，手术也有可能失败，任何手术的风险都非常大，我已经做好了各种思想准备。如果失败，我也会让我的朋友通知你。

离开天水，不知道未来的命运会怎样，我没有资格要求你等我，我只能等待命运的安排。而你是自由的，你那么纯洁，我不希望你为此伤心难过。我只希望你和过去一样快乐。

和你度过的每一天都是美好的，而我给你的结果却是如此凄惨。你怪我也好，骂我也罢，我都接受。

今天我也为你订了百合花，这十一枝百合的心愿是，希望丫头你永远快乐幸福，希望百合花的芳香永远永远地环绕着你。

别了，我的姑娘，不要悲伤不要流泪，上天在我快要失去生命的日子把你赐予了我，让我享受了爱情，我感谢上天，感谢所有美好的一切。

请相信这十一天不是梦，它是真实地发生过的！

但愿有一天，我能再次捧着百合花站在你面前，那时候我一定要拉着你在黄昏里尽情奔跑，直到月亮升起。

别忘了我们的那些花儿，那些为我们曾经盛开过的花儿。

永远爱你的叶斯年

写完这封信，叶斯年才感觉到自己的心脏疼痛加剧，直到眼泪出来；他才想到必须要吃药了，疼痛的心，让他分不清，这泪到底是因离别的感伤，还是心脏的绞痛已经到了极限。

泪水滴在了那张曾经纯洁的白纸上，叶斯年曾经以为写完这封信，自己就能坦然面对死亡，应该什么也不怕，不怕手术，不怕离别。可是现在，他的求生欲望非常强烈，幻想他的病只是上天的玩笑，信已经写了，他还想活下去，只能寄希望于手术了。

叶斯年知道自己摆脱了过去混混的生活，也享受了这短暂的幸福，这一切是值得的。

叶斯年没有让自己心如刀绞，他平躺在床上，睁着眼睛，想明天该做的一些事情。

凌晨时分他睡着了。

第二天，葛亮起床，叶斯年也跟着起床，住了十一天，他该向他道谢。

葛亮说，叶斯年，你的脸色不好，是不是生病了。

叶斯年笑了，说可能是睡得太晚了。

葛亮说，再过半个月就要装修新房了，装好房子，我们就办婚事，你就安心住着，等着参加我们的婚礼。

叶斯年说，可能过两天我就回去了，家里有些事。

葛亮问叶斯年，是不是单位的假到期了？

叶斯年没有应答。

叶斯年说，这些日子我给你和静雅添麻烦了。

这时水静玉和静雅来了，当然她们是来送早餐的，谈笑风生间吃完早餐，叶斯年送水静玉去上班。

走在街上，叶斯年若无其事地拉着她的小手，也许是昨天晚上的拥抱，她看起来还在害羞，步子越来越急，催促着要迟到了，叶斯年的心变得脆弱而敏感。

看了她一眼，叶斯年想他的目光里一定带着可怜而绝望的微笑。

水静玉的脸上膨胀着无法掩饰的幸福。

叶斯年说，丫头，有什么愿望尽管告诉我。

我说了，你会帮我实现吗？水静玉仰头问。

当然！

哦，可是你明明知道我的愿望啊！

我怎么能知道水老师的愿望呢？

我想和你天天在一起，可以吗？

迎着那渴望的目光，叶斯年差点落下泪来，他迅速地往前走了两步。

叶斯年，你不愿意吗？

看了一眼水静玉，叶斯年微笑着：我的灵魂永远陪伴着你，我想我们总有一天会永远在一起的。

水静玉一只手搭在叶斯年的肩上，满脸微笑，叶斯年，我要你发誓！

叶斯年说：难道你不知道誓言都是假的吗？

水静玉说：可是我相信你说的是真的！

叶斯年的容颜是欢乐的，可是眼前已经模糊，举起了右手。他们面对面站着，眼里都噙着泪水。

叶斯年说，我发誓，无论上天给我多长生命，我的心会永远永远和静玉的心相爱。

水静玉看叶斯年夸张得有点严肃，她大笑了起来，叶斯年也忍不住大笑了起来，笑声持续不断地延续在这个美好的清晨，而叶斯年的心却在无声地哭泣。这是一个永远也无法忘记的清晨。

他们一直待到上课铃声响起，水静玉几次想进去，是叶斯年拉住了她，但是，分别的时刻还是来临了！

叶斯年将水静玉紧紧地抱在胸前，他的双臂勒得她喘不过气来，叶斯年听见，她的心像鼓点一样敲打着他的心。水静玉肯定感觉到了他的心，她推开叶斯年，红着脸说："人家得进去了，不然要迟到了……"

叶斯年的脑子里突然一片混乱，头有点眩晕，拉着水静玉的手闭上眼睛，然后又睁开。

叶斯年在她的额头吻了一下。

她似乎感觉到了什么气息，亲了叶斯年的脸颊，然后说了一句：一棵树，你今天很奇怪啊！

说完，她迅速地跑进了教室。

叶斯年目送着她，直到听到小朋友们喊"老师好"！

他才想起，她今天穿的是他第一天见她时穿的那套粉红色的裙子。

为了节省时间，叶斯年坐车去葛亮那里收拾东西，行李只是个双肩包。出门时，他把钥匙放在了桌子上，心想不知道还有没有机会再见到葛亮。之后去静雅那里。

静雅正在做精美的花篮，看见叶斯年，她把他要的百合花递过来，刚好十一支。

叶斯年说，静雅，你怎么记得这么清楚？

静雅笑着写道，每天早晨，水静玉都会缠着让我猜，你会不会送百合花给她！

叶斯年笑了，静雅也笑了。

叶斯年想对静雅说点什么，可是怕她有所怀疑，惊动水静玉。花店里弥漫着浓郁的芳香，叶斯年捧着那十一支百合花，郑重地向静雅说了再见。

叶斯年把花放到了水静玉房间的门口，当然花里还夹着那封信，他最后看了一眼水静玉的房间。

这时，天突然刮起了大风，天水四季分明，虽是仲秋时节，树上变黄的叶子和没有完全变黄的叶子，经风一吹，一片片落下来，在空中回旋几圈，便都跌落在地上。

叶斯年双手下意识展开，却没有抓到一片落叶，手里空空的。一瞬间，落叶铺满了整条大街，叶斯年站在水静玉房间的楼下，看着落叶在他眼前飞来飞去。最后一次看熟悉的窗户，叶斯年幻想着水静玉站在阳台上喊他的名字，渴望再一次听到她爽朗的笑声。可是，一切都被风吹走了，包括他的爱情。

站了片刻，又一阵大风过后，叶斯年穿着水静玉送的那件温暖的米色毛衣，背着行囊走出了那个幸福的地方。

那些铺在路上的落叶，枯黄的颜色里也流露出无限的失落和感伤！

坐在离开天水的火车上，叶斯年眷恋地回忆着这十一天里所发生的一切，那些事情尽管发生在几天之前，对他而言已经成为往事。

上火车前，叶斯年给外婆打了电话，说他一切都好。外婆催叶斯年回家，说她很想他，叶斯年说我会回来的，你们都放心。

叶斯年没有告诉外婆他今天回家，他不想说，只想完全地把今天留给自己。外婆还没有来得及唠叨，叶斯年就挂了电话，在离开水静玉的这段旅途中，叶斯年想尽情地想她，此刻想念是他唯一能做的，也是唯

一的权利。

到西安机场，一看表，正是水静玉下班的时间，叶斯年有好几次拿起了手机，想最后一次听听她的声音，可是他始终没有勇气。过不了多久，她便会看到那封信。

在飞机上，他安静地坐在机舱的某个孤独的角落，旁边的一位老奶奶试图和他聊天，他礼貌地点点头，便闭上了眼睛。

悲伤袭击着叶斯年，那些幸福的时光和心脏的痛恨不期而至，泪水流淌不息，不能自制。此刻他才意识到悲剧所在，二十五年来，他一直在寻找活着的理由和价值，现在找到了，可是心已枯萎。

在飞机，叶斯年又吃了药，心隐隐地绞痛，他不愿睁开眼睛，让所有的记忆都重新来过吧！

一下飞机，天空和空气都是模糊的，心开始剧烈地疼痛，走了几步，叶斯年就晕了过去。

醒来的时候叶斯年躺在医院里。

是和叶斯年一起乘飞机的那位老奶奶救了他。她的老伴也是心脏病，她看见叶斯年突然倒地，知道是心脏病发作，急忙从叶斯年的口袋里找到药。否则，在送往医院的路上，叶斯年可能已经离开了这个世界。

机场给家里通知，是外婆接的电话。

外婆又告诉了老妈，因为太突然，外婆一到医院就晕倒了，她知道了真相，不过她很快就挺了过来。

外婆没有想到叶斯年得了那么重的病，她想不开。

当叶斯年睁开眼睛，看到垂泪的外婆和老妈，还有痛苦的父亲以及欧清波和辛月儿守在周围时，叶斯年笑了。叶斯年说，又能看见你们真好，他没想到这句话让外婆和老妈无声地啜泣起来。

叶斯年又笑了，说，我想吃你煲的粥了。

老妈捂着脸说，好，我这就去给你做。

叶斯年拜托欧清波把他的手机号码注销了。

欧清波说，你有数十个未接电话，还有短信。

叶斯年知道肯定是水静玉打的，她一定看到那封信了。

叶斯年说我不想看，你就帮我注销了吧，等我做完手术，我再换个新的号码。

其实，叶斯年很想知道水静玉在短信里说的什么，可是他始终没有勇气看。在机场晕倒，他感觉到自己的血液正在一点点从身体里流出，而对于手术的成败他突然不再关心了。

叶斯年已经知足了，上天没有让他在无所事事中猝死，没有让他带着遗憾而去，他真的满足了。

43

在手术前发病，无疑是非常危险的。如果在手术前身体得不到完全恢复，手术风险可能会更大。为此，主治医生欧医生限制了叶斯年的自由，对他实行二十四小时的监控，就连叶斯年每天吃的饭菜也列了个单子。

这几天，整个城市笼罩在阴雨蒙蒙中，天空一直是灰色的，迟迟没有阳光。一想起阳光灿烂的日子，就不由得会想起在天水的一切，许多次叶斯年抑制住了落泪的冲动。

叶斯年像个空心人一样，整天被护士推进很多检查室，进行手术前的检查。他失去了自由，就连每天的心跳次数和血压高低也要每小时测一次，并向医生汇报。

叶斯年一整天几乎没有时间和老妈、父亲说话。第六感觉告诉他，他们其实一直陪在自己左右。

从天水回来，叶斯年似乎忙碌地没有时间想念和回忆十几天前发生过的一切，甚至觉得那像是十年前的往事。他感觉自己已经很老了，而且很累很累。

　　叶斯年病床头放着他和静玉的一张合影，相片里他们幸福的笑容仿佛还是昨天的事。每个清晨，叶斯年睁开眼睛都会仔细地端详她动人的微笑，她依偎在叶斯年怀里，是那样满足和幸福，可是现在……

　　有时他从梦里醒来，看着睡在他旁边的父亲，他会静静地用心听他均匀舒缓的呼吸。父亲每天晚上都来陪儿子，他已经正式办了回国的手续，把在国外辛辛苦苦创办的公司转让了。

　　最让叶斯年欣慰的是有一次，他们一起吃饭的时候，老妈和父亲居然说着说着笑了起来。当时他们说到叶斯年小时候做了坏事心虚的样子，于是他们陷入同一种回忆里，越说越高兴。

　　几乎所有人都忘了，他们是在医院里。

　　也许当时他们是为了放松叶斯年的心情，他们同时发出的笑声对叶斯年来说是莫大的安慰，叶斯年不用再担心老妈将来没有人照顾了。

　　这些日子，一静下来，叶斯年会一遍遍地问自己是否还有什么遗憾，他不想给自己短暂的生命留下遗憾，他承认他对手术是不抱希望的。

　　昨天，他在医院花园散步的时候，无意间遇见了他的病友展飞的父亲。在医院的这几天，叶斯年没有见到他，展父一直是急匆匆地，他似乎奔波惯了，每次看见他，叶斯年都来不及问他，他就过去了。这次，他恰好朝叶斯年这边走来，叶斯年鼓起勇气问，大叔，展飞他好点了吗？

　　展父看见是叶斯年，他半天都没有说出话来，只是看着叶斯年，看着看着，突然蹲在地上哭了起来，叶斯年的心沉重得没有力气拉他，安慰他。

　　展飞死在手术的前一天，他是病情突然发作导致死亡的，没有来得及抢救。展父压抑着哭声啜泣着，他比叶斯年初次见他时显得更老更沧桑了，头发几乎全白了。

　　临走前，他说展飞住院的时候一直念叨着叶斯年，说等病好了一定要感谢他。

　　叶斯年握住这位白发父亲的手说，大叔，你一定要保重身体。

　　展父流着眼泪吃力地说，展飞还年轻，大学毕业还没有来得及享受

人生，享受幸福，就走了；医院免了那么多费用也没有来得及道谢，展飞突然发病什么话也没有留下，我和医院商量，打算把他的眼角膜捐献出来，这也是展飞的意思。

展父说完，匆匆向叶斯年告别，他走了叶斯年才想起点什么，他喊了一声大叔，追上他，从口袋里把老妈和父亲这两天给的所有零花钱都掏出来，展父极力推辞，最后还是收下了，那时他已是老泪纵横。

这时，给叶斯年打针的护士小刘走了过来，她说你也认识这位大叔？他的命可真苦，他儿子手术失败死了，前几天他的女儿又疯了，真是可怜啊！

叶斯年急忙问，你说谁疯了？

小刘叹口气说，就是刚刚在你跟前哭的那个大叔，听说他女儿为了救哥哥，当了小姐，好不容易凑够了手术费，结果他哥哥死了，那姑娘当时就疯了，哭喊着一件一件边脱衣服边往外跑……

那个下午，叶斯年一直待在花园里，默默地坐着，看着一片浅红色的月季花瓣静静败落。头顶偶尔有几只小鸟鸣叫着飞来飞去，他一动不动，想已经离开的展飞，想疯了的展香香，想他的手术……直到听到父亲的喊声，他才从悲伤里猛然醒过来。

叶斯年没有料到结局会是这样，真的没有想到。

叶斯年在心里盘点着自己还有什么未了的心愿，自己在手术前还想做点什么。

叶斯年想到和父亲见面三个多月，还没有和他下过一盘围棋呢，甚至他都不知道父亲这么多年是怎么过来的，应该找个时间和他聊聊。

还有，这么多年叶斯年从没有给母亲送过什么礼物，他想找个时间给她买个礼物。

在手术前，叶斯年还想再去看一次童年生活过的小院，上次和父亲去过，不知道现在拆了没有。

还有，他得再陪陪外婆，如果真的手术失败，最伤心的就是她了，她是这个世界上最疼爱自己的人。

还有，这么多年他和父亲没有一起照过一张相片，当然他们全家也没有一张合影，他还要和亲人们合几张影。

还有……

是啊，还有很多很多……

外婆知道叶斯年的病情后，也来医院陪孙子住了一夜，进入高龄的她是极少生病的，只是夜间尿频。陪孙子的那晚，外婆吃过晚饭连红茶也没有喝，她是怕夜里醒来惊动叶斯年。但那个晚上她还是起来了两次，她颠着小脚经过叶斯年的床边，外婆以为叶斯年是熟睡的，其实叶斯年眯着眼正看着她小心翼翼地挪步。

当时，叶斯年很想把灯打开，可是最终没有打开。外婆虽有点眼花，可是她是极其敏感的，她大概发现了叶斯年醒来过，第二天便悄悄搬回家了。

不过外婆的表现出乎意料地坚强，她每天清晨会来医院看叶斯年，有时叶斯年还在梦中，有时他正准备洗脸。她看着叶斯年吃完早餐就走了，她从没有在孙子的面前掉过眼泪，甚至提及手术两个字，她只是说"我知道我的乖孙子不会有事的"！她说这句话的时候，像是在安慰叶斯年，又像在安慰自己。

老妈说外婆每天都要走很远的路去庙里烧香，老妈让她坐车去，她说只有走着去才会感动上天的。

而叶斯年只能默默地接受这一切，他欠他们的太多了。

离手术还有八天的那个下午，父亲和老妈都出去办事了，叶斯年看了一会儿报纸，觉得有点无聊，打算去找欧医生随便聊聊。欧医生的办公室半掩着，正准备敲门就听见父亲的声音，父亲和欧医生肯定在谈论叶斯年的手术，叶斯年很想知道，就站在门外听了个清楚。

"叶先生，你千万不能冲动，你放心我们一定会尽力的！"

"我只想知道这个手术的成功概率有多大！"

"请你冷静下来，你要知道任何手术都是有风险的，我们一定会尽力！"

　　父亲近乎哀求："那能不能不做这个手术，保守治疗？"

　　"恐怕不能，叶斯年的心脏不能再等了……"

　　听到这里，父亲突然没有了声音，他一定是在痛哭，叶斯年克制着自己，轻轻离开。父亲压抑的哭声，无疑感染了他，他的泪水还是流了下来，早知道是这样的结果，可他还是在心里抱有一丝幻想。此刻连幻想也没有了，他知道现在只有等待死亡了。

　　他听到自己的身体里有什么东西在断裂坍塌，变成一片荒凉的废墟。他的世界没有了太阳，没有了希望，还能期待什么呢？

　　已经有了这么明确的结果，为什么他还要上手术台浪费钱呢？

　　水静玉在相片里依然微笑着，叶斯年抱着相片久久无声。这时，父亲进来了，他急忙把相片放在桌子上，父亲微笑的脸上没有一点流泪的痕迹，他拍了儿子一下，问，是不是在想那个姑娘？

　　叶斯年感到心跳得有点不规则，平躺在床上，叶斯年说，爸，明天，我想和你再去看看那个院子。

　　父亲说：可是你现在什么地方也不能去啊。

　　叶斯年说：我去和欧医生说，只要你答应我。

　　父亲最终还是答应了。

　　凌晨两点多。

　　全世界好像只有叶斯年醒着。满脑子在想水静玉，她一定在哭，叶斯年觉得自己是个混蛋，明明知道没有未来，何必要去看她，他后悔了，他也许不该去看她……

　　又一个傍晚，他们父子在医院的花园里专心致志地下了一盘围棋，分胜负的时刻，老妈来了，她是来和他们一起吃饭的。她责怪了父亲一句，难道你不知道孩子现在不能太用心吗？

　　当然，他们父子的这盘棋也没有分出胜负。

　　这顿晚餐叶斯年央求老妈喝点香槟，最终他们举起的是橙汁。老妈的情绪里看不出一点点的忧虑和不安，父亲也一直在和儿子谈笑风生，可叶斯年能看出来他眼底深处的悲伤。

吃过饭，叶斯年打电话把欧清波叫了过来，这家伙似乎还沉浸在新婚的快乐之中，为了防止父亲或者老妈听到他们的谈话，欧清波一进来，叶斯年就把门反锁了。

欧清波和辛月儿本来要出国了，他们的功课还没有读完，因为叶斯年的手术，他们推迟了行程，这几天只要有空，他俩就会来医院看叶斯年。

所有的病人在医院里情绪都不稳定，不是惧怕手术，而是想得太多，叶斯年也一样。

欧清波一进门，看叶斯年神秘的样子，便嘻嘻哈哈起来。叶斯年沏了两杯茶，让他坐下，他显然被叶斯年的样子给"震"住了。

叶斯年想把这次谈话尽量变得严肃认真些，但是又担心他说得悲戚，欧清波听得哀伤。

叶斯年说，今天找你来是想拜托你帮个忙。

欧清波一听帮忙，他立即松懈了下来。

叶斯年说，你得先听我说完再决定帮还是不帮。

欧清波"哦"了一声，随即说，小子，说吧，我洗耳恭听，不许耍阴谋！

叶斯年笑了，耍小聪明的我现在早就被给 PASS 了。

叶斯年咳了一下，神情庄重，今天叫你来是想拜托你，以后如果你回国来工作，有空常去看看我父母，我是说，如果我不在了！

欧清波要打断叶斯年，叶斯年示意他让他说完，叶斯年接着说，你是学医的，应该知道任何手术都有风险的，何况我的是换心手术。你应该听你父亲说了，我的手术风险更大，当然我现在并不是完全绝望，只是说如果，万一我真的死在手术台上，请你一定陪在我老妈的身边，我怕她知道后会发生意外。以后你回国，我父母老了，希望你能帮忙照顾他们，这辈子我欠朋友的可能没有机会还了，希望来世有机会感谢你……

欧清波听了，沉默了半晌，说了三个字"放心吧"！当然，欧清波在走之前，又说了许多劝慰的话，他说就是有百分之一的希望也该试一试。

叶斯年说，我现在才懂得了人活着的意义，脆弱的生命随时可能破

灭，可是写在生命这本书上的内容，一页页的越发丰富厚重起来，我不会傻傻地放弃生的机会。

欧清波走后的第二天早上，叶斯年打电话把棋子叫了过来，对他说了同样的话，棋子表现得比他还脆弱，他当着叶斯年的面哭了，像个万分委屈的小姑娘，倒是换叶斯年安慰他。棋子说他一定会像孝顺他亲妈一样，孝顺叶斯年的老妈。

不过棋子很委屈地说，万一你老妈对我有成见怎么办？

叶斯年说，小子，所以说你需要努力呀。

本来叶斯年还想和他聊聊，棋子的手机响了，说是给酒吧送洋酒的车到了，他必须得回去。临走前，他说叶斯年，我相信我们都会活到八十岁，都会抱孙子的。

这句天真的话令叶斯年感动万分。

棋子走后，叶斯年去了欧医生的办公室，欧医生刚吃过午饭，正在看报纸。叶斯年一进去就说有事和他谈，欧医生沏了两杯清茶，他慈祥的目光里看不出任何的谎言。叶斯年知道，他出于职业的需要，会给那些重病人说谎，那是善意的谎言，可今天他是要来揭穿他的谎言的。

叶斯年说，前天无意间听到了您和我父亲的全部对话，为了所有爱我的人，这个手术即使失败我还是要做的，请您放心这一点。

对叶斯年的开场白，欧医生显然有点不知所措。

叶斯年说，我今天来找您的事情希望您保密，请您千万不要告诉我的父母，要不然他们会受不了的。

欧医生说，目前只有你父亲知道手术的真实情况。他说，你父亲也要求我保密，在手术前不要告诉任何人。他又说，你们父子真像啊！

叶斯年笑了，这是他进门后的第一次微笑，欧医生见叶斯年笑，他也笑了。他的神经略微放松了一点。

叶斯年平静地说，如果手术失败，我想把自己其他的器官捐献给医院，这恐怕是我唯一能给社会做的事情了，希望您能答应。

欧医生听了叶斯年的话，表情有点古怪，随即便明朗起来。

他劝叶斯年安心准备手术，叶斯年说，欧医生，请您帮我实现最后的这个愿望吧！我这二十五年对不起父母，对不起生活，更对不起我的生命。所以，只有这样做我才会安心，否则我的人生太苍白了。

欧医生说，我答应你，不过你也答应我，任何手术都存在失败的风险，并不是你想象得那么悲观；你的心脏二尖瓣有点问题，心包腔有点积液，手术虽然有很大风险，但操作是非常简单的，何况你不用更换人工的，恢复也会非常快。手术后也无须因长期服用抗凝药，就是说，手术成功、恢复身体后，你就是个健康的人，你会有健康的未来……

叶斯年说，我知道，但我接受所有的结果。

之后，叶斯年写了遗嘱，遗嘱非常简短，就两句话：

心脏手术如果失败，我愿意将自己的身体捐献给医院，请我的所有亲人支持我。我至爱的亲人们，我永远永远爱你们！

叶斯年

走出办公室，叶斯年的心情空前地好。

叶斯年和父亲约好下午一起出去，自从他听到父亲在欧医生面前那无声的、压抑的哭泣声后，他对父亲的态度更亲近了许多，叶斯年开始留意父亲脸上新增的皱纹，也试着忘记过去他的无情。

可能是知道了真相，心里反而踏实了，也知道剩余的时间该怎么过，时光在每一秒每一分地随着叶斯年的心跳一起流逝。

叶斯年知道了珍惜每一天的真实含义，可是却晚了。

这几天，叶斯年刻意地寻找和家人待在一起的各种机会，有时候外婆来送早点，叶斯年会故意慢慢吃，想多听一些外婆的唠叨，她那像缠脚布一样的往事，现在听起来动人无比。

老妈只要打电话问，斯年，你需要什么东西？叶斯年就知道她要来，叶斯年会站在医院门口，等老妈那辆银白色的小汽车，直到听见鸣笛的声音。

有一次，老妈开车没有看见叶斯年，她把车开过了，叶斯年急忙跟过去。老妈从观后镜发现他跟在后面，便下车走了回来，叶斯年向她走

去，甜甜地喊一声"妈"，然后挽上她的胳膊。

中午和老妈一起吃过饭，父亲开车来接叶斯年，叶斯年说，爸，我想和你走走，能不能不开车？父亲爽快地答应了。

老妈当然也不放心，她本来也想跟着去。

叶斯年说，妈，晚上吃饭的时候你再来，今天我想和爸爸单独出去。

老妈送他们出了医院，在路上嘱咐了几句，她对父亲的口气完全缓和了，外人几乎看不出他们是离了婚的夫妻，父亲当然只能点头，叶斯年的心里甜甜的。

已经到了深秋，现在应该是深圳一年中最舒服的时候，气候非常宜人，从医院出来，走在川流不息的人群中，有种恍如隔世的感觉。叶斯年离开天水，在飞机上俯瞰深圳时也同样有这种感觉。

叶斯年不禁问自己，他到底对什么地方最熟悉，哪里将是他最终的归宿？

父亲似乎感觉出叶斯年心理的变化，他拍了拍儿子，叶斯年开始喜欢这样的感觉，唯一能直接感受父亲的就是这几下并不太重的巴掌。

在手术之前，今天是叶斯年唯一的假期，以后医生不会给他任何外出的机会。像沉睡了百年的记忆，一下子醒了，叶斯年可以完全清楚地看这个世界，父亲的声调和表情都柔和无比。

今天，叶斯年特别喜欢喊他，一声一声地喊他"爸，爸……"

父亲像被儿子感染，他始终微笑着，不厌其烦地答应。

到了小院所在的地方，看到的是一片乱石堆积的空地，周围的一些平房也没有了踪迹，站在荒凉的废墟上，记忆在这时好像出了差错。叶斯年说，爸，我们在这儿拍张相片吧。

父亲忙请了旁边的路人，他们父子多年后终于有了一张合影。

父亲让儿子站着别动，他又给叶斯年拍了几张。

叶斯年说，爸，晚上老妈来了，我们一起照张相吧。

父亲说，我没有问题，就怕你妈不同意。

叶斯年说，这你放心，我会做工作的。

　　废墟是没什么好看的，站在那里和父亲为哪边是小院的门，哪里是小巷争论了半天。当然，到底谁的答案更正确已经无从考证。时间尚早，几个深圳妇女说着地道的方言，提着一包东西走过他们身边。父亲说，斯年，这么多年你还没有学会广东话吧？

　　叶斯年说，广东话比外语还难，所以我压根就没有学，上学时班上的当地孩子也不多，也没有什么人影响我。

　　我和你差不多，爸爸还真怕你一口广东话呢。父亲说。

　　爸，我们去那个"候鸟的童年"坐坐吧。叶斯年突然想起，在天水时棋子打电话说父亲去过那里喝酒。

　　就是你那个同学开的酒吧吗？

　　叶斯年点头，心里却在想怎么问父亲。

　　快到的时候，叶斯年提议把老妈也叫过来，父亲欣然同意。父亲说他去接，顺便把车开过来，叶斯年说，爸，你和妈会好吗？

　　父亲愣住了，叶斯年也傻了，怎么能说这样的话呢？叶斯年也被自己的话吓了一大跳！

　　父亲打车去接老妈，他叮咛叶斯年千万不能喝酒。

　　叶斯年说，放心吧，你儿子现在很热爱生命的。

　　一天傍晚，叶斯年远远地看见一个短发女孩从身边走过，她走路的姿势很像水静玉。此刻水静玉会做什么呢？她给孩子们上课，还是正走在回家的路上？叶斯年带给她的伤痛，不知道是否变淡甚至不留痕迹，抑或只有在晚上入睡前她才会想起，想起他们短暂的爱情，想起他的傻笑还有那一束束满怀心愿的百合花……

　　叶斯年抬头望天，天空里依然是这座城市特有的混乱，只有西边的方向能看见晚霞的尾巴。

　　丫头，丫头，叶斯年在心里喊着，闭上眼睛，不再看这混乱的一切，想着水静玉，想着她曾经给他的幸福。

　　光线正无可挽回地消失，就像叶斯年的生命，还有心跳……

　　叶斯年突然出现在"候鸟的童年"，棋子没有想到，他正在给调酒师

说什么，看见叶斯年来，激动地问，你怎么来了？

叶斯年说我想来看看，棋子让服务生放了一曲优美舒缓的音乐，又是朴树的歌《那些花儿》，他则拉着叶斯年坐在一处能看见夕阳的角落里。

小子，你们这怎么也听朴树的歌？叶斯年说。

没办法，紫罗兰喜欢，还有好多来这看书的人也喜欢。所以一天到晚地放，我都郁闷死了。

也是，怎么不见紫罗兰？

她妈昨天来了，今天她们去海边了。

丈母娘对你怎样？叶斯年想逗逗棋子。

哎，她想逼我们结婚。

什么，什么，逼你们结婚？听了这话，叶斯年以为自己的耳朵有问题。

是啊，可是我和紫罗兰都是喜欢自由的人，不想结婚。看样子，棋子是郁闷了。

小子，你难道不知道，世界上没有永恒的自由。

棋子说，老大，快给兄弟我想想办法，我这两天头疼啊。

叶斯年大笑，说，你小子迟早会结婚的，不信等着瞧！

棋子张大了嘴巴，他崩溃了。

叶斯年说我爸、妈一会儿要来。

棋子说，今天我请客。棋子说完，眯着眼小声问叶斯年，是不是想带你老妈来重新认识我啊？

叶斯年点点头，他们都笑了。

老妈到酒吧时已经天黑，在这之前，叶斯年和棋子边聊天，边一杯一杯地喝着饮料。叶斯年喝的是牛奶，棋子是啤酒，看着他酒杯里绽开的泡沫，叶斯年说我能不能尝一口？

棋子笑了，说只允许你闻闻。

正在叶斯年端起酒杯的时候，老妈进来了，后面跟着父亲，机灵的棋子急忙走到门口迎接，之后，他们又坐在了另一张桌子上。只可惜叶

斯年连啤酒也没有顾上闻一下。

老妈脱了风衣，她很奇怪地看着叶斯年，斯年，今天叫我到这里来，到底葫芦里卖什么药？

整天在病房太压抑了，都说手术前适当地放松是有益的，是吧，爸？叶斯年说。

什么时候就你理由多，好在这里也不闹，如果闹，我们赶紧离开，你现在不能受任何的刺激。老妈说着喝了口咖啡，她的动作非常优雅。

放心吧！阿姨，叶斯年他不会有事的，倒是您好像瘦得厉害。棋子说着，给叶斯年偷偷做了个鬼脸。

棋子，你这么忙还来看我们家斯年，真的非常感谢你！老妈今天像换了一个人，这是她第一次对棋子客气。

嗨，阿姨你可别这么说，叶斯年他对我的帮助也很大的，做兄弟的哪能那么计较。

你是不是有一次去医院看斯年，看见我来了，就钻到床下去了？老妈笑着问。

自从手术的日子定下来，老妈这是第一次自然地发自内心地笑。作为儿子，虽然不能体会老妈所有的苦，但她的笑是真是假，叶斯年观察得一清二楚。

这您都发现了，阿姨你真是太厉害了。

棋子的话让所有的人都乐了。

酒吧里，给予叶斯年生命的两个人能坐在他身边，和他说笑，这是真的吗？叶斯年有点不相信。

这是一次很难置信的谈话，似乎岁月带走了所有的痕迹和恩怨。棋子陪老妈喝的是红酒，父亲因为要开车，和叶斯年喝的橙汁。今天似乎所有的人都有倾诉的欲望，老妈说得最多的是叶斯年小时候的调皮和外婆对叶斯年的溺爱。

叶斯年说，妈，我承认你是世界上最好的老妈，可是有一次你没有遵守诺言。

我记得只要是答应你的事，我全都办到了，倒是你，总是没有办到答应我的事。老妈非常肯定。

叶斯年说有一件事情，就是我七岁那年，一年级的暑假，你和爸爸答应我，等放假了带我去动物园，可是你们都没有带我去，那年我数学考了一百分呢。

说到那件去动物园的事，就很难避免提到父母的离婚，那个夏天，是叶斯年噩梦的开始。在单亲家庭，身心都健康的孩子几乎没几个，从那一年，叶斯年幼小的心灵有了恨，他恨自己是个多余的家伙。

老妈说，哦，是有这么回事儿，等你做完手术，一定去一次动物园，老妈的确失信了。

叶斯年笑了，说，不知道为什么，这些年我从没有去过动物园。可能是希望有一天你带我去，一直在等你说，你要带我去动物园；可是这么多年你一直很忙，老妈对我的感觉恐怕只有头疼和失望吧？

父亲突然说，孩子，你老妈从来没有对你失望过，你现在什么也别想，等做完手术我们一起去旅行。

父亲说完这句话，叶斯年有意识地转头，窗外的光线完全黯淡下去，这个城市一到夜晚才是最美的，他的心有那么一瞬间，渐渐悲凉沉郁。

叶斯年一声不吭，棋子也安静地看着他，时光的脚步在那一刻停住。

叶斯年贪婪地看着亲人们的微笑，似乎那微笑里包含着无限的希望。

44

手术前四天的清晨，下了一会儿小雨，中午的时候雨停了，太阳也露出了脸。老妈这几天没有去公司，一直在医院陪儿子。下午叶斯年拉老妈去医院的花园里散步，老妈谈了她和父亲的爱情。

　　她说任何人不能在冲动的时候做决定，可是年轻人永远都会冲动；老妈说人无完人，任何人都有失去理智昏了头的时候；她把爱情和婚姻想得太神圣，当发现父亲和那个女人在外面过夜，她一下子不知道该怎么办？唯一能做的就是报复他，去他单位闹，和他离婚，他们幸福的小家就在那个夏天彻底瓦解了。老妈说事情发生后父亲非常后悔，跪在门口求她给一次机会，可是她没有低头让步。

　　老妈说爸爸是她的初恋，他非常优秀，家在农村，生活非常困难，大学里她的生活费，一般都是他们两个一起花。那时候虽然有点拮据可是非常幸福，他对她非常好，物质上无法给予她什么，可是他的心却完完全全地给了她。当时她完全可以找到更好的，有很多条件好的男生追求她，可她没有答应。她和爸爸一毕业就结了婚，她想这辈子再也不会遇到像他这样的男人了，爸爸在她心目中几乎是完美的。

　　老妈说着，她的目光柔和而幸福，仿佛沉醉在往事里。

　　我没有想到他会背叛我，真的没有想到，这么多年了，我一直不敢回忆那些幸福的往事。当时我真的不能原谅他，如果我当时原谅了他，起码我有个好儿子，有个完整的家。现在你病了，我仔细地反思自己，才发现我不是个好老妈，不是个好女儿。如果我能像别的母亲那样温柔地关心你，爱你，你或许也不会得这个病。

　　老妈看了叶斯年一眼，接着说，孩子，老妈活了五十年，现在才明白生活，过去我把自己的未来设计得太美好了，所以才想不开。生活就像是一个石碾，它把所有的美好都碾进了泥土，留下的是实实在在的日子。我们年轻时追求的爱情不过是烟花绽放，还有那所谓的梦想和向往的生活，不过都是云烟，只有自己的亲人和真实的日子才是最该去爱的。

　　老妈尽量地克制着自己，可是她还是忍不住流下了眼泪，叶斯年的鼻子也酸酸的，伏在他肩头的女人太不幸福了，叶斯年懂得她所有的痛苦，可是未来谁来照顾她呢？

　　叶斯年只希望，以后没有自己烦心的日子，老妈或许能快乐一点。

　　老妈说，孩子你真的长大了，也成熟了。我很高兴看到你生病后懂事的样子，可是妈宁愿你没有生病。

叶斯年问老妈，会不会和父亲重新在一起？她笑了，反问，你怎么看？

叶斯年知道，老妈的恨虽然已经看不清了，可是那个伤疤是永久的。

她为了折磨父亲，一生孤独，而父亲也是孤单了一生，父亲再忏悔又怎能偿还？

老妈在叶斯年肩头痛哭的那一刻，叶斯年承认他恨父亲，可就是那么一刻的时间，恨便没有了。

过后，叶斯年一直在想我们在犯错的时候，为什么不能意识到这个错会伤害到无辜的人呢？

离手术还有三天的那个清晨，叶斯年依然从迷失的梦里醒来，是的，又安然地醒了过来。如果不做手术，叶斯年很难知道，在这个世界上他还有几个清晨。

整个医院都是静悄悄的，父亲还在熟睡，叶斯年躺在被子里安静地看了会儿窗外越来越亮的光线，然后轻手轻脚地穿衣、洗脸。为以防万一，欧医生这几天给他用了最好的药，心脏似乎比以前平静多了。

站在卫生间的大镜子前，不知道有多久没有在镜子里认真地看过自己了，小时候是极其爱照镜子的，动不动就站在镜子前梳自己的"小寸头"，要是过年，穿上新衣服那就更不得了，一天不知要去镜子前多少回。后来听人说爱照镜子的人都有自恋倾向，还暗自怕自己也是呢，不过自从叶斯年决定混社会以后，就很少照镜子，一头乱得像"鸡窝"的黄头发一度成了他的形象标志。

叶斯年用一条雪白的毛巾仔细地擦了他的额头、眉毛、眼睛、鼻子，还有耳朵和嘴巴，没有失去水分的脸上，正在滋生着一颗青春痘。叶斯年有点奇怪地观察着这颗非同寻常的小痘痘，如今这是对他青春的唯一见证了。

镜子里的自己到底几岁了？叶斯年正在问自己，忽然听见父亲的叫喊声，一边答应着，又瞥了一眼镜子里的他，看起来，那个人，很陌生

也很熟悉。

这一天的午饭是辛月儿陪叶斯年一起吃的，早上做完检查，叶斯年一直等她。

辛月儿是专门来给叶斯年鼓励的，也许在事实面前，有些鼓励是微不足道的，可叶斯年还是等着她。认识她这么久，从来没有认真地等待过她，直到她嫁为人妇，才在医院里有机会等她。

早上本来外婆要来，听说叶斯年要做检查，外婆说她下午过来陪乖孙子。

辛月儿推开门的时候，叶斯年正在看静玉的相片，她说，是不是想我了？

叶斯年有些不好意思地说，想了又怎样？都是过去的事情了。

辛月儿看了叶斯年一眼，自己倒了杯水。叶斯年补充道，她给我的是永恒的快乐，而我留给她的是一生的痛苦。

想她就打个电话吧，不要硬撑了，何苦让两个人这样思念；我猜她的号码，你是一辈子也不会忘记的，辛月儿说着拿出了手机。

叶斯年轻描淡写地说，还打什么呢？一切都成往事了。

辛月儿扑哧笑出了声，她是想让叶斯年尽量放松些。辛月儿一本正经地问叶斯年有什么需要她帮忙的？

叶斯年盯着相片说，如果有一天，我万一不在了，请你打电话告诉水静玉，说我对不起她，不然，她会来找我的。

她会来这里找你，真的吗？

叶斯年点点头，我的心告诉我，水静玉一定会来找。所以请你一定转告她，我已经不在了，这样她也就死心了，可以吗？

叶斯年，其实你不该在她的生活里消失，我相信你们一定会结婚生子、幸福地过一辈子的！

辛月儿的话让叶斯年觉得非常荒诞，说我已经知道自己会哪一天死去，怎么可能？说着他自己也被逗笑了。

辛月儿接着说，欧清波说你不想活了，我不相信，今天我才知道，

你真是不想活了，手术没有做，你怎么知道会失败呢？叶斯年，请你有点信心好不好？

辛月儿和欧清波不愧是夫妻，劝人的口气都一模一样。叶斯年没有太多地辩解，他说，我对生活有信心，可是我对心脏没有信心，对手术更没有信心。

辛月儿又劝了一通，走的时候，说了一句话，叶斯年，我相信刚发芽的叶子，即使凋谢也要经过四季的。

叶斯年知道这话的分量，剩下不到三天的时间对他弥足珍贵。父亲对他的关心超出了他的预料，只要他说话，父亲会一直注视着他脸上的表情，而他的脸上始终泛滥着微笑，那微笑的内容又不动声色。叶斯年想，他是知道了结果才会这样。

他想把这么多年来欠的父爱统统浓缩在这短短的几十个小时里。其实，叶斯年很少面对着父亲的脸说话，怕他看出自己的秘密，人的眼睛会泄露一切秘密的。

手术的日子从倒计天，变成倒计时，现在成了倒计分秒，这几天晚上，叶斯年总能梦见水静玉，梦见他们去原始森林看他爷爷，梦见山坡上盛开着漫山遍野的百合花，梦见他迷路了，梦见静玉哭着喊着找他……

父亲常常会在夜里把儿子摇醒，他知道这孩子又做梦了；父亲说，别胡思乱想，儿子，等做了手术你就健康了，那时候你就去找她。

叶斯年说，爸，你说我做错了吗？

什么？

从水静玉的生活里消失。

父亲笑了：你是做得不对，不过我想她一定会原谅你的，她肯定一直等着你，你在梦里都在喊她的名字。她肯定也一样，忘记自己深爱的人是很难的。

叶斯年说，我知道她永远不会忘记我，可是我却没有机会再真实地想她了！

父亲愣了一下，随即笑了：孩子，记住，当上天关闭了你所有的门，

他会留给你一扇窗户的；上天是仁慈的，你要对自己、对未来充满信心，知道吗？

叶斯年盯着天花板说：爸，上天可能已经把我最后的那扇窗户也关了。

斯年，答应爸爸不再胡思乱想，如果上天把你的那扇窗户也关了，爸爸一定会给你找到一扇门的，所以我们都不能放弃！

父亲说这句话的时候，眼里充满了泪水。

突然，叶斯年很想说，爸，我一直都在爱着你，可是话到了嘴边，只喊了一声："爸爸……"

叶斯年很想问，这么多年他是否会想起他和老妈、想起曾经的家？但最终还是没有问。

这个晚上，叶斯年和父亲睡在同一张床上，他心里异常踏实。

手术的前一天，棋子打电话到医院，说有个朋友想见叶斯年，语气有点神秘。叶斯年问是谁，棋子让他猜，叶斯年说了十多个狐朋狗友的名字，棋子都说不是，他说见到了你就会知道。

大约中午十一点左右，棋子敲门，外婆和老妈都在，是老妈开的门，打开门的一瞬间叶斯年闻到了一股很熟悉的香味，紧接着他揉了揉眼睛，他不敢相信，站在他面前边微笑边流泪的那个人，特别像水静玉，不，她就是水静玉！

她在门口傻傻地站着，眼泪像断了线的珠子滴滴答答地落下来，一滴一滴掉在怀里的那束百合花上，她是那样柔弱，那样楚楚动人。

叶斯年想，他的目光一定也是微笑着的，因为他准确无误地捕捉到了丫头眼睛里的千言万语，他脆弱的神经一刹那间快速膨胀，迎着那目光流泪了，曾经以为今生不会见面了。

叶斯年，我终于找到你了……我终于找到你了，我终于找到你了！

叶斯年哑着嗓子无法说话。

外婆接过水静玉手里的花，随即一把抱住了她，外婆高兴地哭了，我的乖孙媳妇，你终于来了，你终于来了……

水静玉也忍不住哭出了声，她转头看叶斯年，叶斯年，为什么不告诉我真相？为什么你要不辞而别？为什么你要从我的生活里消失！

叶斯年只是傻笑，泪水也一直在流，这时，老妈给水静玉倒了杯水，说，儿子你不能激动。孩子，你也平静点，你们好好说说话，他明天就要做手术了。

水静玉不哭了，她笑了，那失而复得的微笑又重新挂在了她脸上。

水静玉来了，叶斯年想也许真的有奇迹，她是怎么找到的？叶斯年应该没有告诉她家里确切的地址，她是怎么找到的？这些日子她是怎么挺过来的？

棋子说水静玉是昨天晚上九点多找到他的酒吧"候鸟的童年"，她一进门，就喊着要找老板，一见到棋子就问，你认识叶斯年吗？他现在在哪里？请你带我去行吗？

棋子说，知道，刚想给医院打电话告诉叶斯年，没想到水静玉听见那么肯定的回答，就晕过去了。等她醒来，已经是午夜了，棋子让她先休息，水静玉却反复说，"幸亏我记住了酒吧的名字！"

水静玉在叶斯年手术的前一天找到了医院，叶斯年想他们是注定有缘的，即使他出不了手术室，也没有什么遗憾了。

水静玉告诉叶斯年，所有枯了的百合花，她都埋在了天水的南山上，以后南山上所有的花草将是他们爱情的见证，她想让百合的余香永远留在泥土里。

和水静玉见面后几乎没有说上几句话，叶斯年一直做术前准备。直到吃晚餐他才回到病房，水静玉正和外婆聊天，见叶斯年进来，她们的笑声突然停止，叶斯年却乐了，能在这个时候听见亲人的微笑，是对他最大的安慰。

一起共进晚餐后，叶斯年让家里的人都回去，他想握着静玉的手和她说说话。

水静玉请了假，她不顾众人的反对，千里迢迢来深圳找叶斯年，听说支持她的只有她爷爷，那个在森林里生活的、古老得像千年老树一样

的老人。水静玉说，只有爷爷鼓励她。

水静玉说，静雅和葛亮在叶斯年走后不久，就举行了婚礼，那天口腔医生一直站在静雅家的楼下。

静雅和葛亮都反对水静玉来深圳找叶斯年，反对的主要原因是，他没有留下任何地址，深圳太大，人也很多，找他比大海捞针还难。

不过静雅相信"叶斯年做完手术会和水静玉联系"，他们还担心水静玉在路上出事，因为她从来没有出过远门。过去无论去省城还是去旅游，都有他们陪着，他们把情况告诉了水静玉幼儿园的领导。

水静玉说自从叶斯年走后，她的日子就再也没有安宁过，开始是幼儿园领导天天做思想工作，后来又是连续发烧的重感冒。葛亮捎口信把她爷爷接到城里陪她，她整天闷闷不乐，不是盯着手机发呆，就是傻了一样地看天花板和叶斯年送她的东西，爷爷看着心疼得直叹气。她的病彻底好了的那一天，爷爷给了她一张火车票，说是晚上的火车，单位的假也请好了。水静玉说看到火车票的一刹那，她抱着爷爷高兴地足足跳了半个小时，葛亮和静雅送她上了火车，葛亮还让他深圳的一个朋友照顾好她。

叶斯年说，对不起，丫头，我不该那样一走了之，请你原谅我，其实我也是没有办法呀。

好吧，我原谅，不过你必须发誓以后不这样了！

我发誓！

叶斯年和静玉紧紧地拥抱在一起，叶斯年想吻她，可被她拒绝，她吻了一下叶斯年的额头，小声说，医生说你是不能激动的！

遵命！叶斯年做了个鬼脸，他们都笑了。

这个晚上，水静玉要求陪叶斯年。

她坐在叶斯年身边显得很安静，叶斯年握着她的小手，她看着叶斯年，叶斯年看着她，爱的永恒和深厚环绕着他们。

直到十点钟，叶斯年还是激动得无法入睡，欧医生交代过，手术前一定要休息好，父亲和老妈临走前也再三交代，让他们早点休息。水静玉一看十点多了，叶斯年的眼睛还明晃晃地睁着，于是她拿出了各种哄孩子的"法宝"，什么催眠法、命令法之类的，可是叶斯年还是很清醒，没办法，她让叶斯年给她讲个故事。

叶斯年答应了，他握着水静玉的手，水静玉坐在病床边，头枕在叶斯年的腿上。

叶斯年说，从前有个幸福的孩子，他有温暖的家，有疼爱他的父母，而且他也是最聪明的孩子，当然他从来没有为考试发过愁，一直过得非常幸福。他像是被上天惯坏了的孩子，从来不知道什么是痛苦，什么是失败，从来没有什么磨难或挫折，为此他为所欲为地挥霍着属于他的青春。

有一天死神来了，他告诉这个孩子，他说这一次你没有那么幸运了，你将和大家一样不能幸免。你所有的运气和幸福一夜之间都将消失。于是他跪在死神面前，问为什么不让他早一点知道死去的事呢？死神说，不幸的人活得比你幸福，还说，命运是公平的，大喜过后就是大悲，生活不可能永远对一个人笑或哭！这个孩子于是开始后悔当初，命运给他算总账，而他再也没有机会来体验人生的悲欢离合……

叶斯年讲完故事本来想告诉水静玉，手术可能也救不了他，可是静玉已经在他的身旁睡着了，看着她熟睡的脸，叶斯年也渐渐进入了梦乡。

45

做手术的这天早晨，天下着雨，他们一家人在病房里一起吃的早餐。水静玉也在，叶斯年提议大家照张相，护士给他们拍了好几张，父亲和老妈也拍了一张。今天父亲显得很活跃，他不停地给他们夹菜说笑话，几乎忘记了吃完东西儿子就要做手术。

　　曾经有那么几分钟，大家都忘记了今天是什么日子，如果不是在医院，叶斯年一度怀疑饭桌上的这一家人，正在和所有平凡的家庭一样，度过一个平常的早晨，吃早餐，说新闻或者开玩笑，生活之泉就在这一张方桌周围静静流淌，空气里没有任何异样的气味。

　　直到外婆对水静玉说，等乖孙子做完手术，静玉你就搬到我们家来住，再到深圳找份工作，如果我老太婆命大，说不定还能给你们带孩子。

　　这句话把在座的每一位都拉回到现实，首先老妈忘记了喝牛奶，端着杯子看着叶斯年；父亲和水静玉也突然住了口，叶斯年的心突然间空了，幻灭感一次次袭击着他，将他仅有的一丝微笑也吞没了。

　　叶斯年低下头，假装没有看到他们的表情，内心深处前所未有地眷念着这顿早餐，如果没有奇迹的话，这应该是他生命中的最后一顿早餐。

　　水静玉的目光里片刻间闪过些许悲伤，随即又成了期待，她今天显得特别安静。其实自从她来，他们家几乎是围绕着她，无论谈话或者吃饭，老妈对她的好超出了叶斯年的想象，叶斯年想，她有点感激水静玉的意思。是水静玉的到来改变了手术前的气氛，这时老妈微笑着把目光投向了水静玉，她说，静玉，你是个充满灵气的姑娘，来，和斯年干一杯，把牛奶喝完，让斯年带着我们所有人的祝福，平安地从手术室出来。

　　叶斯年，我们都等着你，我相信你一定会健康地走出手术室的，水静玉微笑着说，此刻她有点害羞。

　　儿子，还有爸爸的祝福。

　　还有外婆的。

　　还有老妈的……

　　早餐结束后，父亲说他有事要出去，尽量在叶斯年做手术的时候赶过来，叶斯年跟着父亲出了病房。这时走廊里只有他们父子两个人，不知道父亲这个时候有什么急事，比他儿子的手术还重要。

　　爸，会很久吗？我想让你们都陪着我，我想和你多待一会儿。叶斯年的口气像小时候害怕打针一样，哀求父亲留下来陪他。

　　父亲笑了，好孩子，别怕，今天是你新的开始，相信爸爸！

叶斯年笑了，说，爸请你答应我，如果万一……请你照顾我妈和外婆！

父亲的手微微地在颤抖，突然他紧紧地抱住了儿子，流泪了，叶斯年的眼睛也湿湿的，这一刻，他们父子的心与心之间是最近的，叶斯年感觉到父亲的心在安慰着他的心。

父亲轻轻推开儿子，拍了拍儿子的肩，孩子，记住爸爸的话，任何时候都要对未来充满信心，好好地生活！

父亲说完这句话后就转身走了，看着他的背影，坚决而挺拔，走到走廊中间，他突然转身，冲叶斯年微微一笑，挥挥手。叶斯年一直看着他，直到他走出医院走廊的拐角，看不见他为止。

这时外婆喊叶斯年，她笑着说，你爸爸一会儿就回来，你快来换衣服吧。

叶斯年换好衣服，等待护士送他去手术室。

这时，老妈的手机突然响了，老妈接上手机脸色有点变化，匆匆出去了。

此刻叶斯年的心跳突然加快，水静玉急忙喊了医生。

老妈和父亲都没有再来，叶斯年预感可能出了什么事，可他想不到会发生什么事情。

医生进来给叶斯年做完检查，说手术可以马上进行，大家好像都松了一口气。

这时辛月儿和棋子来了，叶斯年问他们欧清波呢，辛月儿说，欧清波正在路上。从棋子和辛月儿的表情，叶斯年感觉到他们哭过，可是没有流过泪的痕迹。

进手术室前，叶斯年对外婆说，我想再看看老妈和爸爸。外婆有点生气，她颠着小脚来回走着，到什么时候了，他们怎么还不来？

外婆让辛月儿去找，辛月儿说欧清波已经去找了。

水静玉说，要不我去门口看看？棋子说，欧清波去找了。

叶斯年说，你们不是说欧清波在路上吗？

辛月儿说，欧清波真的去找了，你放心吧！

这时医生通知叶斯年，手术推迟了四十分钟。叶斯年很高兴地说，上天又给了我四十分钟时间和你们在一起，真好。

叶斯年，你说什么呢，水静玉的眼泪突然流了下来。

叶斯年的手有点笨拙地找到水静玉和外婆的手，左手牵着外婆，右手牵着水静玉。

回到病房，叶斯年有点固执地问，为什么我老妈和父亲此刻都消失了？为什么他们都不愿见我？他们不要我了吗，还是他们不敢接受现实，藏了起来？

好了，叶斯年，你就别瞎想了，他们一会儿就回来，水静玉强装着笑说。

叶斯年用辛月儿的手机给老妈打了电话，半天没人接，给爸爸打，也同样没人接。

叶斯年笑了，不知道他们怎么都这么忙，连接电话的时间也没有。

辛月儿出去了，棋子也出去了，房间里就剩下叶斯年和水静玉、外婆三个，空气突然沉寂下来，叶斯年平静地躺在那里闭上了眼睛。

叶斯年，你放松点，我给你背两首儿歌吧。

叶斯年点头，看着水静玉的脸，他做梦也没有想到，水静玉会陪他到最后一刻，他还有什么不满足呢？刚才片刻的紧张慌乱和失望都被水静玉的微笑一点一点稀释。

《对星星的诺言》

星星睁着眼睛，

挂在黑丝绒上亮晶晶：

你们从上往下望，

看我可纯真？

星星睁着眼睛，

嵌在宁谧的天空闪闪亮，

你们在高处，

说我可善良？

星星睁着眼睛，

睫毛眨不止，

你们为什么有这么多颜色

有蓝，有红，还有紫？

好奇的小眼睛，

彻夜睁着不睡眠，

玫瑰色的黎明

为什么要抹掉你们？

星星的小眼睛，

洒下泪滴或露珠。

你们在上面抖个不停，

是不是因为寒冷？

星星的小眼睛，

我向你们保证：

你们瞅着我，

我永远，永远纯真。

……

病房的门被推开，护士将叶斯年推出了病房，他还沉浸在诗里，没来得及睁开眼睛，外婆和静玉跟着车子一起走出来。

护士说手术马上开始。

叶斯年握着外婆温暖的双手说，外婆，我爱你，也爱爸爸和老妈，请您一定告诉他们我爱他们。外婆点着头，她已是老泪纵横，无法自控。

叶斯年转头对他的朋友们说，谢谢你们这些日子天天陪我，我会永远祝福你们，一定要兑现答应我的话。

棋子、辛月儿都点头。

叶斯年又转头看水静玉，最后和她告别，丫头，对不起，希望有来生爱你……

　　斯年，你什么也别说，求你了，我会在这里等你出来，等你做完手术，平平安安地出来，我们的人生才刚刚开始。

　　叶斯年点点头，最后看了一眼前方，他最亲的人始终没有出现。当他被推进手术室的一瞬间，他还是忍不住流了眼泪，不知道这是不是他留给人间最后的泪水。

## 46

　　叶斯年没有想到自己会再次睁开眼睛，再次看到他的亲人。

　　醒来的那个清晨，迎接他的是一缕美丽的阳光，那是一缕灿烂得有点让人睁不开眼睛的阳光，光柱里纷纷扬扬的尘埃，像大海里游动的无数条小鱼。他以为自己在做一个幸福的梦，他不愿马上睁开眼睛，因为梦都一闪即逝。

　　叶斯年有点贪婪地看着眼前逐渐清晰的一切。

　　老妈微笑着说，孩子，你终于醒了！

　　叶斯年问自己，哦，我真的醒了吗？

　　如果他能醒过来，说明手术已经成功了，如果手术成功那只有一种可能，发生了奇迹。

　　手术三个昼夜后，叶斯年居然能醒过来，又看到了外婆、老妈、水静玉，还有欧清波、辛月儿和棋子，他们的脸上都闪烁着喜悦的泪花。

　　叶斯年躺在病床上，轻声说："没想到，还能再见到你们！"

　　叶斯年眼巴巴地看着他们的身后，他在等他的父亲。在他昏迷这三个漫长的昼夜里，他的梦里一直是他，可从他睁开眼睛到现在，一直没有看见他，也许他正在路上，他耐心地等待着父亲从外面进来，等待持续了大约五分钟。

老妈有点着急地问，斯年，你怎么不说话，你能听见我们的声音吗？

叶斯年点点头，再次朝门口望了一眼，我爸呢？

叶斯年的声音，虽然小的只有他的心能听到，可总觉得，他这话问的不是时候，或者说，他们都没有想到，他会问这个问题。

老妈站在一旁，嘴巴一张一张地没有任何声音，倒是泪水刷刷地流着，水静玉呜呜地哭了，辛月儿转过脸去。

老妈说，儿子，你终于说话了，终于醒过来了。他们不约而同地转移了叶斯年的问题，叶斯年开始怀疑刚刚的问题要不要再重复一遍。

外婆问，乖孙子，想不想吃东西？

欧清波说，他还不能进食，得过两天。

棋子说，老大，我就知道你能醒来，肯定会醒来！

水静玉拿着毛巾给叶斯年仔仔细细地擦了脸和手，今天她是病房里最安静的人，她用专注的眼神看着叶斯年，她擦着叶斯年的脸，叶斯年能感觉得到她，擦叶斯年的手，叶斯年也能感觉到她，叶斯年想他们再也不会分开了。

手术后监测和对症治疗非常关键，术后如果发生感染，也可能导致死亡。为此，专家们给叶斯年制定了周密的医护方案，叶斯年闯过手术关后，又平稳地度过了排斥反应和术后感染关。

术后十多天，叶斯年就离开了重症监护病房，生活也能够自理，水静玉和外婆还有朋友们都来陪他聊天。他的健康状况非常好，术后三十天左右他搬到休养病室居住，医院派专门保健医生指导他康复锻炼，所有的人也都很小心地陪伴着他。

在医院的日子，叶斯年一直没有见到父亲，他想父亲可能去国外办事去了，或者他和老妈又吵架了，或者他看儿子手术成功又悄悄地离开了……

直到出院两个月后，那已经是春天了，医生检查了叶斯年的身体，告诉他一切恢复得特别好，老妈才把一封信交给给叶斯年。

叶斯年问老妈，谁的信？

老妈看着儿子，像隔了半个世纪一样，她的眼睛里含着一眶泪水，最后还是溢了出来。她颤抖着说，孩子，这是你爸爸留给你的最后一封信。

我爸爸？

是的！老妈的表情庄重。

在看信之前，老妈告诉了叶斯年这些日子一直关心的问题，"我爸呢？"

这是一个漫长的早晨，等他听完老妈的话，回过神来已经到第二天中午了。

老妈哽咽着说，孩子你终于没事了，可惜你爸爸他看不到了……

妈，你说什么？

斯年，你别激动，听我慢慢说，好吗？

叶斯年茫然地看着老妈，茫然地听她讲完事情的经过。

老妈哭泣着讲完了整个过程。在叶斯年做手术的那天早晨，父亲和他们一起吃完早餐，听说来给叶斯年做手术的专家在赶往医院的路上堵车了，他就亲自开车去接。没想到因为太着急，他开出没几分钟就出了车祸，他顾不得自己的伤，急忙往医院赶，因为他怕儿子看不到他，会影响情绪。赶到半道上，他发现自己不行了，就急忙给母亲打电话。等母亲和救护车赶到的时候，父亲已经奄奄一息，医生立刻安排了手术，只是父亲颅内出血，他拒绝开颅手术，医生只能保守治疗。第三天，父亲脑部的积血没有被吸收，医生说必须要手术了，父亲却突然感觉很好，向母亲要了纸和笔，说要给儿子写一封信，写完信他就准备手术。父亲可能想到手术失败见不到儿子，他写完信，说要休息一下，就再没睁开眼睛，连手术也没有机会做了。

这一切，当时只有叶斯年不知道，等他做完了手术，大家才敢放声大哭。

叶斯年泪流满面，无声地打开父亲留给他的信。

信上有斑驳的血迹。

斯年，我最亲爱的儿子：

当你读到这封信的时候，爸爸才能瞑目。在你没有看到这封信之前，爸爸是不能完全放心的，现在，爸爸知道你的手术成功了，你的心脏又开始很有规律地跳动着，爸爸也终于可以会心地笑了。

这么多年，支撑我活到现在的就是你，我的儿子。过去，不管遇到多大的困难，不管多么孤独，只要想起你，我就能挺过来，重新振作。

孩子，爸爸这一辈子欠你和你妈的太多太多，当得知你得了心脏病，生命垂危的时候，我心里别提有多难受。当时我想，如果世上真的有报应那也该落到我头上，我的儿子还年轻，他不能死，可事实是你病了。

你妈和我都瞒着你的病情，四处求医问专家，总算给你找到了世界一流水平的专家主刀。你从天水回来晕倒在机场时，爸爸看到后，死的心都有了。爸爸真想把自己的心给你，可是专家说我的心就是给了你也救不了你，后来专家说，手术成功的例子很多，我才恢复了信心。儿子，在这个世界上，什么金钱，什么富贵，爱情，幸福，快乐，所有一切的前提都是要活着，爸爸希望你好好活着，只有你活下去，才会享受生命存在的意义，和生活的全部。你还年轻，爸爸已经老了，人这一辈子该经历的悲欢离合，爸爸也都经历了，所以爸爸今天的意外希望不要让你太悲伤，爸爸能得到你和妈妈的谅解已经知足了。

儿子，照顾好你的妈妈，你的妈妈是这个世界上最爱你的人。

我们父子十五年不曾相见，这是我的错，其实我原本有很多机会可以回国来看你，但是没有勇气，我怕你不认我；我和你妈也十五年没有说过一句话，所以我一直推迟着回国的时间，梦里天天盼着有一天能见到你。终于盼到你妈妈主动给我打电话，没有想到我苦苦盼来的结果居然是你的生命垂危。

十五年后再一次见到你，第一次听见你喊我爸爸的时候，我想

如果现在让我马上死，我也没有遗憾了。这么多年，是你让我坚持活到现在，虽然你妈不让我和你通电话，不让我和你见面，但，你始终是我的儿子，也永远是我的儿子，你的血管里留着我的一半血，我们的心也从没有分开过，所以我不怪你妈，我这一生，所有的幸福是你妈给的，当然她也给了我难以承受的痛苦，我对不起她，我没能实现自己的诺言，没给她一生的幸福，这都是我的错，这个错误让我几乎忏悔了一生。

现在一切都结束了，儿子，告诉你妈，如果她肯原谅，下辈子我仍然娶她，她是我这一生唯一爱过的女人，下辈子我还爱她。

我的儿子，爸爸真的很希望这次回国能和你永远在一起，和你一起享受天伦之乐。因为爸爸已经老了，老了的人就特别想家，想念自己的亲人和骨肉。可是为了你，我又得先走一步……

另外我还立了一份遗嘱，希望你能用爸爸留下的财产创造更多财富。

儿子，不要难过，更不要流泪，爸爸爱你，永远，永远……

看完父亲的信，叶斯年和老妈抱头痛哭，叶斯年想起了父亲留给他的最后的背影，还有他最后说的话。

第二天，他们去了父亲的墓，叶斯年让水静玉买了一大束鲜花，捧着这些盛开的鲜花，伫立在父亲的墓前，没有见上他最后一面，这是叶斯年终身的遗憾。

跪在父亲墓前，没有流泪，一遍遍地抚摸着冰凉的墓碑，不能自己，这里将是父亲永恒的归宿了。泪水悄然而下，叶斯年轻声说，爸，您安息吧，儿子一定会好好地活下去，好好地孝敬老妈！

从父亲墓地回来的第二天，水静玉回天水了，她说她还要回来。

不久，叶斯年出院了。

出院后，叶斯年把父亲留下的一半遗产捐献给了慈善机构，用另一半遗产办了一家设计公司。他让棋子还有紫罗兰都来公司帮忙。棋子也是学设计专业的，他当时在大学里专业课程学得很好，大二的时候还得

过学校组织的设计大赛的银奖。

半年后，水静玉拉着行李箱，再次来到深圳，她说她安排好了爷爷的生活，静雅会帮她照顾。以后她不会离开叶斯年了。叶斯年拥抱着她，她也拥抱着叶斯年。水静玉在叶斯年公司附近的一家幼儿园找到了工作，她坚持做幼儿园老师，她说她只会和小朋友打交道。

只要有你在，我做什么都有劲头，知道吗，静玉，你让我有了全新的人生。我会带你翻山越岭，周游世界。

无论你在哪里，我都在你身边。你甚至不需要转头寻找，因为，我就在你耳旁呼吸。我会一直支持你，我也会努力，成为更好的自己。

你引领着我向前，我的心里充满了感激和欣喜。叶斯年握着静玉的手，望着远方说。

我们以后的路还很长，需要我们一起面对，互相帮助、鼓励。静玉静静地说。

湛蓝湛蓝的天空，微风轻轻地吹着云朵，远处的青山阳光照耀。

叶斯年掏出了戒指，他突然单膝下跪，举着心形的戒指盒，这是我用我两个月的工资买的戒指，静玉，你愿意嫁给我吗？

叶斯年的声音有点颤抖，为了买这个戒指，他跑了好几家大商场，还在两个戒指上刻上了他和水静玉的名字。

水静玉愣住了，她点着头，第一反应是笑，随后又开始落泪，一切太突然了。

叶斯年把戒指戴在了她的手上，不大不小，恰到好处。

他们会平平淡淡地相知相扶着走过未来所有的路，永远在一起，永远不分离……

现在，一有时间他们就去父亲的墓前，偶尔叶斯年会自己去，和父亲说说他们男人之间的话题，有时候会向他汇报公司的进展情况。

叶斯年相信父亲能听见他所有的话。只有在父亲的墓地，叶斯年的心才能归于安宁；只有跪在父亲身边，叶斯年才能真实地感到平安的愉悦、开朗的悠闲自在。他的心，他的灵魂才能深切理解父亲留给他的一切。

立冬后的深圳，还是有着灿烂的阳光。午后的阳光，慵懒、温暖、明媚、安静。

夏日的一个清晨，叶斯年和水静玉、老妈去了父亲的墓地，父亲依然安静地睡在那片绿色的草地上，听着鸟鸣，闻着花香。

水静玉献上了一束洁白的百合花，她挽着老妈，他们三个久久地看着那个墓碑，各自在心里和父亲对话。现在生活里没有了眼泪，叶斯年的心脏跳得也很正常，医生说他恢复得这么好，简直是个奇迹。

叶斯年轻轻地拉起静玉的手，微笑着对着墓碑说：爸，今天我和妈妈还有静玉来看您，是想告诉您，明天您的儿子就要结婚了；您的儿子终于长大了，您放心，我一定会好好生活的，我们永远爱您！

时间是最好的工具，它会修掉瑕疵，并淘洗心中的不安，当黑暗过去，就会看见黎明的光，也看到前方的路。

这时，叶斯年看见了老妈微笑中含着的泪水，看见了他的新娘幸福的眼泪，也感觉到了父亲在远方送来的浓浓祝福，因为，此刻他的心也在歌唱。

那首歌如流年似水，在生命的长河里缓缓流淌着……

（完）

**图书在版编目（ＣＩＰ）数据**

星辰之间 / 赵剑云著. -- 北京 ： 中国文史出版社，
2018.7

（实力榜·中国当代作家长篇小说文库）
ISBN 978-7-5205-0346-4

Ⅰ．①星… Ⅱ．①赵… Ⅲ．①长篇小说－中国－当代
Ⅳ．①I247.5

中国版本图书馆 CIP 数据核字(2018)第 131637 号

责任编辑：全秋生
封面设计：杨飞羊

出版发行：中国文史出版社
地　　址：北京市西城区太平桥大街 23 号　　邮编：100811
电　　话：010－66173572　　66168268　　66192736 （发行部）
传　　真：010－66192703
印　　装：北京温林源印刷有限公司
经　　销：全国新华书店
开　　本：787×1092　　1/16
印　　张：15.25　字数：240 千字
版　　次：2018 年 8 月北京第 1 版
印　　次：2018 年 8 月第 1 次印刷
定　　价：49.80 元